माया ने घुमाया

बच्चों को
न सुनाने लायक
बालकथाएँ

मृणाल पाण्डे

माया ने घुमायो

बच्चों को
न सुनाने लायक
बालकथाएँ

राधाकृष्ण प्रकाशन

ISBN : 978-93-91950-16-3

माया ने घुमायो

पहला संस्करण : 2022
दूसरा संस्करण : 2024

मूल्य : ₹695

प्रकाशक
राधाकृष्ण प्रकाशन प्राइवेट लिमिटेड
जी-17, जगतपुरी, दिल्ली-110 051
शाखाएँ : अशोक राजपथ, साइंस कॉलेज के सामने, पटना-800 006
पहली मंजिल, दरबारी बिल्डिंग, महात्मा गांधी मार्ग, प्रयागराज-211 001
1, अनमोल सोराबजी संतुक लेन, धोबी तलाव, मरीन लाइंस, मुम्बई-400 002
वेबसाइट : www.radhakrishnaprakashan.com
ई-मेल : info@radhakrishnaprakashan.com

मुद्रक
यश प्रिंटोग्राफिक्स
नोएडा-201 301 (उत्तर प्रदेश)
द्वारा मुद्रित

MAYA NE GHUMAYO
Stories by Mrinal Pande

माया ने घुमायो

क्रम

प्रस्तावना *9*

बच्चों को न सुनाने लायक एक बालकथा 17

लालची हूहू की कहानी 25

लोल लठैत और विद्या का घड़ा 36

राजा का हाथी 44

पिशाचों की पोथी और पंडित की कथा 51

निर्बुद्धि राजा और देशभक्त चिड़ियों की कथा 64

खीर : एक खरगोश और बगुला भगत की कथा 74

राजा की खोपड़ी, उर्फ अग्रे किं-किं भविष्यति? 81

चतुर, मूर्ख और बेवकूफ राजा की कथा 89

शेर, आदमी और जुबान का घाव 94

सास-बहू, भरवाँ करेले और नकचढ़ी मूर्ति की कथा 100

भगवान का हाथ और सुबिया भिखारी की कथा 106

प्रेमाकुल रागमंजरी और दुनियादार काममंजरी गणिकाओं की कथा 114

नकाबपोश नकटापंथ की उत्थान-पतन कथा 120

मूर्ख, महामूर्ख और वज्रमूर्खों की कथा 127

अँधेरे देश, कंजे राजा और गंजे महामंत्री की कथा 133

मेढक और चींटी की कथा 143

बहुरुपिये राक्षस और दो भाइयों की कथा 149

कवि चोर के लव जिहाद की कथा 156
सदेई और सदेऊ की कथा 164
प्रेम की ड्योढ़ी का सन्तरी 171
बाघ, बन्दर और दढ़ियल खाडू (मेढ़े) की कथा 177
बहुरुपिया गुरु और चतुर चेले की कथा 183
मुद्दन्ना किसान और कुएँ की कथा 193
सरों के धड़ से जुड़ने की कथा 202
राजुला मालूशाही की कथा 208

प्रस्तावना

शब्दों को लिखकर अन्तरंग संवाद बनाने की सदियों पुरानी परम्परा आज दुनिया में लगभग हर कहीं एक किताब की तरह समाप्ति पर है। इक्कीसवीं सदी की तकनीक ने हमको तरतीबवार ढंग से लिखावट को दर्ज करानेवाली वर्णमालाओं के संयोजन और उनकी यांत्रिक छपाई के इतिहास से भी मुक्त कर दिया है। तमाम पुराने आग्रह भाप बनकर उड़ जाने के बाद हम अचानक ऐसी जगह खुद को खड़ा पाते हैं जहाँ से शब्दों की अभिव्यक्ति की कई नई राहें फूटती हैं।

बढ़िया कथा का जादू फिर भी सर चढ़कर बोलता है, चाहे वह डिजिटल पर्दे पर पढ़ी या पॉडकास्ट में किसी कथावाचक की आवाज में बाँची-सुनी जाए।

संकट अब दिशाहीनता का नहीं, हर लेखक को अपने लिए सही विधा चुनने का है। पाठकीय भीड़ उसे जहाँ जाती दिखे वह उधर ही मुंडी उठाए चल दे यह सम्भव नहीं होता। अरसिकों की भैंसिया भीड़ के आगे बीन बजाने से बेहतर है वह एकान्त में बैठकर ही बजाई जाए। भवभूति कह ही गए हैं, कभी न कभी कहीं न कहीं कोई सहृदय बन्दा आ ही जाएगा।

हमारे यहाँ वाचिक परम्परा की तुलना में लिखित परम्परा की लगातार, सायास अनदेखी हुई है। इस पर रुककर सोचें। यह अनायास नहीं था कि हमारे मंत्र द्रष्टा, दरबारी या भक्त सन्त कवि ही नहीं संगीत की बन्दिशें रचनेवाले वाग्गेयकार भी अपना सरस ज्ञान अगली पीढ़ी तक पहुँचाने के लिए भोजपत्र या ताड़पत्र (और फिर कागद) कारे करने से पहले सदियों तक श्रुति-स्मृति की वाचिक परम्परा पर ही चले। सत्रहवीं सदी के आसपास पहले-पहल जब जेसुईट पादरियों ने भारत में छापेखाने शुरू किए, तो उस

समय हमारे साहित्यप्रेमी पादशाहों, रजवाड़ों ने चन्द सीमित हस्तलिखित पोथियों में जतन से सेते अपने कोश को दो सदी तक छापेखानों से दूर रखा। अचरज यह कि इस बीच अपनी यशोकामना के लिए मशहूर लेखक, संगीतकार और किस्सागो भी रातोरात लिखित परम्परा के छपे संस्करण से जन सामान्य तलक पहुँचने की साध लेकर छापेखाने दौड़े गए। कुछ तो बात होगी।

और हमीं क्यों? शब्दों की दुनिया में भ्रमण और विचार तीन डग में सारी धरती माप आते हैं। सुनते हैं कि यूनान के दार्शनिक अरस्तू भी हमारे संगीत के घरानेदार उस्तादों और डेरेदार तवायफों की तरह लिखित शब्दों के परे जाकर अपनी दुर्लभ सम्पदा रसिक सुजनों के बीच मुखामुखी संवाद से ही आगे बढ़ाने के पक्ष में थे। सो आज भाषा फिर एक बार डिजिटल बीजाक्षरों की सुविधा पाकर लिखित से वाचिक की तरफ मुड़ती दिखने लगी है, तो विस्मय नहीं। पुराने पूर्वग्रह बने रहते हैं, पर लिखे को जन-जन तक पहुँचानेवाले अनुबन्ध सदा वैसे ही नहीं बने रहते।

अपनी पीढ़ी के लगभग हर बच्चे की तरह मैंने भी वाचिक परम्परा के बीच ही होश सँभाला। जिस दुनिया में मेरा जन्म हुआ, वहाँ तरह-तरह की किंवदंतियों (किं वदंति? क्या कहते हो?) से उपजी कथाओं के बीजक बिन्दु और आयाम सब परिवारों में कही-सुनी जानेवाली बोधकथाओं और लोककथाओं के पौधघर में बना करते थे। शायद बाहर भी बनते होंगे पर उनकी बात बाद में। और पीढ़ी दर पीढ़ी कई-कई वाचकों (अक्सर वाचिकाओं) से सुनी बालकथाओं-लोककथाओं का एक अक्षय कोश मुझको मातृकुल से विरासत में मिला।

कुदरत ने महिलाओं को एकाधिक मायनों में सर्जक बनाया है। औरत होने ने उनको कई तरह के बन्धनों में बाँधा जरूर होगा, लेकिन मुझे यकीन हो चला है कि दुनिया की सबसे पुरानी कहानियाँ औरतों ने ही अपने-अपने कबीले की अगली पीढ़ी तक अपना इतिहास पहुँचाने के लिए ही गढ़ी होंगी। तब शिकार या खेत पर कबीलों के युवा औरत-मर्द दोनों जाते थे। और उनके पीछे घर के बूढ़े-बूढ़ियाँ बच्चों की देखरेख करते हुए अपने लम्बे जीवन भर जो देखा, भुगता और राग-विराग जो झेला उसे कहानियों में पिरो-पिरोकर अगली नस्लों के लिए कई-कई कहानियाँ छोड़ गए।

हर पीढ़ी अपनी बारी आने पर उन कथाओं को अपने समय से जोड़ती हुई

एक नई फिरकिनी देती रहती है। हर देश की लोककथाएँ सुन लीजिए कुछ बातें सनातन मिलेंगी : महामारियों, अकाल, बाढ़ की विभीषिका से जूझना, जर-जोरू या जमीन पर लड़ मरने को बार-बार जूझते लोग और बच्चों की सार सँभाल को दाना-पानी लिये सुख सेज या युद्ध के मैदान से मुँह फेरकर वापिस आने की यादें भी। प्रेम और विछोह, जीवन और मौत, कल और आनेवाला कल, राजा और परजा, दुश्मन और दोस्त ये तमाम जुड़वाँ बनकर इन कथाओं में आते हैं। और अच्छे कथाकार अपने समय का ताना-बाना उनकी बुनावट में नई तरह से डालकर समय-काल का फासला निरर्थक बना देते हैं।

पारिवारिक दंतकथाओं या लोककथाओं की देवी कभी नखान्दृष्टां कराली तो कभी चंचला परी बनकर काल की निष्प्राण देह पर नाचती हैं।

कौड़ा तापते, अपनी दुलाई में चूजों जैसे सटे बच्चों को कहानी सुनाते बूढ़े-बूढ़ियाँ इन्हीं कथाओं से बेहद सामान्य जीवन के बीच खड़े होकर भी तपती दुपहर में हवा के एक छोटे से ठंडे स्पर्श या नवधान्य के मिट्टी के बरतन में फूटते कोंपल देखने जितना आनन्द पा लेते हैं। बाहर जो घर-गिरस्ती, दुनियावी कामकाज राग-विराग हैं, वे अपनी जगह सार्थक होंगे, लेकिन लोककथा के कथोपकथन और श्रोताओं के खुराफाती कानों के आनन्द के विशुद्ध क्षणों की बराबरी आज भी वे नहीं कर सकते।

कई सरकारें आजकल हमारे जीवन पर तरह-तरह की सेंसरशिप लागू करने पर तुली दिखती हैं। उनकी राय में बच्चों (और माताओं-बहनों को खासकर) हम वयस्कों की दुनिया के स्याह सेक्स, हत्या, युद्ध और अन्याय के ब्योरों से कतई अलग-थलग रखना जरूरी है।

यह बकवास है।

सामान्य बुद्धि का कोई बच्चा जब इन तमाम ब्योरों से ठसाठस भरी लोककथाओं को सुनता है, तो वे उसे बड़ों की जटिल दुनिया में प्रवेश के लिए बहुत सहज-सरल तरीके से तैयार करती हैं।

इस संकलन में मैंने यही किया है कि अपनी तरह से बड़ों और बच्चों की दुनिया के बीच हमेशा लापरवाही से उढ़काकर रखा गया दरवाजा तनिक चौड़ा कर दिया है।

अब इससे ये कहानियाँ बच्चों को न सुनाने योग्य बन जाती हैं क्या? फैसला पाठक खुद करें।

हमारे बचपन के समय में कई-कई बोलियों में घुली हुई कथावाचन की शैली कहीं अधिक रसीली हुआ करती थी। समय की रफ्तार फरक थी। कथावाचकों की सुबह तब चारेक बजे शुरू होती थी और रात का खाना सात बजे तक सम्पन्न! फिर फटा सीती, रफू करती, ओढ़नियों में लेस या गोटा टाँकती या तलवों में तेल मलती औरतों या बैठकखाने में हुक्का पीते या सिगड़ी तापते बूढ़ों के किस्सों का सृजनात्मक अंकुरण शुरू होता। हमको फ्री चॉयस थी, कि जिधर जी करे जाएँ। देखते-देखते लोककथाओं का विशाल समुद्र हमारे सामने लहराने लगता।

अफसोस कि हमने घर के बड़ों में दादा-दादी को कभी देखा नहीं। पिता का मुख्तसर सा परिवार था। बस दो भाई। लिहाजा ननिहाल जाना ही हम बच्चों के लिए वह समय था, जब हमारी सतत अधूरी कहानी छोड़कर माँ या मासी लोग "अरे दूध उफना न जाए" या "अरे नलका खुला रह गया," या "धौली की जलमुँही बाछी ठीक से बँधी न हो तो सारा दूध पी जाएगी," कहकर नहीं भागतीं। नाना मरहूम काफी पहले ही स्वर्गवासी हो चुके थे। सो जब बिछुड़ी बहनें अपनी बहनों-भाभियों में खोई रहतीं तो हम दीन-अनाथ बन अशरण शरण नानी की गर्म रजाई में चूजों से दुबक जाते। इलायची, लवंग और घुटनों की मालिश के तेल की मिली-जुली गंध के बीच हम छौनों के लिए समय का न ओर रहता था न छोर। बाद को माँएँ अपने-अपने बच्चों को उठा ले जातीं।

स्कूल भी तब फर्क से थे। स्कूल की लाइब्रेरी में मेरे लिए सीमाहीन आनन्द था। घर के शेष बच्चों के पास और भी कई खेल, खिलौने कई तरह की धींगामस्ती के उपादान थे। मेरे लिए पाठ्यपुस्तकों और लाइब्रेरी की किताबों में छुपी कथाओं से मिलनेवाला आनन्द ही संवाद की बारहखड़ी बना। तब की बालपत्रिकाएँ भी आत्मसजग सेंसरशिप को ताक पर धरती थीं। शिशु हो कि चन्दामामा या कि पराग या चम्पक, उनकी बालकथाओं में झगड़ालू सासों, बहुओं, षड्यंत्रकारी रानियों, बहुविवाह कर रानियों को कौवा हँकनी बना देनेवाले अन्यमनस्क राजाओं, उनके जारज परित्यक्त बच्चों, सात रोटियाँ देकर परदेस में कमाने के लिए घर से निकाले गए बेटों की भरपूर उपस्थिति रहती थी।

हर कथा में कभी न कभी कुछ ही देर बाद एक पूरे का पूरा मायके का संसार भी कई बार दबे पाँव चला आता था। वे सब नाते जिनको लड़कियों को बालापन

में ही ताख पर गुड़ियों के साथ छोड़ना पड़ता था, पराये घर में विस्थापन, सासों का त्रास और उसका निबटान ऐसी कई कहानियों की रीढ़ हुआ करती थी।

देखती हूँ देशों के पार्टिशन पर कितना कुछ लिखा गया है, लेकिन आश्चर्य, दुनिया भर में नवविवाहिता की अनिवार्य और बुनियादी खानाबदोशी और उसकी विडंबनाओं पर अधिकतर भागवत्कथाकारों, पुराण कथा लेखकों या पुरुष कवियों की पैनी नजर नहीं पड़ी। पड़ी होती तो शायद वे भारी तादाद में माँओं, रानियों, दासियों, चुड़ैलों-चिड़ियों या बच्चों पर कविताएँ लिखते हुए विस्थापन और पुनर्वास के बीच बच्चों की मौजूदगी, अनुभवों और उनको उँगली पकड़कर चलना सिखानेवाली औरतों की विलक्षण जिजीविषा और अनकहे सुख-दुख पकड़ पाते।

समाज की सबसे निचली पायदान की प्राणी औरतों की दुनिया ही नहीं, उनका अनकहा दृष्टिकोण भी बुद्ध और महावीर जैसे संवेदनशील संसारत्यागियों ने पकड़ा। इसीलिए वे रससिक्त और आनन्दमय बोधकथाओं से मानव जीवन का जटिल फलसफा और अनुभूत सत्य आम सरल जनता तक पहुँचा सके। जैन आगमों, जातकों, महाभारत या रामायण में जो तमाम उपकथाएँ और प्रक्षिप्त कथानक हैं, वे भी कहीं न कहीं स्त्री दृष्टि से न्याय-अन्याय के सवाल परखती हैं। कृष्ण द्वैपायन व्यास अपनी माता के साथ निर्वासित द्वीप के वासी होकर रहते थे, वाल्मीकि समाज से बहिष्कृत चोर-डाकू रहे, तुलसी 'तज्यो मातु पिता कृमि कीट की नाईं' कहकर अपना बचपन बखानते हैं, तो कबीर अपनी अर्द्धांगिनी लोई से अपनी माँ की परित्यक्त सन्तान होने की वेदना साझी करते हैं। ईसप कथा के रचयिता ईसप का भी बताया जाता है, वे जेलयाफ्ता थे और रूस से योरोप तक लम्बी कतार ऐसे ही कथाकारों-कवियों की है जो निर्वासित होकर ही पराये पैरों की बिवाइयाँ देख पाए।

इस बीच नाक की सीध में कदमताल करानेवाला घड़ीकाँटों का समय कब से कथा साहित्य में आ घुसा, पता नहीं।

आज कोविड की कृपा से हम सब वेद व्यास की तरह फिर से संयमहीन एकाकी द्वीपों के वासी हैं। समय और दिक्काल की सीमाएँ, इंटरनेट की कृपा से वैसे ही निरर्थक बन चली थीं। सोशल डिस्टेंसिंग ने उसे गति दे दी। अनदेखे क्लाउड पर सेते जा रहे डिजिटल बीजाक्षरों की मार्फत उलझन भरी देशकाल की सीमाओं को दिन-रात आजाद पंछियों की तरह लाँघते जो कथा साहित्य इन दिनों बन रहा

है, उसे घड़ीवाले समय में बाँधकर रखना असम्भव है। ऐसे समय में मेरा तारनहार बना बहुआयामी और बहुदिशात्मक लोककथा का फॉरमैट।

बच्चे मूकदर्शक भर नहीं होते। इसी दौरान मुझे याद आया कि किस तरह जब अपने बच्चों को मैंने गणेश के जन्म और पुनर्जन्म की कहानी सुनाई थी, तो मेरी बेटी ने सजल आँखों से पूछा, "पर अपने बेटे गणेश को जिन्दा करने को शंकर जी ने जिस छोटे हाथी का सर काटकर लगाया वह भी तो खूब रोया होगा न?"

बाल मन की सहज न्याय बुद्धि के सामने मैं कुछ देर निरुत्तर हो रही।

लोककथाओं, बोधिकथाओं तथा जातक और आगम साहित्य ही नहीं, पंचतंत्र या बेताल पचीसी की पुरानी कहानियों में हमको जीवन-मरण, युद्ध और रक्तपात, गरीबी और क्रूर अमीरी सब की अनिवार्यता का तटस्थ स्वीकार है। उनमें गूँथे गए बेबाक ब्योरों में इस बात का भी पक्का स्वीकार है कि इन कहानियों को सुन रहे सरल श्रोता निरन्तर हजार आँखों से अपनी तरह से अपने चारों तरफ की दुनिया को देखते और उसको लेकर अपनी तरह से उसकी पहचान गढ़ते हैं।

बच्चे लोककथाओं में बड़ों के सुख-दुख के चित्रण का उपादान बनकर नहीं आते। वे उनके भीतर खुल रहे न्याय-अन्याय और सुख-दुख के भावों में सजग भागीदार भी रहते हैं। यह अनायास नहीं कि परिवार का सबसे दबा हुआ सबसे छोटा बच्चा इन कहानियों में सबसे चतुर और दूरंदेश साबित होता है। मायके में बिताए चैन के कुछ बरस भी कथा कहनेवालियों को बुढ़ापे तक में भुलाए नहीं भूलते। नानी के घर जाना मतलब रोज दूध-मलाई खाना, मोटा-ताजा होकर आना। चन्दा मतलब मामा, दूर के हुए तो क्या? पुए पकाकर तो भेजते हैं बूर के। सास मतलब एक तुनकमिजाज घर की मालकिन जिससे बहू को हर हाल में दबना है, जब तक कि वह चतुराई से उसकी काट न खोज ले।

लोकसंगीत के बारे में शास्त्रकार कह गए हैं कि अबला, बाल, गोपाल और क्षितिपाल(राजा) निज इच्छा से कुछ-कुछ जो गाते रहते हैं, वही देशी संगीत कहलाता है, जिसका परिमार्जन कर शास्त्रीय संगीत बाद को बना लिया जाता है। पर मूल गंगोत्री और आखिरी कसौटी, संगीत से लेकर भाषा तक, सबकी, जनमुखी संगीत ही है। बच्चों और औरतों में मन रमाकर काम करते समय अनायास कुछ गाने या तुकबन्दी करते जाने से एक खास तरह की रचनात्मकता लोककथा की धाराओं के

सहज किनारे काटती रही है। और हर पड़ाव, हर घाट पर लोक कविता के गुण भी उनका सहज हिस्सा बनते जाते हैं। औरतों ने यह योजनाबद्ध तरीके से नहीं, स्वतंत्र स्वत:स्फूर्त तरीके से किया। बाद को पुरुष कथावाचकों ने अपनी तरह से कहानी और उसकी सांगीतिकता में हर बार कुछ जोड़ा-घटाया है।

उम्र के इस पड़ाव पर लगता है कि हमारे जीवन के हर दशक में चित्त और ढाँचा भले बदलते जाते हों। हर अनुभव जब खाँचा तोड़कर बाहर निकल आता है तो आज की सचाई बनकर साथ चलता है।

स्थायी हैं तो स्मृतियाँ बाकी सब भंगुर हैं।

एक दिन सिर्फ कथाओं के भँवर रह जाएँगे। पानी के पनझूले में छोड़ी बाँज की शहतीर सा मन, कहाँ से कहाँ आ गया? 'माया ने घुमायो' कहानी कहती है।

घर कहाँ हो? घर? लोकगीत पूछता है। कहती है। जवाब आता है, घर भी बस एक सैला-मैला, धूप-छाँव का खेल भर है...।

कहें कबीर सुनो हो लोई,
हम तुम बिनसि रहेगो सोई।

और अन्त में मैं हृदय से आभारी हूँ श्री प्रभात रंजन की, जिनके डिजिटल मंच 'जानकीपुल' की मदद से यह कहानियाँ सबसे पहले भव जलधि पार कर सकीं। उनकी सहज उदारता के लिए कृतज्ञताज्ञापन बहुत छोटा शब्द होगा।

चैत्र नवरात्रि, 2021

—मृणाल पाण्डे

बच्चों को न सुनाने लायक एक बालकथा

एक गाँव में एक गरीब विधवा बुढ़िया और उसका इकलौता बेटा रहते थे। बुढ़िया कुछ घरों में कूटना-पीसना करती, बेटा खेतों में मजूरी। किसी तरह चल रहा था। फिर अचानक गाँव में महामारी फैल गई और लोग तिलचट्टों की तरह मरने लगे। बुढ़िया ने रातोरात घर में जितना आटा, तेल और गुड़ था, उससे सात पुए बनाए। फिर एक पुराना लोटा-डोर और पुओं की थैली बेटे को देकर उससे कहा, "तू रात के रात बाहर गाँव कहीं चला जा। बीमारी से बच जाएगा। मेरी फिकर मत करना, मेरे तो दिन अब वैसे भी कट ही गए हैं। महामारी मिटने तक कुछ कमा-धमाकर वापिस लौटा, तो फिर मिलेंगे वरना तेरा राम राखा।"

बेटा थैली लेकर पूरब की तरफ निकल गया। रात भर चलते-चलते सुबह हुई तो उसने सामने एक साफ-सुथरा गाँव देखा। गाँव के बाहर काँटों की बाड़ थी और एक तख्ती पर लिखा था, 'महामारीमुक्त क्षेत्र किरपया भित्तर ना आएँ। यहाँ खुले में शौच जाना या थूकना मना है। बहुक्म ग्राम मुखिया।'

गाँव बाहर फारिग होकर भूखा-प्यासा लड़का जब बाड़ के पास फिर पहुँचा तो क्या देखता है कि मुँह पर गमछा बाँधे कुछ लाठीधारी बाहर आते हैं। ऊँची आवाज में उनका मुखिया बोला, "तू हो न हो, किसी महामारी वाले गाँव से भाग के इधर आया है। हम अब तक महामारी से बचे हुए हैं, सो हम किसी भी बाहरिये को अपने गाँव में घुसने नहीं देंगे।"

लड़के का मुँह लटक गया। लोटा-डोर दिखा के बोला, "कम से कम लोटा भर पानी ही अपने कुएँ से भर लेने दो भले लोगो! पल दो पल बाहर ही खा-सुस्ता कर कहीं और को निकल जाऊँगा।

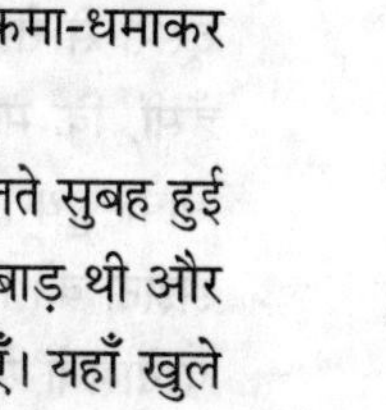

"नहीं," लाठीवालों ने कहा, "हम अपने कुएँ में तुम्हारी छूत नहीं लगने देंगे। उधर गाँव से बाहर दाहिनी तरफ दस-बीस कदम पर तुमको एक भुतहा कुआँ दिखेगा उससे पानी-वानी ले लो या डूब मरो, पर यहाँ से चलते बनो, बस।"

लड़का मुँह लटकाए चला। कुछ ही कदम चलने पर उसको एक उजाड़ इलाके में एक कुआँ दिखा। उसने लोटा भर पानी खींचा और कुएँ की जगत पर बैठकर थैली में हाथ डालकर खुद से बुदबुदाने लगा : "इतनी जोर की भूख लगी है, पर ये तो सात ही हैं। एक-दो खाऊँ कि चार-पाँच? कि सबको एक साथ खा जाऊँ?"

अब अचानक कुएँ से सात मीठी जनानी आवाजें आईं, "ऐ लड़के हमको मती खाइयो, तुम जो माँगोगे हम तुमको दे देंगी।"

लड़का चक्कर में, कि भैया ये क्या माया हैगी? पर चतुर था। अपनी घबराहट छिपाकर नरमाई से बोला, "अरी मैं तो बस एक भूखा-प्यासा महामारी से पनाह खोजता इनसान हूँ। तुम जनी हो कौन?"

देखता क्या है उसके सामने हाथ जोड़े सात सतरंगी परियाँ एक-एक कर कुएँ से बाहर निकल रही हैं। उसको देखकर परियाँ पहले एक आँख से हँसीं, फिर दूसरी से रोईं। पूछने पर उनकी मुखिया लाल परी कहने लगी कि हम यह देखकर हँसीं, कि महामारी के बीच भी कुछ इनसान बचे हुए हैं। रोईं इसलिए कि बाहर से साफ-सुथरा ये गाँव जालिम डकैतों का बासा है। घर-परिवार और खेती के हजार झंझटों को निबटाने को यहाँ के लोग बस फसल कटाई के समय आते-जाते गरीब परदेसियों से जमकर बेगारी लेते हैं, और काम निबटा नहीं, कि झोली भर अनाज देकर उनको विदा कर देते हैं। बसने नहीं देते। अमीरों को आते देखा, तो उनको बातों में बरगलाकर लूट लेते हैं, फिर उनकी देही गन्नों के खेत में। इस महामारी के जमाने में तो वे किसी परदेसी को घुसने नहीं देंगे।

ये लोग खूब पैसेवाले हैं जरूर, और लठैती में भी अव्वल हैं, लेकिन सब अपने-अपने बच्चों और अक्सर कड़वा बोलनेवाली घर की औरतों से परेशान हैं और जब-तब उनको पीटते भी हैं। हम परियाँ आजाद हैं। हवा हमारा घर है, अम्बर हमारा बिछौना। मनभाया अच्छा पहिरती-ओढ़ती हैं, मन न हो तो किसी के हाथ नहीं आतीं। इसलिए हम किसी को फूटी आँखों नहीं भातीं।

अपने सर के बहुत ऊपर उजले खुले आकाश में हमें डैने फैलाए उड़ता देखकर

इस गाँव के मरदुए खूब चिल्ला-चिल्लाकर हमारी तरफ ताने फेंकते हैं कि अभी हमसे बहुत उड़ी-उड़ी फिरती हो, पर हम भी मरद बच्चे हैं, जिस दिन नीचे उतरीं तुमको...," फिर वे हाथ से इशारे करते हैं।

घरों-दालानों में चावल या जुएँ बीनती, या खेतों में निराई-गुड़ाई करती इनकी औरतें भी अपने मरदों को वाही-तबाही बोलते सुनकर मुँह बिचकाकर आपस में हमको कुटनी, मर्दखोर और जाने क्या कुछ नहीं कहतीं। बच्चे भी ताली पीटकर हमको बाँझ, निरबंसिया, जादूगरनियाँ कहकर हमारे नीचे दूर तक भागते आते हैं।"

हरी परी ने बताया कि परियों के कुएँ में छुपे रहने का राज ये था कि हर सौ बरसों में उनके पुराने पंख झड़ जाते और उनकी जगह नए वाले निकल आते थे। उनके दोबारा उगने के इन्तजार में वे इस कुएँ में छुपा करती थीं। उनको पता था इधर गाँव के लाठीवाले लोग भी भुतहा कुएँ से डरते हैं।

यह सब सुनकर लड़का हँस पड़ा। बोला, "चलो जो हुआ सो हुआ। लो मेरी माँ के पकाए पुए खाओ और मुझे कुछ ऐसा हुनर बताओ कि इस गाँव में बसना मिल जाए ताकि मेरी गरीबी मिटे और महामारी का असर मुझ पर ना होवे।"

लाल परी लड़के से बोली, "हम परियाँ हैं। हम हवा खाती हैं और प्यार पर जिन्दा रहती हैं। तुमसे चार मीठी बातें सुन के जी जुड़ा गया। सो चलो हम तुमको ये दो जुड़वाँ शंख देती हैं। एक करामाती शंख है जो कि मालिक को मनचाही चीजें देता है। दूसरा ढपोरशंख है, जो बहुत लच्छेदार बोली बोलता है, बहुत देने का शोर मचाता है पर वादे कभी पूरा नहीं करता। तुम इनके बूते गाँव में घुसने का जुगाड़ कर लो। हाँ, अभी भोले हो। सो यह बता दें कि देर-सबेर इस गाँव के लोग तुम्हारा करामाती शंख तुमसे छीनने की कोशिश जरूर करेंगे। इसलिए जब कभी सोओ या बाहर जाओ, तो करामाती शंख को तो छुपा के साथ रखना। बस ढपोरशंख को बाहर रख देना ताकि चोर लें तो उसी को ले भागें। उनके वास्ते यह रही जादुई रस्सी और डंडा। इनको हुकुम देते ही वे चोर को बाँधकर उसकी अच्छे से कुटम्मस कर तुम्हारा माल तुमको वापिस दिला देंगे। पर ये रस्सी-डंडा एक ही बार कारगर होंगे। काम हो गया तो गायब हो जाएँगे। हम तो कल भोर भये उड़ जाएँगी। तुम अपना खयाल रखना।"

इतना कहकर परियाँ गायब हो गईं।

लड़के ने पहले जमकर पुए खाए, पानी पिया फिर सोच-विचार कर करामाती शंख से कहा, "यार, मुझे किसी संन्यासी का बाना दिला दे।" उसका कहना था कि तुरत भगवा कपड़े, रुद्राक्ष की माला, रोली और भभूति का दोना हाजिर। अब लड़के ने क्या किया? उसने संन्यासी का भेस धरा, तिलक-तिरपुंड लगाया, फिर झोले में सब सामान छिपाकर, 'अलख निरंजन बम शंकर' कहता हुआ गाँव की तरफ वापिस चला। संन्यासी को आता देखकर लाठी लहराते मुँह पर गमछा बाँधे लोग फिर बाहर आए। पर बाबा जी को देखकर ठिठके फिर मुखिया जी से पूछा कि "इसे आने दें कि नहीं?"

स्याणे कहते हैं 'राजा जोगी अगिन जल इनकी टेढ़ी रीत।' उनको उकसाओ मती। क्या पता शाप-ऊप न दे दें?" हाथ जोड़कर मुखिया बोला, "बाबा हम गरीब इनसान हैं। फिर भी आपको दच्छिना में खाय भरे को चावल-नून-तेल तो दे देंगे। पर आप उसे बाहर ही पका-खा लीजिए। महामारी के डर से हमने गाँव का रास्ता जो है सो बन्द कर रखा है।"

बाबा बने लड़के ने सोचा कुछ करामात दिखानी ही होगी ताकि गाँव में ठिकाना मिल जाए। उसने झोले में हाथ डालकर करामाती शंख निकाला और उससे कहा, "ला रे एक बोरी चावल और सौ सोने के सिक्के।"

तुरत-फुरत सब हाजिर! गाँव वालों की आँखें फटी की फटी!

मुस्कुराकर बाबा बोले, "मुखिया जी, ये रहा तुम्हारा किराया। रमता जोगी और बारिश का पानी तुम्हारे राजा के लम्बरदार की तरह लगान वसूली करने नहीं आता। दान के एवज में भी कुछ देकर ही जाता है।"

अब कहो!

मोटा असामी देखकर मुखिया जी ने तुरत पैंतरा बदला और बाबा के चरण छूकर वे सिक्के तो सीधे अपनी 'ग्राम परवाह गुल्लक' के हवाले किए, फिर चावल की बोरी अपने साथियों को सारे गाँव में बाँटने और बाबा की जयकार के नारे लगवाने का हुकुम देकर बड़े आदर से बाबा को गाँव के भीतर ले चले।

गाँव की तरफ से मुखिया जी ने खुद अपने घर के एक कमरे में बाबाजी को रखा और उनको भरपेट भोजन कराने और उनसे करामाती शंख के किस्से सुनकर वाह-वाह करते हुए सब सोने चले गए। बाबा ने करामाती शंख तो झोले में छुपा दिया

और ढपोरशंख को बगल में रखकर लेट गए। जैसी कि उनको उम्मीद थी, जल्द ही अँधेरे में उनको बगल की कोठरी से मुखिया और उसके बेटों की फुसफुसाहट सुनाई देने लगी। मुखिया के घरवाले उसके सोते हुए उसका वह करामाती शंख उड़ा लेने का प्लान बना रहे थे। बाबा ने मुस्कुरा के चादर ओढ़ ली और जोर-जोर से नकली खर्राटे निकालने लगे।

"सो गया साला," मुखिया ने बाबा को सोया जानकर बेटों से कहा, "महामारी के कारण सौदागरों का आना-जाना ही नहीं बाहर गाँव जाकर डाका डालना भी बन्द है। पर हरामजादे राजा के कारिंदों ने फिर भी नाक में दम कर रखा है कि राजाजी की 'स्वस्थ ग्राम योजना' के नाम पर नया लगान दो। इसीलिए हम लोगों ने अपनी अलग 'ग्राम परवाह गुल्लक' बना ली है। बाबा को लूटने के बाद इसे हम लोग ठिकाने लगा देंगे। फिर महामारी के खतम होते ही जादुई शंख से भरपूर दान-दहेज निकलवाकर सबसे पहले कोई भी बढ़िया लड़का मिले तो तुम्हारी भेंगी बहन का ब्याह कर दूँगा, फिर आगे सोचेंगे। क्यों बहुरिया?"

"राजा की सुन्दर जिद्दी लड़की की तरह हमारी बेटी नांय है जो किसी पंडित दूल्हे के इन्तजार में कुँआरी बैठी रहेगी," मुखिया की बीवी बोली। इसके कुछ देर बाद लड़के बाबा के कमरे में चोर कदमों से घुसे। कुछ देर वे पास खड़े होकर थाह लेते रहे कि बाबा सोया है कि जागता है। पर बाबा ने और जोर से खर्राटे मारने चालू कर दिए तो वे उनके पास रखा ढपोरशंख लेकर चल दिए। उनका जाना था, कि बाबाजी ने करामाती रस्सी और डंडे को कहा, "लगा कुदक्का रस्सी-डंडा, फोड़ दे इन सालों का मुंडा।"

फिर क्या था? मुखिया के सारे परिवार को रस्सी ने जा बाँधा और डंडा उनका भुरकुस बनाने लगा। 'हाय-हाय दुहाई' मची तो बाबा बोले, "भला चाहते हो, तो चुपचाप मेरा शंख वापिस करो और अपनी ग्राम परवाह योजना का गुल्लक फोड़कर पैसा सबको लौटा दो। वरना अभी तो मुंडा ही फोड़ा अब राजदरबार जाके तुम सबका भंडा फोड़ देता हूँ।"

मुखिया ने पगड़ी लड़के के पैर पर रखी और बेटों से कहा कि सब माल लौटा दें और गुल्लक भी फोड़कर सबका दिया वापिस कर दें। भांडा फूट गया तो उनकी भेंगी बहन को कोई लड़का न देगा।

इस प्रकार शंख वापिस मिल गया तो अपनी रस्सी-डंडा-झोली समेटकर बाबाजी चलते बने।

गाँव के ओझल होते ही लड़के ने इस बार करामाती शंख से ज्योतिषी पंडित का भेस माँगा और एक ठो बैलगाड़ी भी। दोनों हाजिर! गाड़ी में बैठकर बढ़िया धोती-कुर्ता पहिने पगड़ी-तिलक लगाए लड़का अब चला राजा के महलों को। दरबान ने लड़के से परिचय पूछा तो उसने कहा, हम बहुत ऊँची जात के पंडित हैं। हमारी क्वालिफिकेशन तो बस राजा साहब और उनके दरबारी विद्वान् ही समझ सकेंगे। हमको उधर ले चलो। भीतर से आज्ञा हुई कि पंडित है तो उसे भीतर भेज दिया जाए। राजदरबार में राजा सहित सब मुँह लटकाए बैठे थे तुनकमिजाज राजकुमारी से शास्त्रार्थ में देश के सारे विद्वान् हार चुके थे जो नए पंडित की परीक्षा लेने को राजा की गोद में बैठी हुई थी।

राजपंडित ने कहा कि पहले कुल, गोत्र, प्रवर बताओ। लड़का बोला वह सब तो मेरा शंख भी बता देगा। झोली से उसने ढपोरशंख को निकालकर कहा : "बता दे इनको कि मैं कौन हूँ।" यह सुनना था, कि उसका ढपोरशंख चालू हो गया। लड़के के सम्पूर्ण ज्ञान-विज्ञान की मानद पदवी प्राप्त शास्त्रज्ञ होने की बाबत ऐसे-ऐसे करामाती ब्योरे दिए उसने, कि राजा और राजकुमारी लहालोट। अहा, ज्ञानी हो तो ऐसा!

"कुल?" लड़के से पहले ढपोरशंख बोल पड़ा, "अहो इनका कुल तो उच्चतम पंडितों का है, जो सुदामा की तरह धन-सम्पत्ति के लोभ से दूर रहे। माता-पिता की अकाल मृत्यु के बाद इनको ही पुरखों की स्मृति में बनवाए प्याऊ में पथिकों को पानी पिलाने का काम दिया गया। इनकी बुद्धि तथा सेवाभाव से प्रभावित होकर इनको बचपन में कुछ रमते जोगी हिमालय उठा ले गए और वहाँ केदारखंड में इनको नाना निगमागमों, शास्त्रों, मीमांसा सबकी शिक्षा दी। कुलीन तथा विनम्र होने के कारण अपने श्रीमुख से अपनी तारीफ नहीं करते हमारे श्रीमन्।"

बस फिर क्या था, शहनाइयाँ बजीं, ब्याह हुआ और उसको गद्दी देकर महाराजा तथा रानी वन को चले गए। ढपोरशंख की महिमा से ही जब सब कुछ मिल गया तो लड़के ने, जो कि अब राजा था, अपने करामाती शंख को तो किसी ताख पर रख दिया और बस ढपोरशंख को सीने से लगा लिया।

राजकाज चलाने के हजार टंटे। लोग बार-बार फरियादी घंटा बजाने आ जाते। कहते, डाकू बनकर आपके कारिंदे हमको लूट रहे हैं। कोई कहता उधर किसी दूर गाँव में खेती सूख रही है। सबको डपटकर या पुचकार कर ढपोरशंख हर बार सफाई से चुप करा देता। किसी बड़ी लड़ाई या चढ़ाई की खबर आती तो बस ढपोरशंख से राजा कह देता, कि भरपूर प्रचार कर दुश्मनों के मुख पर कालिख मल दे! और ढपोरशंख ऐसी खूबी से यह कर देता कि दुश्मनों की हिम्मत टूट जाती और परजा उनके भेदियों को घुसने ही नहीं देती। दिन आनन्द से कटने लगे। दो बेटे भी हो गए। ढपोरशंख को प्रधान खबरी और सभाप्रमुख घोषित कर दिया गया। राजा के बेटे उसको कहते ढपोरी चाचा।

पर होनी को कौन टाले?

एक दिन खेलते-खेलते पुराने महल जा पहुँचे राजा के बच्चों को ताख पर रखा करामाती शंख दिख गया। बच्चे तो बच्चे, बोले ये तो बिलकुल गोलमटोल ढपोरी चाचा की तरह दिखता है। फिर तुरत झगड़ पड़े कि यह वाला कौन लेगा। आखिर दोनों भाई राजा के पास पहुँचे जो उस समय गाना-वाना सुनने में लगे थे। कुछ पिनक में भी थे। उन्होंने इशारे से बच्चों को झगड़ा निपटाने ढपोरशंख के पास भेज दिया। यह किसी को पता न था कि ढपोरशंख को करामाती शंख से पुरानी जलन थी। उसने बच्चों से कहा, “ये शंख बड़ा करामाती है। जो माँगोगे वह मिलेगा।” बच्चे एक-दूसरे का चेहरा ताकने लगे। राजकुँवर थे, उनको क्या कमी? उनको खामोश देखकर ढपोरी चाचा ने कहा, “तुम दोनों जिसका जितना भला या बुरा चाहो, यह कर देगा।” यह सुनते ही शंख को हथियाने के लिए दोनों बच्चे एक साथ एक-दूसरे से बोल पड़े, “तू मर जा!” करामाती शंख बोला तथास्तु। और दोनों राजकुँवर मर गए।

जब रानी को खबर मिली तो वह रोती-बिलखती आई और उसने ढपोरशंख से पूछा कि क्या हुआ? वह बोला, “मैं क्या करता। मैं तो राजाजी का चाकर हूँ। कुँवरों ने मुझसे कहा, चाचा, झगड़ा सलटा दें, तो मैंने करामाती से कहा, भैये तू ही सलटा। सारा किया-धरा इस करामाती का है मेरा नहीं।” आगबबूला रानी ने करामाती शंख का चूरा-चूरा करवाकर उसको नदी में बहवा दिया फिर राजाजी को जगाया गया। राजा बिगड़ खड़े हुए। पर पहला सवाल था कि बच्चे जो मर चुके

थे, उनको कैसे जिलाएँ? राजा जी ने पूछा तो ढपोरशंख बोला, "मैं तो हुजूर, बस ढपोरशंख हूँ। मुझसे जितना लम्बी-चौड़ी लच्छेदार बातें बुलवाना चाहो बुलवा लो। बाकी काम-धाम मुझसे नहीं होगा।"

करामाती शंख तो पहले ही कूट-पीटकर बहाया जा चुका था, राजा ने ढपोरशंख को भी चूरा-चूरा करके नाली में बहा दिया। रोती-कलपती रानी से छुटकारा पाना आसान होता है। उसको, जैसा दस्तूर था, एक कौवा हँकनी बनाकर जंगल भेज दिया गया। उसके बाद राजा अपने गाँव पहुँचा तो पता चला कि उसके जाने के बाद महामारी में उसकी माँ तो कब की मर-खप गई थी। झोंपड़ी का बस खँडहर बचा था।

काफी दिन तक रोता हुआ राजा पैदल-पैदल उस गाँव को खोजता फिरा, जहाँ गाँव के बाहर भुतहा कुआँ होता था, जिसमें सात सतरंगी परियाँ रहती थीं। लोगों ने कहा, महाराज कहाँ का गाँव। वह गाँव तो तभी का उजाड़ हो गया जब ढपोरशंख की मदद से राजकाज चल रहा था। वे डकैत सब तभी आपकी सभा में सांसद बन गए और जाते-जाते अपनी ग्राम सुरक्षा निधि से मुखिया जी सारे कुएँ भी पटवा गए।

राजा हताश। पर वापिस लौटता तब तक उसके भरोसे के गाड़ीवान ने खबर दी, कि अब तक दोनों शंखों के फेंक दिए जाने से निःशंक होकर डकैत उसकी गद्दी हथिया चुके थे और मुखिया जी राजा बन बैठे थे। गाड़ीवान दयालु था उसने कहा, हुजूर भला चाहते हैं तो यहीं से जंगल को कट लें। सुनते हैं मुखिया जी ने गद्दी पर बैठते ही आपको रस्सी से बाँधकर कोड़ों से पीटने का हुकुम जारी कर दिया है। हम उनसे जा के कह देंगे कि अपको जंगल में शिकार करते समय बाघ उठा ले गया। एक शोकसभा भी कर देंगे। बात खतम।

इसके बाद राजा को जंगल में अकेला छोड़कर सब वापिस चले गए। वह बेचारा अधपगला होकर फिरने लगा। जहाँ कोई कुआँ देखा तो उसकी मुँडेर पर झुककर सात परियों को पुकारता, "अरी परियो, कहाँ हो?" परियाँ तो परियाँ मन चाहे तभी मिलती हैं, ऐसे ही किसी राजा जी की पुकार सुनकर थोड़ी भागी आती हैं, किसी रानी की तरह। सुनते हैं कि उनको पुकारता-पुकारता राजा आखिरकार एक दिन खुद भी किसी गहरे गढ़े में गिरकर मर गया।

ढपोरशंख पर बहुत भरोसा करनेवालों की यही गति होती है।

लालची हूहू की कहानी

बहुत दिन हुए एक घने जंगल में गीदड़ों का एक झुंड रहता था। बड़ा भारी और घना जंगल था वह। ऐसे जंगलों के तीन हिस्से होते थे। पहला वाला हिस्सा जंगल के गिर्द एक लम्बा और फैला हुआ बाहरी दायरा होता था जिसमें तरह-तरह की जंगली फूलदार लतरों, फलदार पेड़-पौधों की भरमार रहती और कई-कई तरह के पंछी और गिलहरी वगैरह भी। आसपास की बस्तियों का कोई भी ऐरा-गैरा वहाँ लग्गी से फल झाड़ने, जड़ी-बूटियाँ लाने, घरेलू चूल्हे के लिए लकड़ियाँ बीनने या भैंसों के लिए चारा-वारा लेने जा सकता था।

कभी-कभार कोई पारधी भी धनुष-बाण या लासा और जाल लेकर वहाँ घुसता। वह रंग-बिरंगे पंछी पकड़कर उनको शहर में बेचकर इतना कमा लेता था जिससे बाल-बच्चे पल जाएँ।

जंगल का यह हिस्सा एक तरफ राजमहल के भी पास पड़ता था। उसे राजा साहिब, मंत्रियों और नगरसेठों और उनके परिवारों के वास्ते सुरक्षित रखा जाता था। बीचोबीच राजा और रानी के वास्ते एक नक्काशीदार, झरोखेदार कोठी थी, जो हवामहल कहलाती थी। और महाराज-महारानी आनन्द के हेतु दसियों माली वहाँ बड़े जतन से बोई गई सुन्दर-सुन्दर फूल की क्यारियों और पेड़ों के झुरमुटों को पानी देते, तराशते रहते थे। मालिनियाँ भी वहाँ होती थीं। वे हमेशा रानियों और बड़े मंत्रियों के घर की जनानियों हेतु खुशबूदार फूलों के गजरे और बाजूबंद अपनी टोकरी में भीगे मलमल से ढककर रखतीं। इसके अलावा उनका यह भी काम था कि वे हर दिन रानियों और उनकी सखियों के स्नान के लिए बनाए गए संगमरमर के हौजों को धो-धा कर

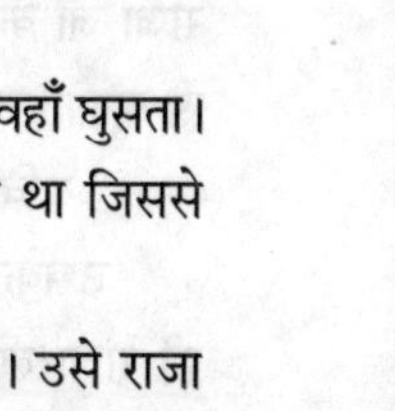

इतर-गुलाबजल से महकाती रहें। इस हिस्से को ऐशबाग भी कहते थे।

कभी अपनी थकान मिटाने को महाराज और मंत्री लोग भी ऐशबाग आ जाते। मई लोग आते तो पर्दे डल जाते और बड़ी रौनकें लग जातीं। झाड़ियों के कुंजों और राजा जी के हवामहल से झूले के गीत और संगीत की लहरियाँ सुनाई देतीं। खिलखिलाहट सुनाई देती। पर माली-मालिनें और दरबान तो चाकर थे। वे कभी सिर उठाकर नहीं देखते और बिना चेहरे पर शिकन लाए काम करते रहते। राजा के अगाड़ी और मंत्री के पिछाड़ी जाना खतरनाक होता था। अपनी एक दुलत्ती से ही काम तमाम कर सकते थे बड़े लोग।

बड़े लोगों की बड़ी बात!

कभी-कभार शहर में हल्की चर्चा सी सुनाई देती कि ऐशबाग से किसी बड़े घर की कोई सुन्दर नई-नवेली बहुरियाँ या बेटियाँ अचानक गायब हो गईं। पर ऐसी खबरों को बेबुनियाद खुसुरफुसुर मान लिया जाता। जैसा कि हमने अभी कहा, बड़े लोगों की बड़ी बात!

राज के लोगबाग नेक थे और राजा जी का मान बड़ा था। भले ही आम लोग राजा जी के ऐशबाग में कभी नहीं जा सकते थे, पर चौड़े सीने और घुँघराले बालों से सुशोभित राजा जी या उनके मंत्रियों से कोई किसी तरह का गिला नहीं रखता।

"न किसी की नजर बुरी, न किसी का दिल काला, भला करे सबका ऊपरवाला।"

उसके बाद के दायरे में जंगल का दूसरा हिस्सा आता था। वहाँ कभी-कभार ही राजा लोग अपना लाव-लश्कर लेकर ही प्रवेश करते थे। लाव-लश्कर हुकुम के इंतजार में दूर खड़ा रहता। काहे कि जंगल का खास हिस्सा ऋषियों के सुपुर्द किया गया था। उनको गुरु कहा जाता था और वे दिन-रात पढ़ाई या चिन्तन-मनन में लगे रहते। कुछ ऋषियों के आश्रम में राजघरानों के बच्चे पढ़ने को भेजे जाते थे। गुरु लोग सादगीपसन्द जटाधारी लोग थे। उनसे पढ़ने चाहे जितने भी बड़े घरों के बटुक आए हों, शुरू से सबको सख्त हिदायत रहती थी कि आश्रम में रहते हुए वो भी सिर्फ लँगोटी पहनेंगे, और नीची नजर करके गुरुजी और उनकी पत्नी या बेटियों से बात करेंगे।

राजाओं के बच्चे कोई दसेक बरस तक बाहर की दुनिया से कटे हुए सारा समय गुरुजी से तरह-तरह की विद्या सीखने में बिताते थे। छोटे घरों के लड़के

वहाँ एकदम नहीं आ सकते थे। कभी-कभार राजा जी अपने राजपुत्रों की बाबत कुशल-मंगल लेने आश्रम आ जाते थे। पर पैदल, रथ पर नहीं। वहाँ वे सीधे अपने बच्चों की बजाय गुरुजी से ही उनकी तरक्की की बाबत जानकर वापिस सरोवर के आसपास कहीं शिकार खेलने निकल जाते जहाँ उनका लाव-लश्कर उनके हुकुम के इन्तजार में होता।

असल में राजा लोग ज्यादातर इधर शिकार-विकार खेलने को ही आते थे। या फिर जब कभी बाहरी चढ़ाई होती और उनको दुश्मन के खिलाफ कुछ यज्ञ-उज्ञ कराना होता तभी आश्रम में आते और किसी मुनि के घर जाकर चुपचाप कुछ मशवरा, कुछ पूजा, मंतर-तंतर करवा आते थे। लोग कहते हैं कि कुछेक दफा किसी-किसी राजा को आश्रम को जाते या वापिस आते समय सखियों के झुंड में तालाब से गीले वस्त्रों में लौटती आश्रम की किसी सुन्दर सी कन्या के दर्शन भी हो जाते थे।

बात कभी परवान चढ़ती, कभी नहीं।

खैर। बड़े लोगों की बड़ी बात।

हमारी वाली कहानी छोटे लोगों के बारे में है जो निकली है जंगल के सबसे भीतर के तीसरे इलाके से। यह हिस्सा बड़े-बड़े सैकड़ों बरस पुराने पेड़ों से ऐसा ढका हुआ था, कि सुर्य महाराज की किरणें भी वहाँ बमुश्किल पहुँचतीं। इस हिस्से के बीच में एक बड़ा-सा सरोवर था जहाँ हर तरह के छोटे-बड़े जानवर मौका देखकर रात गए पानी पीने को आते थे। इस भीतरी जंगल का अपना कानून था। यहाँ घास-पात खानेवाले तमाम शाकाहारी जानवर सरोवर के एक साइड में रहते थे, और मांसाहारी जानवर दूसरी साइड में। मांसाहारी जानवर भी राजाओं की तरह बिला जरूरत शिकार नहीं किया करते थे। न ही वे राजा के सिपाहियों की तरह अपने हिस्से के बासी शिकार को किसी छींके पर अगले दिन खाने के लिए संग उठा ले जाते थे। जब भूख लगी तभी शेर-बाघ शाही कदमों से चलते हुए शाकाहारी साइड की तरफ आते।

जैसे ऐशगाह में महाराज के आने पर 'परदा करें' की हाँक लगती थी, यहाँ उसी तरह जंगल के राजा के आने की भनक पाते ही जंगल के खबरिया बन्दर पेड़ों की शाखा से शाखा पर कूदकर चिचियाते हुए आगाह करने लगते कि "मित्रो, जंगल के राजा इस तरफ पधारते देखे जा रहे हैं! सावधान, होशियार!" यह सुना

नहीं, कि पानी पीना छोड़कर सब जनावरों के झुंड भाग निकलते। पर शेरों-बाघों को पता था, कि हर बार कुछ लापरवाह किसम के जानवर या गाभिन हिरनियाँ और उनके कमउम्र इधर-उधर मुँह मारते छौने ताबड़तोड़ भागते झुंडों से पिछड़ जाएँगे। झुंड के सबसे पीछे की उस अचकचाई पाँत पर शेर-बाघ घात लगाकर बस एक छलाँग में अपना शिकार पकड़ लेते थे : हिरन, बनैला सूअर या नीलगाय जो भी उनके हाथ आया उसकी नुकीले दाँतों से ऐसे गर्दन से पकड़ते कि उसकी खून की नट्टी कुड़कुड़ा जाती। जब देही की हरकत बन्द हो गई तो फिर वे शिकार को अपनी साइड के जंगल की झाड़ियों के बीच खींच ले जाते थे, और फिर गरजते हुए अपनी मादाओं-बच्चों के साथ छककर खाते थे।

जंगल का कानून था, कि शिकार के समय जगह मिलने पर साइड दी जाएगी। और एक शेर का मारा शिकार दूजा शेर नहीं खाएगा। और बाघ के मारे शिकार को भी दूसरा हाथ नहीं लगाएगा।

जंगलराज में यहाँ सदा से ऐसे ही चलता आया था कि बड़ा पराणी किसको कब खाए या छोड़े, यह वह खुद तय करैगो।

बन्दर इस जंगल में हर जगह बाहर रहते पेड़ों पर। फितरतन खुराफाती थे, पर शेरों की इज्जत करते थे और दूसरों को पेड़ की ऊँचाइयों से शेर महाराज की 'पोजिशन' बताने, खतरे की चेतावनी देने में उनका कोई सानी न था। इसलिए बन्दर जात को कोई नहीं मारता था। गीदड़ और लकड़बग्घों के झुंड जंगल की शाकाहारी और मांसाहारी साइडों के बीच में कुछ कुदरती जमीनी गुफाओं में रहते थे। इन गुफाओं की कुछ कुदरती सुरंगें सीधे जंगल के बाहर तक जाती थीं। अलबत्ता उनका इस्तेमाल ये जानवर कम ही करते थे। उनमें कहावत थी कि किसी गीदड़ की मौत आती है तो ही वह शहर की तरफ भागता है।

गीदड़ और लकड़बग्घे दोनों साथ-साथ इस करके रह पाते थे कि दोनों ही पिछलग्गू जीव थे। वे शाकाहारी और मांसाहारी दोनों साइड से दुआ-सलाम रखते थे। गीदड़ तो ठहरा ही जनम का दलबदलू, किसी का न सगा, न ही किसी का दुश्मन। बस किसी बड़े शेर या बाघ के मारे मोटे शिकार की जूठन हर बार मिल जाए इसी में उनके झुंड खुश रहते। जैसे गीदड़ तैसे लकड़बग्घे। उनकी देही होती मरियल-सी, पर पेट नाँद बरोबर। हमेशा भूखे हाँव-हाँव करते किसी बड़े शिकारी

जानवर की ओट खोजते रहते। खुद उनमें इतनी भी हिम्मत नहीं थी कि किसी खरहे को भी जा दबोचें। अब जूठन खाना कोई भली बात तो है नहीं, पर साधो, ये जीभ बड़ी ठगिनी है।

मांस खाए बिना गीदड़ों और लकड़बग्घों का जिउ नहीं मानता। इसलिए वे सब हँस-हँसकर शेर को, बाघों को, चीतों को सबको घणी खम्मा, खम्मा घणी करते उनके पीछे लगे रहते। कभी-कभार अगर महाराज गुर्राकर पीछे देख भर लेते तो सब घिघियाकर झाड़ियों में छुप जाते, फिर पीछा। सब के सब मुफ्त के माल पर जो जिन्दा थे। जंगल का राजा शेर या उसका बिरादर बाघ जो भी जूठन : चरबीदार हड्डी, अँतड़ी-फतड़ी झाड़ियों के बीच छोड़ जाए, खाने से उनको कतई उज्र नहीं था। सो राजा चल दिए तो सब बचा-खुचा माल अपनी गुफा में घसीट लाते और अपना मनचाहा हिस्सा खाकर मस्त।

खा-पी के लकड़बग्घे हा-हा, ठी-ठी करते और लोट-पोट होते सो जाते। और गीदड़ों का सारा झुंड बाहर निकल के चाँद की तरफ थूथनी उठाए देर तक दाता के नाम पर हुआँ-हुआँ करता रहता। इसी तरह अँधेरे जंगल के बीच सबकी चैन से ही कट रही थी।

जब उनका पेट भरा होता तो चाँदनी रात में गुफा को वापिस आते समय बूढ़े गीदड़ झुंड के जवान होते गीदड़ों को प्रवचन देते : "बेटा, लालच बुरी बलाय। बेटा, समय से पैले और भाग से जियादा कभी नहीं मिलता। फिकर ना कर बन्दे तेरे भी दिन आएँगे," वे कहते, फिर लकड़बग्घों को याद कर दूसरी लाइन जोड़ते, "हँसी उड़ानेवालों के चेहरे बदल जाएँगे।"

गीदड़ों में हूहू नाम का एक ऐसा युवा गीदड़ था जो अपने को अपने झुंडवालों से कुछ ज्यादा ही होशियार मानता था। उसको स्वैग की लगन थी। जब हुआँ-हुआँ का गीदड़ी कोरस खतम हो जाता और बूढ़े गीदड़ों के पास जुमले चुक जाते, तो उसकी बिरादरी के सब लोग अपनी माँद तक पहुँचकर कोनों में दुबके-दुबकाए पौढ़ रहते। पर हूहू को नींद कहाँ? वह बाहर आकर एक बड़े से पत्थर पर बैठकर सोचता रहता कि किस तरह उसकी लाइफ बन जाए! अक्सर हूहू का लकड़बग्घा दोस्त हाहा भी बाहर आकर उसकी बगल में बैठ जाता। दोनों बन्दे आपस में देर तक बतियाते। कहते कि यारो, ये भी कैसी जिनगानी कि जंगल से जंगल भटको

और दूसरों की छोड़ी जूठन पर जिन्दा रहते हुए उनका जस गाओ। हुँह!

हूहू, हाहा को लगता कि "फिकर ना कर बन्दे, अच्छे दिन आएँगे, हँसी उड़ानेवालों के चेहरे बदल जाएँगे," यह कहावत बुड्ढों की बकवास भर है। ऐसा भी कभी होता है?

आखिरकार दोनों मित्रों ने तय किया कि वे इन खूसटों से अलग अपनी कुछ अलग किसम की छवि बनाएँगे। पर किस तरह?

हूहू ने कहा कि यार हाहा, इसके लिए सबसे पहले हमको किसी तरह सुरंग की मार्फत जंगल के भीतरी दायरों से बाहर शहर की तरफ जा निकलना होगा। जब तक शहरी दुनिया का समग्र दर्शन न होवे और मनुख जात से कोई नया विचार न मिले, बात नहीं बनेगी। सो हाहा और हूहू ने तय किया कि किसी रात चोर पैरों से वे सुरंग से बाहर निकलेंगे। सबसे पहले वे बाहर निकलते ही वो हिस्सा देखेंगे जहाँ की बाबत बचपन में बूढ़ियों ने उनको कई कहानियाँ सुनाकर खतरनाक और चतुर मनुख जात से दूर रहने की सलाह दी थी।

शेर से भले निबट लियो बच्चा, बूढ़ियाँ कहतीं, पै मनुख की जात का पार किसी ने न पायो। सुना पकड़े जानवरों को वो खुद कभी-कभार ही खाते हैं बाकी को दूसरों को जिन्दा बेच देते हैं पिंजड़े में पालतू बनाकर पालने को। हम गीदड़ हुए तो क्या? हम सबकी अपनी भी तो कोई इज्जत हैगी।

तुम अपनी माँद में जूठन खा-खा के झाड़े रहो कलट्टरगंज, हूहू सोचता। अरे दूसरों में खौफ भरने के लिए मनुख सरीखी चालाकी सीखे बिना, मनुखों जैसे कुछ रंग-ढंग बनाए बिना कैसे अच्छे दिन आएँगे। और सीखने में हरज ही क्या? क्यों हाहा?

हाहा ने, जैसी उसकी आदत थी, तुरत गंजी मुड़िया हिला दी।

एक दिन जब जंगल सोता था, चालाक गीदड़ हूहू और उसका लकड़बग्घा दोस्त हाहा, चल पड़े बाहर की तरफ।

"हम कहाँ चले दिल्लीपति राना?" हाहा बोला।

हूहू का दिल बाग-बाग हो गया। बोला, "आखिर बड़े ने बड़े को पहचाना।"

बस। दोनों में दोस्ती और पक्की हो गई।

पहले दिन चारों तरफ घूम-घूम कर दोनों ने जंगल के बाहरी हिस्से का जायजा

लिया। फिर वापसी में राजा और ऋषियों के हिस्से का जंगल जो उनको बाहरी हिस्से की तुलना में काफी उकताऊ लगा।

अगले दिन दोनों फिर बाहर पहुँचे। दोनों ने तरह-तरह के फूल और खुशबूदार फल सूँघे। दबे पैर ऐशगाह के फाटक से घुस हौदी में डुबकी भी लगा आए। देह गुलाब और चमेली के इतर से गमगमा गई। तेज इतर की गंध से हाहा को जोर की छींक आ गई तो एक खब्बीस दरबान जोर से बोला, "कौन है बे?" थर-थर काँपते दोस्त कुछ देर झाड़ियों में साँस रोके छुपे रहे फिर सरपट जंगल को भागे।

मजा बहुत आया। पर हाहा, हूहू को लगा कि अपुन का फ्यूचर जो है सो इसी सैड में जंगल के भीतर है। सब जात-बिरादरी यहीं, गीदड़नियाँ-लकड़बग्घिनियाँ यहीं, बाहर जाके क्या करना। दोनों नए माल-असबाब पर नई तरह सोचने लगे।

एक दिन गुफा के बाहर बैठा हूहू क्या देखता है कि रात गए हाहा लकड़बग्घा दूसरी तरफ से आ रहा है। पास आके हूहू से सट के हाहा फुसफुसाकर बोला, "भैये, बड़ी गुड न्यूज है। जरा चल मेरे संग। मुझे बड़ो बन्दर बता रयो थो, कि अभी ऋषि-मुनि वाले जंगल की साइड में भटक गया कोई मस्त हाथी को किसी शिकारी मनुख ने सरोवर किनारे आय के मारो है। तू चाहे तो नाल नाल सरोवर तक चलके देख आवें?"

हाहा बोलता रहा, "हाथी ठहरा बड़ा जिनावर। मेरी अजिया कहती थी मनुख जात हाथी को खाने के लिए नहीं, पर दिखाने के दाँतन के लिए मारता हैगा। सो पारधी तौ अभी जरूर घर गया होगा कुल्हाड़ी लाने और लाश से दाँतों को काट-कूट कर ले जानेवाले अपने साथियों की तलाश में। वो कट लिए तो हाथी अपुन का!"

हूहू के मन में एकबारगी आया, बार-बार क्या जूठन खानी? फिर सोचा पारधी के लौटने से पेश्तर मैं खुद क्यों न मौका-ए-वारदात पे जाके हाथी मारने की मनुख की टेकनीक समझ लूँ? किसी दिन मैं भी तो खुद शिकार करूँगा। और भैये ताजे मांस में जो बात है वह अगले दिन के मक्खियों से भिनकते बासी छीछड़ों में कतई नांय। उस्ताद वाला माल-असबाब लाना हो, तो साले गीदड़ों-लकड़बग्घों को आत्मनिर्भरता का सन्देश देना होगा। ये हाहा मूरख भले हो, पर हाथी को चलकर देखने में हरज क्या? आखिर मनुखों में भी तो बड़े शिकारी से ही तो हर छोटा शिकारी मनुख गुर सीखता होगा।

प्रकट में हाहा लकड़बग्घे से हूहू बोला, "चल!"

दोनों मित्र चले। जाके देखा तो सचमुच सरोवर के किनारे पत्थर के ढोंके के पीछे एक बड़ा-सा हाथी ही नहीं मरा पड़ा है, वधिक की भी लाश पड़ी है। हुआ ये कि हाथी के गिरने से एक साँप घायल हो गया था। उसने वधिक को काट खाया और वह भी मर गया। उसकी देही के साथ में पड़ा था उसका धनुष। इतना बड़ा शिकार! और ताजा इतना, कि देही पर लगा बाण सारे का सारा भीतर घुस गया था और घाव से बहता खून अभी थक्कों में नहीं जम पाया था।

चटखारे लेकर ताजा खून चाटते हाहा, हूहू को लगा, कि उनकी तो लॉटरी खुल गई।

"लगती है लॉटरी, उड़ती है धूल, जलते हैं दुश्मन खिलते हैं फूल।"

"फिक्र मत कर बन्दे तेरे भी दिन आएँगे, क्या?" हँसते हुए हूहू ने कहकहे लगाते हाहा से कहा। "और वो जिस भेंगी लकड़बग्घी से तेरा नैन-मटक्का चल रहा है जाके उससे कहियो कि 'मझधार में आ, किनारों में के रक्खा है? प्यार है तो गले लग जा, इशारों में के रक्खा है'।"

"क्या उस्ताद, आप भी..." लजाकर पुलकित होते हाहा ने कहा।

"अपुन भी कयामत की नजर रखते हैं," उसने हाहा से कहा। फिर गम्भीर होके बोला कि जा के गुफावालन को कह दो, हूहू उस्ताद ने पहाड़ जित्तो बड़ो हाथी मारो है। सब आके प्रेम से जीमो! पर, खबरदार जो किसी से पारधी-वारधी की बात कही। उसकी लाश अभी छिपा देते हैं बाद को हम दोनों अलग से खाएँगे। देखें मनुख का मांस कैसा होता है टेस्ट में!"

पारधी की देही को दोनों मित्र छिपा आए। अब उस्ताद के हुकुम से हाहा लकड़बग्घा गुफा से सारे लकड़बग्घों और गीदड़ों को बुलाने चल दिया।

पारधी तो सिधारा गोलोक, सो उसकी कोई फिकर नहीं, अब सब परिजनों को न्योत कर मरे हुए हाथी की लाश को सकुटुम्ब-सपरिवार निश्चिन्त हो के खाऊँगा और उनकी वाह-वाह के बीच अपना एकदम नए टशन वाला उस्तादी रूप अपने आप बन जाएगा। यह सोचते हुए हूहू को लगा कि ये धनुष आगे शिकार के वास्ते बड़े काम की चीज होगी। सो वह तुरत-फुरत भागा और धनुष को जो है सो उठाकर झाड़ी के पीछे रख आया। रखते-रखते डोर सूँघी तो जी जुड़ा गया। वाह! उसकी

फेवरिट सुखाई हुई अँतड़ियों की ताँत से बनाई गई थी वह डोरी। फिर वह वापिस चल पड़ा।

पर अचानक क्या पाता है? हाथी की लाश के सामने खड़ा था एक हरी-हरी आँखोंवाला बाघ।

"मामाजी प्रणाम," चतुर हूहू हकलाते हुए बोला।

बाघ अच्छे मूड में था। भरपेट कहीं से शिकार छककर सरोवर में पानी पीने को आया था। उसने कहा, "क्यों भानजे अच्छे तो हो?"

हूहू गीदड़ बोला, "मामाजी आपकी दया है।"

तीखी निगाहों से उसे देखते हुए अब बाघ ने पूछा, "और ये हिरन किसने मारा है?"

चतुर हूहू बोला, "शेर ने!"

काहे कि उसे पता था कि जंगल की मरजाद के हिसाब से कोई भी बाघ कभी भी किसी शेर के मारे शिकार को नहीं खाएगा। वही हुआ। बाघ बोला, "शेर महाराज हमसे उम्र में बड़े हैं। बुढ़ा गए तो क्या? हमारे मार्गदर्शक हैं। उनका मारा शिकार हम नहीं खाएँगे।"

इसके बाद बाघ चपड़-चपड़ नदी का पानी पीकर चला गया।

कुछ ही देर में एक शेर भी पानी पीने आया।

हूहू गीदड़ बोला, "ताऊ पाँय लागी।"

"जीते रहो," शेर बोला। फिर उसने बड़ा-सा हाथी मरा देखा तो पूछा, "भाई ये किसने मारा है?"

चतुर हूहू बोला, "जी वो बाघ मामा ने।"

जैसी उसे उम्मीद थी, शेर ने कहा, "अपने से छोटे का मारा शिकार खाना राजधर्म के विरुद्ध है।"

उसने भी पानी पिया और चला गया। हूहू गीदड़ की जान में जान आई।

अब थोड़ी ही देर में वहाँ एक कौवा आ पहुँचा।

"क्यों भाई हूहू, अकेले-अकेले?" उसने शरारतन गर्दन टेढ़ी करके पूछा। हूहू ने सोचा ये साला तो पक्का खबरची है। इसे कुछ न दूँगा तो ये काँव-काँव करेगा और इसकी पुकार सुनकर इसके तमाम साथी आ जुटेंगे। उनके पीछे-पीछे हमेशा

की तरह शायद कई और हरामखोर न आ पहुँचें। तब मैं किस-किस को रोकूँगा? इसलिए इसे कुछ देकर विदा करना ही बेहतर होगा। हूहू ने कौए की तरफ मांस का एक बड़ा-सा टुकड़ा उछाल दिया। कौआ उसे लेकर उड़ गया।

उसके कुछ देर बाद झाड़ी से निकलकर अकेला हाहा लकड़बग्घा आया। बोला, आज अभी सारी बिरादरी बाघ मामा के कने अँतड़ियाँ जीम के लौटी है, सो उन्ने कही है कि कल सुबह उठकर इधर जीमेंगे।

हूहू गीदड़ ने सोचा, उस्तादी दिखानी है तो पहले इसके अधोभाग में लात मारकर भगाना ही ठीक रहेगा। उसने भँवें चढ़ाकर उसके पृष्ठभाग में जोर से एक लात मारी और कहा, "तो तू भी अब सुबह ही अइयो।" दुरदुराए जाने का आदी डरपोक हाहा लकड़बग्घा भाग लिया। इसके बाद हूहू गीदड़ खुश होकर सोचने लगा कि काहे खुद शिकार-विकार का भी जोखिम मोल लेना? दिन-रात धनुष काँधे पर धरे-धरे फिरना उसके बस का नहीं, उस पर तीरों के लिए एक तरकश भी बुनना होगा और बाँस की तीलियाँ काटकर नुकीली नोकवाले नए तीर बनाना तो उसको आता ही नहीं!

चल बेट्टा, वह खुद से बोला, तू तो शेर, बाघ, लकड़बग्घा सबको अपनी लच्छेदार बातों से इधर-उधर ही निपटा चुका है। रही गुफा में नेताई करने और पंचप्रधान बनने की बात, सो हाथी उन सबको कम-से-कम महीने भर की खुराक तो देगा ही। इस महीने भर चले जेवनार के बाद गीदड़ तो गीदड़, अघाये डकार मारते लकड़बग्घों का सपोर्ट भी सदा उसी के साथ। बीच-बीच में कभी कुछ नया खाने का मन किया तो वो और उसका पिछलग्गू यार हाहा, दोनों झाड़ी के नीचे छुपाए मनुख का मांस भी खाते रहेंगे! के तो स्टाइल बबुआ! बस इभ हूहू तौ टॉप। एकदम लॉलीपॉप!

हूहू की जुबान धनुष की ताँत की डोरी के करारे स्वाद के लिए कभी से लपलपा रही थी। उसने सोचा, क्यों न भोर होने से पहले वह अकेला उस डोरी को मजे ले-लेकर खाए, फिर सुबह होने पर सबके साथ हाथी पर भी हाथ साफ करे।

वह गया और धनुष उठा लाया। पर हाय!
देंदा है रब, सडदे नें सब, पता नहीं क्यूँ?

जैसे ही हूहू ने ताँत की डोरी काटी, बाँस की कमानी छिटककर उसके तालू में लगी और वह ढेर हो गया। अगले दिन हाथी का मांस जीमकर गुफा को वापिस जाते एक सयाने गीदड़ ने कहा, “हाय बेचारा हूहू! कोई कमी ना थी उसमें। अकलमन्द, हिम्मती बन्दा था अपना। पर कुछ काम न आया। जभी कहते हैं, मिलेगा मुकद्दर।”

लोल लठैत और विद्या का घड़ा

एक गाँव में लल्लन नाम का एक बली लठैत रहता था। उसके पास अपनी कोई खेती-बारी नहीं थी, लेकिन गाँव में जिसको भी अपने दुश्मनों को निपटाना होता, वह माँगा भाड़ा चुकाकर लल्लन की मदद लेता था। किसी मकान मालिक को अड़ियल किरायेदार को हटाना होता, या किसी महाजन को अपने भूमिगत हो गए कर्जदार से उधारी का पैसा वापिस लेना होता, तो सब रात के अँधेरे में लल्लन को अपने घर बुलाकर यह काम उसे सौंप देते थे। लल्लन की ख्याति थी, कि उचित मूल्य पर वह आनन-फानन अपने तेल पिलाए लट्ठ से मकान मालिकों, महाजनों के लक्ष्य से डराकर और जरूरत पड़ी तो खोपड़ी फोड़कर हिसाब-किताब बरोबर करवा देता।

गरीबी काफी होने से राज्य में भाड़े पर किरायेदार रखनेवाले मकान मालिक कई थे और सूदखोर महाजन भी। इस तरह बिना खेती, बिना वाणिज्य, बिना चाकरी के लल्लन लठैत की अच्छी कट रही थी।

पर सब दिन होत न एक समाना बबुआ।

एक दिन इलाका-इलाका घूमते दुबले-पतले लँगोटीधारी महात्मा राज्य में पधारे। रोज शाम लोगों को वे किसी वनोपवन में बहुत सुन्दर प्रवचन देते और नीति कथाएँ सुनाते। सबका सार यही था कि हिंसा से बचो, सच बोलो और प्रेम से मिल-जुलकर रहो। सत्य, अहिंसा और अस्तेय यानी चोरी-चकारी का त्याग, इनका पालन करने से सबकी किस्मत चमक जाएगी।

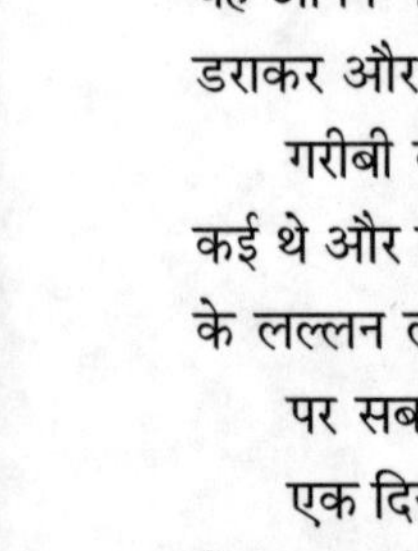

शुरू में लोग सिर्फ उत्सुकता के कारण कथाएँ सुनने आते, लेकिन बूढ़े की बातों में जाने कैसा जादू था, कि धीमे-धीमे इलाके में उनका असर दिखाई देने लगा। एक दिन तो बाबा ऐसे गायब हो गए जैसे

कभी थे ही नहीं, पर इलाके के लड़ाई-झगड़े मिट चले। मनमुटाव कम हुआ तो भाइयों में खेतों के खूनी बँटवारे बन्द हो गए। बँटवारा बन्द हुआ तो परिवारों की जोत बढ़ गई। जोत बढ़ी, तो अनाज भी अधिक उपजा। उपज बढ़ी तो बिक्री भी बढ़ी और मुनाफा भी।

जैसा बाबा ने कहा था, टंटे मिटे तो लोग अमीर होने लगे। गाँव के किसान भी बैलगाड़ी में चार-चार बैल जोतते और पक्के मकानों में रहते। उनके खेत के बँटाईदार तक गरीब नहीं रहे। दूरदराज उनको कटाई-रोपनी के लिए नकद में दूना भाड़ा देकर बुलवाया जाने लगा। सो जब देस में प्रवासियों की तरफ से काफी रुपया-पैसा आने लगा तो सब झोंपड़ियाँ भी पक्की बन गईं।

पर तराजू का एक पलड़ा उठता है तो दूसरे का नीचे जाना तय है। वही हुआ। इधर शहर-गाँव खुशहाल हुए, उधर लल्लन लठैत, मकान मालिकों और सूदखोर महाजनों के भूखों मरने की नौबत आ गई।

कुछ दिन लल्लन और महाजनों ने जबरिया अपनी कब्जाई जमीन पर खेती शुरू की, लेकिन वे परती पड़े थे और खेतीबारी में वे माहिर थे नहीं, सो खास सफलता ना मिली।

"दद्दू," लल्लन ने एक रोज एक महाजन से कहा, "अब कुछ करनौ ई पड़ैगो।"

लल्लन अपने गाँव से निकला और अपना बारह हाथ का लट्ठ लिये दर-दर भटकने लगा। पर हर जगह खुशहाली। हर जगह मेल-मिलाप। लाठी-लठैतों की कतई जरूरतै ना। लल्लन ने जे भी सुना कि देस के राजा ने अपनी सेना के हथियार मालखाने में जमा करा के सिपाहियों को बाग-बगीचों की टहल या महल की रखवाली में लगा दिया था।

निराश होकर लल्लन लठैत ने घर वापसी की ठानी। सोचा, अरे वहाँ अपने लोग तो हैं। मारेंगे तौ भी छाँव में ही गेरेंगे। फिर क्या पता कभी लड़ने-लड़वाने के दिन वापिस आ जाएँ? वह वापिस गाँव की ओर चला। रास्ते में चलते-चलते रात हो गई थी, सो वह शहर के बाहर जंगल में बने एक मन्दिर के आँगन में ठहर गया।

रात गए लल्लन क्या देखता है, कि सफेद धोती पहने कोई एक गोलमटोल घड़ा कन्धे पर धरे उस मन्दिर से बाहर निकल रहा है। बाहर आँगन में उसने पहले साफ जगह पर घड़ा रखा, फिर उसे हाथ जोड़कर कहने लगा, "आदरणीय मुझे

मन्दिर में अनुष्ठान की सामग्री दे दें।"

यह क्या? सामग्री हाजिर हो गई और उसको लेकर वह आदमी फिर मन्दिर में घुस गया।

अब तक लल्लन लठैत की उत्सुकता जाग गई थी। चोर कदमों से वह भी भीतर घुसा। भीतर क्या देखता है कि वह आदमी तो कोई सिद्ध पुरुष है और अब मधुर मंत्रोच्चार सहित विद्या माई की सुन्दर मूरत की पूजा कर रहा है।

लल्लन ने सोचा दर-दर फिरने से क्या लाभ? क्यों न वह सिद्ध पुरुष को खुश करे और फिर वैसा ही घड़ा अपने लिए भी माँग ले?

यह सोचकर अगले दिन से लल्लन तन-मन-धन से उन सिद्ध पुरुष की सेवा करने में जुट गया। वे नहाने जाते तो उनकी धोती-अँगोछा लिये पीछे चलता। पोखर में नहाते तो उनको जरूरत मुताबिक चीजें पकड़ाता जाता। नहाकर मन्दिर को चलते तो बिन कहे उनकी डाली में खुशबूदार फूल भरकर रख देता और पूजा के बाद सारे बरतन धो देता। सुबह-शाम वह अपने बाबा जी के लिए सात्विक कंदमूल का फलाहार भी यथासमय लाने लगा।

उसकी सेवा से प्रसन्न होकर सिद्ध पुरुष ने कुछ दिन बाद उससे पूछा, "बच्चा, तुमको क्या चाहिए?"

महाबली लल्लन लठैत रुआँसी शकल बनाकर बोला, "बाबाजी मैं बहुत ही अभागा हूँ। दरिद्रता की वजह से अब तक मेरे पास अपना घर-बार, गृहस्थी कुछ भी नहीं है। इसी से दुखी होकर इस जंगल में आपकी शरण में हूँ। आपकी दया होगी तो मेरा दलिद्दर कट जाएगा।"

मक्खन जैसे नरम मनवाले सिद्ध पुरुष ने सोचा, यह बेचारा तो बहुत तकलीफ में लगता है। इसकी सहायता करनी चाहिए। उन्होंने बड़ी मुलायमियत से पूछा, "तुम क्या चाहते हो? मुझसे कोई विद्या? या मेरी विद्या से अभिमंत्रित किया यह घड़ा?"

अन्धा क्या माँगे? दो आँखें।

"घड़ा," लल्लन बोला, "विद्या की साधना आपै करिये महाराज। मैं ठहरा गँवई आदमी। मुझे विद्या से क्या काम? मुझे तो बस इस जादुई घड़े की जरूरत है।"

सिद्ध पुरुष ने अपना घड़ा उसको देकर कहा, "तब जाओ, घर-गिरस्ती जमाओ। खुश रहो!"

मुदित मन हो लल्लन लठैत कन्धे पर घड़ा लिये अपने देस चला। राह में वह सोचने लगा कि वह तो कोई योगी या सिद्ध संन्यासी नहीं है। उसे घड़े से फूल-पत्ते, धूप-दीप, नैवेद्य क्या निकलवाना? उसे तो लक्ष्मी का चमचमाता रूप माँगना चाहिए। जो सब लोग देखें। ऐसी सम्पदा का क्या मतलब जो मित्रों के साथ भोगी न जा सके? जिसे दिखाकर दुश्मनों को न जलाया जा सके?

यह सोचकर उसने पास ही एक साफ जगह खोजी और कुछ जल और फूल-पत्ते अभिमंत्रित घड़े को चढ़ाकर बोला, "घड़ा महाराज, मुझको तुरत-फुरत सौ परम स्वामिभक्त कुशल लठैतों की लड़ाका टोली, एक बढ़िया हाथी और राजसी बाना चाहिए।"

अभिमंत्रित घड़े की कृपा से उसे तुरत वह सब मिल गया।

"चलो रे," उसने अपने लठैतों से कहा, "राजा अभी महल के बगीचे में घूम रहा होगा, उसका सर फोड़ देते हैं।" भक्त लठैत तुरत राजी। "जै-जै लल्लन लठैत," का नारा लगाते वे लल्लन लठैत के हाथी के पीछे अपनी-अपनी लाठी भाँजते चल पड़े। हाथी पर चढ़े लल्लन ने रेशमी कपड़े में लपेटकर अपने जादुई घड़े को साथ में रख लिया।

यह पाल्टी महल में जाकर क्या पाती है, कि बाबा के दिए सत्य-अहिंसा के मन्तर का हर जगह बोलबाला था। राजा के आदेश से और बाबाजी के प्रताप से सब लोग, यहाँ तक कि दरबान भी निहत्थे घूमते थे। लोगबाग घरों में ताले नहीं लगाते थे। गायें, बकरियाँ, भैंसें सब खुली घूमती रहती थीं। उनको कोई भी दुहकर जरूरत के मुताबिक दूध घर ले जा सकता था। जाते हुए हर दूधवाला उसका गोबर साथ ले जाता ताकि धरती साफ रहे। साथ ही दुधारू पशु को हरा-भरा चारा खिलाना भी न भूलता।

ऐसे देस के महल में धड़धड़ाते हुए घुसकर, फिर बगीचे में घुसकर राजा का सर फोड़ने में लठैत पाल्टी को कोई परेशानी नहीं हुई। राजा मरा तो लल्लन गुरु के भक्त लठैतों ने तुरत राजा की देही ठिकाने लगाई और खूनी वारदात के सारे निशान भी मिटा डाले। अब रास्ता साफ था।

अब लल्लन लठैत ने अपने दस चुनिंदा भक्तों की मदद से शहर-शहर, गाँव-गाँव मुनादी फिरवा दी कि "सुनो, सुनो, सुनो, कल शाम जो है, सो ठीक साढ़े चार बजे

सुमुहूर्त में नए शासक श्रीमान लल्लन लठैत जी राजमहल की प्राचीर से जनता को दर्शन तथा देस के नाम सन्देश देंगे। सब जनी जुट आइयो। जो नहीं आया उसका सर फोड़ दिया जावेगा।"

शाम को लल्लन लठैत राजमहल की प्राचीर पर राजसी बाना धारण किए परगट भये। कैसा भव्य बाना! अहा-हा, सर पर सतरंगी पगड़ी, कमर में पटका, गले में पीताम्बर। ये चौड़ा सीना, लोमश भुजाएँ, हाथों के डोले फड़कते हुए जैसे ताजा पकड़ी रोहू मछलियाँ हों।

सामने भारी भीड़ जुटी हुई थी। ऐसी भीड़, कि थाली फेंको तो सर से सर तक फिसलती चली जावे। लल्लन लठैत का जी जुड़ा गया।

"मित्रो," गुरुगम्भीर स्वर में लल्लन बोला, "आज से राजशाही खत्म हुई।" भीड़ के गिर्द खड़े सौ भक्त लठैतों ने तुरत नारा लगा दिया, "राजशाही नहीं चलेगी, नहीं चलेगी।" फिर भीड़ के हर शख्स को लट्ठ से ठसकाकर कहा, "बोल बे!" फिर तो खूब नारे लगे।

मुस्कुराकर कुछ देर तक उनके शान्त होने की प्रतीक्षा के बाद लल्लन बोला, "मित्रो, आज से आपका यह रक्षक लल्लन लठैत नहीं, लोक-लठैत है। वंशवादी राजशाही ने हमारी लाठियों को जबरन खामोश कर महाजनों का, मालिक मकानों का धन्धा मिटा रखा था। अब हम सब, यानी मैं लोक लठैत और मेरे सौ लठैत भक्त, राज्य के तमाम महाजन और मकान मालिक बन्धु तथा आप सब लोग, हमारे साथ चलेंगे। हम साथ लड़ेंगे, साथ मरेंगे। साथ सूद वसूल करेंगे, नालायक किरायेदार निकलवाएँगे। यह इमारत जिसे आप राजा का महल कहते आए हैं यह लोगों की दी हुई एक अति पवित्र धरोहर है। अब आपका प्रतिनिधि बनकर यह लोक-लठैत उसकी दिन-रात रक्षा करेगा।

"आप सब मेरे साथ तीन बार दोहराएँ, जय देस, जय लट्ठ दल, जय लठैती-महाजनी।"

यह सुन्दर संक्षिप्त भाषण देकर लल्लन लठैत ने राजमहल की दहलीज पर शीश नवाया और द्वारों के भीतर प्रवेश कर गया। दूर तक उसे कर्णमधुर जय-जयकार सुनाई देती रही।

गद्दी पर बैठते ही लल्लन ने मुस्तैदी से काम करना चालू कर दिया। सबसे

पहले उसने अपने क्रूरतम लठैतों को गाँव-गाँव, शहर-शहर लोगों की गरदन पर लाठी रखकर मोटा लगान वसूल करने भेज दिया। फिर उसने घड़े से भरपूर नई मुहरें माँगकर खजाना भरा और सरकारी लूटपाट से गरीब बन गए मजदूरों, किसानों, कारीगरों को सरकारी खजाने से बिना ब्याज का कर्जा देना शुरू कर दिया।

पहले दस लाभार्थियों को खुद लोक-लठैत ने मुहरों की थैली पकड़ाई। इसकी अनुकृति राजमहल के चितेरों से उतरवाई गई जिनकी प्रतियाँ हर गली-मुहल्ले में भक्त लठैत जाकर तुरत चिपका आए।

ऐसी फुर्ती से दबे लोगबाग ठगे हुए से महल के सामने रोज खड़े होकर भीड़ लगाने लगे। भीड़ लल्लन को पसन्द थी। उसने एक दिन राजमहल के बाहर खुद हाथ में झाड़ू लेकर लोगों को स्वच्छता की बाबत बताया और आवारा पशुओं के बन्दोबस्त का भरोसा दिलाया।

इससे पहले कि कोई कुछ कहता, सड़क स्वच्छता दिवस मना और तदुपरान्त भक्त लठैतों ने सारे दुधारू पशु राजमहल में बने खास बाड़ों में बन्द कर उनका दूध-मक्खन-छाछ सब मोटे दाम पर बेचना शुरू कर दिया! मुफ्त माँगनेवालों को लट्ठ दिखाया जाता।

सिद्ध पुरुष के दिए घड़े से नाना तरह के ऐश के पदार्थ माँगकर बन्धु-बान्धवों, भक्तों से घिरा-घिराया लल्लन लठैत अब बड़े चैन से समययापन करने लगा। उसके स्वामिभक्त लठैत मुस्तैदी से घूम-घूम कर पहरा देते रहते, ताकि कहीं कोई अलग खिचड़ी न पकने लगे।

अब ऐसे में थोड़ी सख्ती बिना काम नहीं चलता। जल्द ही उनकी सख्ती की बाबत आम लोगों के बीच कुछ बुरी अफवाहें उठती रहतीं। पर एक दिन अचानक वे और उनको फैलानेवाले गायब हो जाते। शहर की बातून खबरिया जनानियों और मरदों की जुबान पर अब ताला पड़ गया।

लल्लन की पूछते हो? वह अब अधिकतर महलों के भीतर ही भीतर ऐश करता रहता था। कभी-कभी महाजन लोग उपहार आदि लेकर आते। अच्छी-अच्छी खबरें सुना जाते। मकान मालिक भी ठकुरसुहाती करते रहते।

इधर शहर से गाँव तक भक्तों की मनमानी से उपजे असन्तोष के कारण गुस्सैल झगड़े हर जगह फिर बढ़ने लगे। महाजनी टोली खुश थी। परिवार टूट रहे थे। दूध

भी बिक रहा था। तो लोग किराया चुकाने और बाल-बच्चों को पालने के लिए उधारी पर रुपया तो लेंगे ही ना?

इस मोड़ पर महल से एक भूतो न भविष्यति किसिम का जबर्दस्त प्रचार अभियान शुरू कर दिया गया।

पहले 'लोक-लठैत' महल से जारी भित्ति पोस्टरों में 'लोक-लॉयन' बनाकर चित्रित किए जाने लगे। फिर कहा गया कि जन सुविधा के मद्देनजर लल्लन लठैत उर्फ लोक-लठैत को अब संक्षेप में 'लोल' का नाम दिया जाता है। भक्तों ने कुछेक सर फोड़कर जनता को आश्वस्त करा दिया कि 'लोल' जो हैं सो महल के भीतर चारों पहर लोगों के हित के कामों में जुटे रहते हैं। खाना-पीना तो दूर सोना तक भूलकर।

हंजी, हंजी, हंजी सब कहते। हाथी के पाँव में सबका पाँव!

लोल के खजाने से कर्जा मिलना जारी रहा। उसे पाने की शर्तें कुल दो थीं।

एक, कि लोल चाहे ये करे, भक्त चाहे वो करें, यह बस उनकी मर्जी होगी। मर्जी पर फर्जी अफवाह उड़ाने या सवाल पूछनेवाले का भक्त लठैत तुरत लोकल लेवल पर मुँह या टाँग तोड़ देंगे।

इसका असर हुआ। जब कई सर पर घाव खाए या टाँग तुड़वाए लोग गलियों में दिखने लगे तो फिर समझदार लोगबाग सवाल उठाने से बिदकने लगे।

मुफ्त का माल किसे नहीं सुहाता? और अपनी टाँग या मुँह तुड़वाने का किसे शौक होता है भला?

खजाने से बिना ब्याज वाला कर्जा पाने की दूसरी शर्त यह थी, कि हर महीने बारी-बारी से लाभार्थियों की शाखाएँ भारी तादाद में, घर में जो भी हथियार पड़ा हो : डंडा, लग्गी, फरसा, दराँती, खुरपी, फावड़ा या कटहल काटनेवाला चाकू, उसे हाथों में लहराते हुए सीधे राज्य की सीमा पर जाएँगे, और फिर पहाड़ों की चोटियों से जोर-जोर से चिल्लाते हुए अपने लोल की जय बोलेंगे।

लोगों को आश्वस्त किया गया कि खतरा भीतर से नहीं, पड़ोसी देश से है जो कि चिड़चिड़े जलकुकड़ों से भरा था।

जनता की इन टुकड़ियों को सूसुसु (सूक्ष्म सुरक्षा सुजन) का संक्षिप्त नाम दिया गया। और अब हर महीने जत्थे बनाकर राजकीय अधिकारियों द्वारा वितरित लोल के मुखौटे लगाए सूसुसु टोली घाटी के पड़ोसी राजा के गश्ती सिपाहियों को

लगातार डराती-धमकाती, ताकि वे उन पर चढ़ाई करने से पहले दस बार सोचें। कुछ तो भक्त लठैतों की दुनियादारी और कुछ सूसुसु की गैर दुनियादारी से लल्लन लठैत उर्फ लोक लठैत उर्फ लोल के दिन अपने बन्धु-मित्रों के साथ गप्पें करते, खाना-पीना खाते-पीते, नाच-गाने के साथ बड़े आराम से गुजरने लगे।

एक दिन महल में लोल के जन्मदिवस पर महाभोज हुआ। पहले जमकर मदिरा पी गई। फिर चषक लिये बालाओं ने मनोहर नृत्य किए और अतिथियों को जाम पर जाम पिलाए। फिर भंग चली, रंग उड़े।

ऐसा समाँ बँधा कि अन्त में मित्रों के आग्रह से ना-ना करते लोल कन्धे पर अपना करामाती गोलमटोल घड़ा रखकर नाचने लगे। बड़ी वाह-वाह हुई।

अचानक उनका पैर फर्श पर छलकी मदिरा पर फिसला और पलक झपकते उनका वह सिद्ध पुरुष का दिया अभिमंत्रित घड़ा चकनाचूर हो गया।

घड़े का फूटना था कि उसके प्रताप से जितना ऐश्वर्य मिला था, जो भक्तवाहिनी फटाफट खड़ी हो गई थी, सब नष्ट होता चला गया। उनके नष्ट होने की खबर पाकर सूसुसु ने टिड्डी दल की तरह उमड़कर देखते-देखते महल को खँडहर बना डाला। इतने लोगों के खिलाफ अकेले लल्लन लठैत का लट्ठ भी बेकार ही था। कुछ समय वह पाकशाला में छिपा रहा, आखिर यह सुनकर कि पड़ोसी राजा अपनी अक्षौहिणी सेना लेकर आ रहा है और लोकल लोग उसे वोकल समर्थन दे रहे हैं, लल्लन लठैत जान बचाकर जंगल की तरफ भागा।

घने जंगल के बीच छुपकर अपनी बगल में सिर्फ अपना धूल-धूसरित पुराना लट्ठ पड़ा देखता लल्लन लठैत सोचने लगा, काश उसने सिद्ध पुरुष से उस दिन विद्या माँगी होती, मिट्टी का घड़ा नहीं।

पर अब क्या हो सकता था?

मुनि जी विद्या बिना कुशल होत विपरीता।

राजा का हाथी

बहुत पहले की बात है, एक वन में बहुत बड़ा गुरुकुल चलता था जिसका दूर-दूर तक नाम था। गुरुकुल में दाखिला पाना बहुत कठिन था। वजह यह, कि दाखिले से पहले गुरुकुल के महातेजस्वी आचार्य पहले खुद हर बटुक की परीक्षा लेते थे। उनकी उस कड़ी परीक्षा में जो पास हो जाता उस बटुक को बिना जाति-धर्म का विचार किए, आचार्य की अनुमति से गुरुकुल में प्रवेश पाने का हक मिल जाता था। गुरुकुल से पढ़कर निकले मेधावी छात्रों की बड़ी पूछ थी और उनको भारी वेतनमान सहित सादर बड़े-बड़े दरबारों से न्योता आता था।

कई साल गुरुकुल में पठन-पाठन का काम चलाते रहे आचार्य का जब अन्तिम समय आया तो उनकी तरफ से आचार्य की पीठ पर बैठने लायक एक योग्य उत्तराधिकारी चुनने के लिए तीन विशेष रूप से चुने गए पूर्व छात्रों को न्योता भेजा गया, जिनका छात्रावास छोड़ने के बाद बना सांसारिक करियर तथा रेपुटेशन आचार्य के कुछ भरोसेमन्द सूत्रों के अनुसार, सामान्य से कहीं अधिक उजला साबित हुआ था।

समयानुसार तीनों पूर्व छात्र आए और सादर भूमि पर बिछी चटाई पर भीष्म पितामह की तरह लेटे अपने पूज्य आचार्य के चरण छूकर उनके गिर्द बैठ गए। गुरुकुल के अन्य शिक्षक नेपथ्य में बैठ गए। आचार्य ने बहुत स्नेह से अपने तीनों पूर्व शिष्यों को देखा और बोले, "मेरा अन्त अब समीप है। इसलिए आज मैं तुम तीनों को एक बोध कथा सुनाता हूँ, जिसके बाद मैं एक सवाल पूछूँगा। तुममें से जिसका उत्तर मुझे सबसे सन्तोषजनक लगेगा, वही मेरा उत्तराधिकारी बनेगा।"

"ताकि सनद रहे, गुरुकुल के मेरे सभी सम्मानित सहकर्मी भी आज

इस कमरे के पृष्ठ भाग में उपस्थित हैं। वे मेरे चयनित उत्तराधिकारी को ससम्मान पीठ पर स्थापित करेंगे ताकि गुरुकुल की निरन्तरता खंडित न हो। अस्तु।"

इतना कहकर आचार्य ने कहानी शुरू की :

"आज से बहुत समय पहले इस उपमहाद्वीप में सम्राट् सुरेन्द्र वर्धन नाम का एक बहुत प्रतापी चक्रवर्ती राजा राज्य करता था। उसने एक अश्वमेध का घोड़ा छोड़कर जिस भी पड़ोसी राजा ने उसको पकड़ा उससे भीषण युद्ध करके उसे हराया। इस तरह अपनी भुजाओं की ताकत से उसने दस सालों में अपना साम्राज्य उत्तर में हिमालय से लेकर दक्षिण में हिन्द महासागर तक और पूरब में लुशाई की पहाड़ियों से लेकर पश्चिम में पामीर के पठार तक फैला लिया। अगले बरस सुरेन्द्र वर्धन ने एक राजसूय यज्ञ किया जिसमें सब हारे हुए राजा सर झुकाकर उसके सूबेदार बनकर बड़ी-बड़ी भेंटें लेकर शामिल हुए। इस राजसूय यज्ञ से यह साबित हो गया कि सारे उपमहाद्वीप में उस जैसा कोई अन्य प्रतापी नेता न था।

इसके बाद सम्राट् कहते, "उठो!" तो सब लोग उठकर खड़े हो जाते।

सम्राट् हुकुम करते, "बैठो!" तो सब लोग बैठ जाते।

सम्राट् आदेश देते, "ताली बजाओ!" तो सब लोग ताली बजाते।

सम्राट् दूसरा आदेश देते, "अब सब थाली बजाओ!" तो सब थालियाँ बजाने लगते।

कभी सम्राट् कह देते, "आज शाम दीपक जलाओ!" तो सब लोग दीये जलाने बैठ जाते। फिर जब आदेश होता कि "अब दीये बुझाकर सो जाओ!" तो सब तुरत दीयों को फूँक मारकर बुझाते और रजाइयों में दुबककर सो जाते।

अब शुरू हुआ असली राजकाज। चारों तरफ सम्राट् के विश्वस्त राजकीय गुप्तचर घूम-घूम कर हर सूबे में हर घर की पहरेदारी करने लगे। वे घर-घर में घुसकर पल-पल की खबर लेते और गुप्तचर विभाग के मुखिया को देते जो उसको भोजपत्र पर लिखकर हर रात सम्राट् तक पहुँचाते रहते थे।

इसके बाद किसी को कभी इस प्रकार की शिकायत करते नहीं सुना गया कि इस राज के तले उसे किसी तरह का दुख या कष्ट था। चौकीदार पूछते, "का हाल बा?" तो लोग तुरत कह देते "सब चंगा सी।"

सम्राट् सुरेन्द्र वर्धन का एक दुलारा हाथी था, नाम था ऐरावत। जब सम्राट्

अपने दुश्मनों के खिलाफ लड़ाई पर लड़ाई लड़कर उनको परास्त कर रहे थे, तब वे हर बार इसी हाथी की पीठ पर सवार होकर रणक्षेत्र में उतरते थे। पहाड़ जितना ऊँचा, बादल जैसा श्याम वर्ण, सूप जैसे बड़े-बड़े कानों और दो विराट् तलवार जैसे दिखाने के दाँतों वाला ऐरावत विख्यात 'सम्राट् का लड़ैया हाथी' के नाम से जाना जाता था। बड़े-बूढ़े बताते थे कि जब अपनी अजगर जैसी सूँड़ उठाए चिंघाड़ता हुआ ऐरावत शत्रु पक्ष पर धावा बोलता, तो अधिकतर राजाओं के हाथी तो पहले ही जान बचाने को रणक्षेत्र से भाग निकलते। इस तरह कई युद्ध बिन लड़े ही सम्राट् सुरेन्द्र वर्धन ने जीत लिए।

इसके बाद सम्राट् हर शुभ अवसर पर लड़ैये ऐरावत पर ही सवार होकर तामझाम सहित फूल बरसाती उलूक ध्वनि करती अपनी जनता के बीच निकलते थे। साम्राज्य जितना सम्भव था, फैल चुका था। सारे शत्रु हार चुके थे। सारी विधवाएँ रो-पीटकर अपने बिन बाप के बच्चे सँभालने लगी थीं। पंडिजी लोग मन्दिर या राजबाड़ी में ठीक-ठाक किसम के रोजगार पकड़ लिये थे। वणिक जन अपने-अपने काफिलों में परदेस निकलकर व्यापार में फिर व्यस्त हो चुके थे, और उनके मुनीम गुमाश्ते गादी पर हुंडियाँ और सूद के लेन-देन के काम निबटाने में। ज्यादातर पुराने सैनिक, भाट-चारण, और सेना के नाई या वैद्य हकीम भी या तो शहर में अपना धन्धा चलाने लगे थे या खेतीबाड़ी करने वापिस अपने गाँव लौट गए थे।

धीमे-धीमे ऐरावत बूढ़ा हो चला। पर महाराज का वह अब भी बहुत दुलरुआ बना रहा। उसके लिए एक खास हाथीशाला बनवाई गई थी, जहाँ उसकी सेवा टहल करने और नहलाने के लिए पाँच महावत तैनात थे। ऐरावत सुबह-शाम छककर गुड़ के हलवे, गन्ने और मुलायम पत्तियों का भोग लगाता। फिर उसका खरहरा होता जिसके बाद वह मन्द मन्थर गति से राजमहल के पास के एक पोखर में नहाने जाता, और देर तक पानी की फुहारें छोड़ता नहाता और सूप जित्ते बड़े कान फटफटाता रहता। लड़ैया हाथी को नहाते हुए देखने शहर के कई लोग रोज पोखर के किनारे खड़े रहते।

एक दिन क्या हुआ, कि नहाते-नहाते ऐरावत का पैर अचानक फिसला और इससे पहले कि किनारे पर बीड़ी फूँकते बतियाते महावत भाँप पाते, हाथी पोखर के बीचोबीच गहरे कीचड़ में धँस गया। हल्ला मच गया, "अरे सम्राट् का लड़ैया

हाथी कीचड़ में फँस गया, उसे निकालो रे!" फिर और भी बड़ी भीड़ जुट गई।

जैसा कि होता है हाथी की चिंघाड़ सुनकर आया, खुद किनारे पर खड़ा हर आदमी भी, महावतों को तरह-तरह की सलाह देने लगा। कोई कहता, "रस्से लाओ," कोई कहता, "रस्से से क्या होगा बे, दूसरा हाथी बुलवाया जाए वही इस विशाल हाथी को बाहर खींच सकेगा।" इस पर तीसरा कहता, "यार लड़ैया ऐरावत को कौन हाथी बाहर खींच पाएगा? मेरी मानो, लोहे की सिकड़ी ठीक रहेगी।" इस पर कोई इधर-उधर देख मन्द सुर में टिप्पणी करता, "नहीं यार, शाही हाथी है, चोट-चपेट लग गई तो उलटे गरीब महावतों को फाँसी हो जाएगी।"

इस प्रकार पोखर के बाहर से हाय-हाय सब कर रहे थे पर किसी के पास कोई कारगर तरकीब नहीं थी जिससे ऐरावत को बाहर निकाला जा सकता।

होते-होते सम्राट् सुरेन्द्र वर्धन तक खबर पहुँची। सम्राट् ने, जैसी कि उनकी आदत थी, अपने दोनों हाथों की लोमश उँगलियों को स्तूप की तरह बनाकर उन पर ठोढ़ी टिकाई और कुछ सोचने लगे। दरबार में दरबारी और महल के बाहर प्रजा के लोग, सब दम साधे सम्राट् के श्रीमुख से अन्तिम आदेश का इन्तजार करने लगे।

कुछ देर बाद सम्राट् ने उँगलियाँ हटाईं, अपना उत्तरीय ठीक किया और बोले, "हमारी राय है कि ऐरावत सामान्य नहीं कई युद्धों का लड़ैया हाथी है। इसलिए उसका मनोबल बढ़ाने को जोर-जोर से पोखर के किनारे पर युद्ध क्षेत्र के बाजों पर देशभक्ति की स्वर लहरियाँ बजवाई जाएँ, फिर देखते हैं।"

"इसे कहते हैं बुद्धि! धन्य हो!" कहते हुए सम्राट् का हुकुम सर माथे धरकर दरबारी तुरत मालगोदाम की तरफ भागे। देखते-देखते पुराने युद्ध के जमाने के नक्कारे, रणभेरियाँ, तूतियाँ और भोंपे निकालकर तेल पानी से साफ कर दिए गए। फिर उनको थामे राजकीय वादक पोखर के किनारे जा पहुँचे जहाँ पहाड़ जैसा विशाल ऐरावत चिल्ला-चिल्लाकर थका हुआ और लस्त पड़ा था।

"शुरू करो!" राजमहल से आदेश मिला।

आदेश मिलना था कि सारे बाजे जोर-जोर से बजने लगे। बाजों के सुर से सुर मिलाकर गाँव से दौड़े आए भाट और चारण भी वीर रस से भरे दोहे, चौपाइयाँ, छप्पय, सोरठे, और भुजंगप्रयात छंद में लिखित सम्राट् और ऐरावत की महान् दिग्विजयों पर रचे रासो गान गाने लगे।

संगीत जब चरम पर था, शिथिल पड़े ऐरावत का पहाड़ सरीखा शरीर हिला। बाजे और जोर से बजने लगे। ऐरावत की देह में एक लहर सी दौड़ी। फिर दूसरी। और तीसरी बार अहाहाहा क्षीर सागर से उबरे मन्दार पहाड़ की तरह ऐरावत एक गगनभेदी चिंघाड़ के साथ उठ खड़ा हुआ और फिर जोर लगाकर कीचड़ से उबरकर बाहर आ गया।

खबर पहुँची तो सम्राट् स्वयं राजमहल से पोखर के तट पर आ गए। उनको देखते ही जनता, जैसा कि वह करती आई थी, सम्राट् और उनके प्रिय हाथी पर बारी-बारी से गुलाब के, गेंदे के फूलों की पंखुड़ियाँ बरसाने लगी। बच्चे नाचने लगे। स्त्रियाँ मंगलगान गाने लगीं। और दरबारी पोखर के चारों तरफ सम्राट् और ऐरावत की शक्ति और अपनी भक्ति में निरन्तर बढ़ोतरी की कामनाएँ जोर-जोर से दोहराने लगे।

ऐरावत बाहर आया तो उसकी आरती की गई, तिलक लगाया गया और फिर उसे सम्राट् ने स्वयं अपने कर कमलों से थाल भर जलेबियाँ खिलाकर हाथीशाला को विदा किया।

इतनी कहानी सुनाकर आचार्य ने अपने छात्रों से पूछा, "बोलो, यह कहानी तुमको क्या शिक्षा देती है?"

कुछ देर सन्नाटा रहा।

फिर एक शिष्य बोला, "सर, यह, कि संगीत में बहुत ताकत होती है। उसको यदि भली तरह गाया-बजाया जाए तो किसी को बड़ी से बड़ी विपत्ति से भी उबारा जा सकता है।"

दूसरा बोला, "सर,युद्ध एक महान कला है। और अनेक युद्धों का अनुभवी महारथी सचमुच महान होता है। पुराना योद्धा कितनी ही बड़ी बाधा के बीच, कमजोर गति को क्यों न प्राप्त हो चुका हो, युद्ध के बाजों का तुमुल निनाद सुनते ही अपनी सारी पुरानी शक्तियों को जगा सकता है। और किसी तरह के बन्धन में पड़ा हो तो भी बिना किसी भी मदद के बाहर आ सकता है।"

"और कोई?"

खामोशी के बीच तीसरा शिष्य बोला, "सर, कहानी यह सिखाती है कि कितना ही बड़ा चक्रवर्ती सम्राट् हो अथवा उसका कोई बड़ा लड़ैया हाथी एक दिन सब

बूढ़े हो जाते हैं। इसलिए बुद्धिमान लोगों को सही समय पर अपने लिए कोई युवा उत्तराधिकारी चुन लेना चाहिए।"

"एकदम सही," आचार्य बोले और उस शिष्य को अपना उत्तराधिकारी नियुक्त कर शान्त मन से ब्रह्मलीन हो गए।

बात यहीं खतम हो जानी थी। लेकिन शीर्ष पद पाने की आस लगाए बैठे पहले दो पूर्व छात्रों को अपनी उपेक्षा, और आचार्य द्वारा तीसरे सामान्य कुल जाति के छात्र को अपना उत्तराधिकारी चुन लेना तनिक नहीं भाया। दोनों उच्चकुलोत्पन्न वीर पुरुष थे। उनमें से एक राजदरबार के न्यायमंत्री का पुत्र था, दूसरा गुप्तचर प्रमुख का बेटा। वे यह बात कैसे चुपचाप सहते?

दोनों तुरत अपने पिताओं के पास भागे गए और उनको सब बताया। पिता पुत्रों से सहमत हुए और उन्होंने पहले परस्पर फिर राजमहल जाकर स्वयं चक्रवर्ती सम्राट् सुरेन्द्र वर्धन से मंत्रणा की। उनका कहना था कि इशारे-इशारे से ऐरावत तथा सम्राट् के बूढ़े होने तथा उनके उत्तराधिकारी के चयन पर पूर्व छात्र द्वारा की गई टिप्पणी तो सीधे-सीधे राजद्रोह का मामला बनती है। इसे बख्शा गया और उसकी यह बात फैली, जो कि शिक्षा परिसर में बहुत देर तक छिपी नहीं रहेगी, तो कोई भी सिरफिरा विद्रोही गुरुकुल के प्रमुख का हवाला देते हुए राजद्रोह पर उतारू हो सकता है।

सम्राट् सहमत हुए। तुरत राजाज्ञा जारी हुई कि नए युवा प्राचार्य को नए सत्र की शुरुआत से पहले ही रातोरात पकड़कर राजदरबार में पेश किया जाए और गुप्तचर प्रमुख भरे दरबार में उस युवक पर राजद्रोह के आरोप को जायज ठहराते हुए उसे बन्दी बनाकर कालकोठरी में भेजने की औपचारिक सलाह दें। और न्यायमंत्री यह कहकर, कि विधि की अमुक धारा के अनुसार राजद्रोह के मामले में किसी भी आरोपित की जमानत नहीं होती उसे कारावास भेजने के प्रस्ताव पर मुहर लगा दें। तदनुसार महाराज इस संगीन मामले को अनिश्चित काल के लिए कुछ पुराने न्यायविदों की एक विशेष समिति बनाकर उसके सुपुर्द कर दें।

ऐसा ही किया गया।

कहते हैं आज भी जहाँ कालकोठरी के खँडहर खड़े हैं, अभी हाल में वहाँ पिकनिक पर गए कुछ युवा छात्रों को एक युवा बटुक का भूत नजर आया। भूत बड़बड़ा रहा था, "वह सभा नहीं, जिसमें वृद्ध न हों, और वे वृद्ध नहीं जो सत्य

न बोलते हों, वह सत्य नहीं जो धर्म पर न टिका हो, और वह धर्म नहीं जो सबके साथ समान व्यवहार न करता हो।"

जिसने सुना, छात्रों से पहले कहा कि उधर जाने की जरूरत ही क्या थी? फिर कुछ दुनियादार पिताओं ने इधर-उधर देखकर तनिक नरमाई से जोड़ दिया कि, "यार हम भी तुम्हारी इस गधा पचीसी की उम्र से गुजर चुके हैं, छुप-छुपकर दारू ज्यादा पी लेने से इस उम्र में कई बार ऐसे ही भ्रम हो जाते हैं। तुम तो अभी बस पढ़ाई में मन लगाओ, और फ्यूचर बनाओ। दादी-नानी के इन किस्सों-कहानियों में क्या रखा है?"

पिशाचों की पोथी और पंडित की कथा

बहुत समय पहले की बात है, अनंगपाल नाम का एक बड़ा ही बाहुबली सातवाहन सम्राट् हुआ। सात समुद्र, चौदह भुवन और सात बड़ी नदियाँ सब उसके। नसीब होता है अपना-अपना, उसका राजपाट देखकर लोगबाग कहते।

वजह ये, कि इत्ता बड़ा सम्राट् किसी राजघराने में नहीं, बड़े साधारण परिवार में जनमा था। बाप उसका मजूरी करता था और माँ घरों में झाड़ू-बरतन। बचपन में इस बालक का नाम हुआ करता था, घुरपतरी। इस अजीब नाम की अपनी खास वजह थी।

दरअसल उसकी माँ के सारे बच्चे पैदा होते ही सौरी में ही मर जाते थे। हारकर वह मसान साधनेवाली एक सिद्धिमाता के पास गई। सिद्धिमाता हर अमावस की रात को मसान जावै और डाकिनी-शाकिनियों से बतियावै। चरस का दम लगाए तो हाथ भर ऊँची लौ उठती। आँखें उसकी सदा लाल-लाल कपार पर चढ़ी रहतीं।

थोड़ी देर तक माता का कपाल देख आँखें मूँदीं फिर बुदबुदाने लगी। कुछ देर बाद वाने नेत्र जो हैं सो खोले और कई, कि अरी अभागन, तेरे कपार पर तो निपूती रहना ही लिखा हैगा। जभी तेरे बालकन को बार-बार षष्ठी माता सौरी में मार जाए है। खैर। इस बार तेरा बालक जनमे तो वाको पैदा होते ही अफीम चटा के घर के बाहर एक घूरे पर फिंकवा दीजो। मैं अचानक आके बाहर से जोर-जोर से पूछूँगी कि "अरे किसका मरा हुआ बालक इस घूरे पर पड़ा हैगा? चलो इसे मैं ही पीछे की नदी में बहा दूँ। तौ मेरी बात सुन के षष्ठी माता को लगेगा कि चलो छुट्टी हुई। और वा जो है

सो वापिस लौट जावेगी। फिर मैं तेरे नशे में सोते बालक को चुपचाप पिछवाड़े से तेरे घर लाकर तुझे दे फेंकू।

तू उसे घुरपतरी नाम से पाल लियो। जो पूछो तो कहियो कि ये तो किसी का घूरे पे फेंका बच्चा तुझको घूरे पर मिला था जब बेल पतरी तोड़ रही थी। मेरा कोखजाया नहीं। वाई से जाको नाम या के बप्पा ने रख दओ घुरपतरी।"

एक बोतल दारू और तीन चिलम गाँजे की कीमत तय हुई। सही समय पर यह किया गया और षष्ठीमाता को झाँसा देकर बालक घुरपतरी घर आ गया।

पर जभी कह दई थी सिद्धिमाता ने घुरपतरी की अम्मा से, कि अभागन तेरे नसीबों तो निपूती रहना लिक्खा हैगा। सो उसकी बात गलत कैसे होती?

अब हुआ ये, कि देश का राजा चैतन्यपाल तीन-तीन रानियों के होते हुए भी निपूता रहा आया। जब उमर उसकी ढल गई, उसे बारम्बार खयाल आने लगा कि अगर वो राजगद्दी खाली छोड़ गया, तो घात लगाए बैठे दुश्मन कहीं उसके जमे-जमाए राज को तहस-नहस न कर देवें। सो उसने ठानी कि वो अपने बाद गद्दी पर बिठाने के लिए कोई अच्छा सा बालक खोजेगा, जिसे ठीक से पाल-पोसकर महाराजा के सिंहासन पर बैठकर राज चलाने लायक बना सके।

हाथ के हाथ दरबारियों और ज्योतिषियों की कई टोलियाँ चारों दिशाओं में फैल गईं। कुछ दिन बाद महाराज को रपट मिली, कि राजधानी के पास ही एक गरीबनी के घर फेंकू नाम का एक बड़ा निडर तेजस्वी नन्हा बालक हैगा। बताते हैं कि बचपन में एक बार खेल-खेल में उसने जंगल में शेर के दाँत गिन लिए थे। फिर एक दिन वह नदी से मगरमच्छ का बच्चा भी उठा लाया था। लोगों ने यह भी बताया कोई सिद्धिमाई बहुत पहले ही कह गई है, कि उसकी कुंडली में तौ राजा बनने का पक्का योग है।

बालक की कुंडली मँगवाई गई। बात सही थी। कुंडली में बालक के बादशाही करने वाला ज़ब्बर योग था। बस रातोरात फेंकू का दोबारा सौदा हुआ, और कुल जमा चार बरस की उम्र में राजा चैतन्यपाल ने उसको गोद ले लिया। गरीबों का बालक, दिन भर बिन महतारी-बाप के घर बन्द रहने का आदी। एकाध दिन कुनमुनाया फिर राजमहल में खेलता-कूदता आनन्द से रहने लगा।

बच्चा बेचने के बाद कहते हैं फेंकू के घरवाले अपनी गठरी-मुठरी लेकर कहीं

दूर चले गए। शहर या देस में वे किसी को दोबारा नहीं दिखे।

जब तक फेंकू अठारह बरस का हुआ तब तक तो बूढ़े महाराजा ने उसको तमाम तरह के हथियार चलाने, पटेबाजी और पहलवानी की बढ़िया तालीम दिलवा दी थी। फिर एक बड़ा भारी जज्ञ हुआ और घुरपतरी को अब एक नया नाम मिला : जुबराज अनंगपाल। सिच्छकों का कहना था कि जुबराज अनंगपाल एक बड़ा तेजस्वी लड़ाका साबित होगा क्योंकि डर तो वह जानता ही न था। पढ़ने-लिखने की बाबत थोड़ी-बहुत जो कमी रह गई थी, उसको पूरने को अच्छी पत्नी मिल जावे तो सब चंगा हो जाएगा।

उनकी सलाह मानकर महाराज चैतन्यपाल ने अनंगपाल का रिश्ता पड़ोसी देश के महापंडितों के घर से राजकुल से रिश्तेदारीवाली एक पढ़ी-लिखी कन्या राधिकासुन्दरी से कर दिया। इस शादी के बाद सारी जिम्मेवारियाँ पूरी करके महाराज चैतन्यपाल ने अनंगपाल को राज सौंपकर शुभ घड़ी में अपनी देही त्याग दी।

बोलो ॐ शान्ति!

सो बच्चा, अब अनंगपाल का राज शुरू हुआ। श्री श्री महाराजा अनंगपाल। सारा दरबार रोज उसको झुककर सलाम करता। नए महाराजा के दो पक्के विचार थे। पहला कि महल से बाहिर घर, सड़क या बाग-बगीचों में लोगबाग चाहे जो-जो बोलियाँ बोलें, लेकिन राजदरबार के लायक तौ बस संस्कृत। उसे भी एकदम ठीक तरैयाँ से बोलना बहुत जरूरी है।

विचार ये हतो, कि मनुख का वाम यानी बायाँ हाथ जो है, वह शौच के बाद नीचे-नीचे की सफाई करता है, फिर उसे मिट्टी से धोया जावे है। इसी वजह से पंडित लोग शरीर के बाएँ हिस्से को अशुद्ध कहै हैं। सो महाराज अनंगपाल के राज में दक्षिणपंथ, यानी दाहिने हाथ की मरजाद पक्के तौर से कायम की जावेगी। और संस्कृत को दुनिया-जहान की सबसे बेहतरीन भाषा का दर्जा भी दिया जावेगो। भीतर की बात ये, कि खुद महाराजा की संसकिरत तनिक गड़बड़ थी। इसीलिए वह दरबार में ज्यादेतर चुपचाप पंडितों को ध्यान से सुनता।

दरबार खतम होता तो महाराजा रनिवास में जाते। वहाँ रानी और उसकी राजचेलियों से संस्कृत में मीठी कविताएँ और श्लोक सुनते-समझते।

महाराजा अनंगपाल के दरबार का नाम और ऊँचा होवे, यह सोचकर उन्ने

अब सगरे मुल्क के नौ बड़े नामी-गिरामी संसकिरत के पंडितों को खूब पैसा देकर अपना दरबारी बनाया। और हर बरस देव दीवाली पर महाराजा अनंगपाल के नाम पर एक नदी पर दो बजड़ों में भारी संसकिरत कविता का दंगल भी होने लगा। दूर-दूर से बड़े ज्ञानी-ध्यानी, गवनहारियाँ, रईस और परजा ये दंगल देखने-सुनने आने लगे। इस तरियाँ नेम-धरम और नवरत्नों के कारण अनंगपाल जल्द ही चारों दिशाओं में एक बड़ा लड़ैया ही नहीं, पंडितों और नियम-कायदों का भी सरपरस्त करके जाना जाने लगा ।

नवरत्नों को महाराजा के दो बड़े हुकुम थे : एक कि वाम जो है किसी रूप में दरबार में न रहे। इसलिए राजदरबार में सगरे सभासदों के आसनों पर जो गावतकिए होंगे, वे सिर्फ दाहिनी तरफ रखवाए जाएँगे ताकि दरबार में सगरे लोगों का झुकाव हरदम दाहिनी तरफ ही दिखे।

दूसरा : श्री श्री महाराज अनंगपाल के दरबार में कोई दरबारी कभी शहर या देहात की आम लोगों की बोली में बातचीत न करे, न सुने। नियम-कायदों, जन सुनवाई, कला-फला पर जो बहस हो, सौ टक्का शुद्ध संसकिरत में ही।

राजदरबार के नवरत्नों में सबसे बड़े महापंडित थे गुणाढ्य। गुणाढ्य के बारे में मसहूर हतो कि संसकिरत के महापंडित तौ वे हते ही, पर राज में बोली जानेवाली हर भाखा को भी वे जानते थे।

सुभाव से गुणाढ्य पंडित चुप्पे थे। अपनी गद्दी पर बड़ी विनय से उन्ने कोई भी गावतकिया लगाना यह कहकर मने कर दिया, कि वे हमेशा सतर योग मुद्रा में पद्मासन लगाकर ही बैठते हैं। न वे कभी दाहिनी तरफ झुकेंगे, न बाईं तरफ।

राजा अनंगपाल ने यह मान लिया। वजह ये, कि गुणाढ्य जो थे, वे महापंडित भी थे अउ बात के पक्के भी। तिस पर जब बोलते तो ऐसी मीठी संस्कृत में, कि महाराज के कानों में जैसे अमृत पड़ जाता।

फिर भी दरबार में गुणाढ्य हमेशा चेहरे पर बिला शिकन लाए सबकी सुनते थे। खुद जब महाराज उनसे कहते तभी वे बिना अटके नपी-तुली बात कहते थे।

अहाहा क्या तो भाषा, क्या तो बादल जैसी घनेरी आवाज। न एक शब्द ज्यादा न एक शब्द कम।

उनका यही टशन अनंगपाल को बहुत लुभाता था। भीतरखाने वह सोचते रहते कि

काश, धमधम, धड़मधड़ैया, लड़ैया होने के साथ-साथ वे ऐसे ही बोलनहार भी होते।

अब राजा तो राजा। बन्दा दरबार में या लड़ाई के मैदान या दुश्मनों की फौज से तो इशारों से ही निपट ले, पर रनिवास में उसके लिए भी हर रात ऐसा करना बड़ा मुसकिल। राजा से रंक तक कोई भी हो, जहाँ तीन-चार जाम सुन्दर जनानियों के बीच पिये नहीं, कि सब पर्दे और जुबानें खुल जाती हैं।

है कि नईं?

हाँ, तो एक रात जब राजा महारानी राधिकासुन्दरी के साथ फव्वारे के किनारे रसपान करता हुआ बतिया कर रहा था, दूर कहीं कोई ऊँट बलबलाया।

"अजी भला यह कौन सा पशु है?" रानी ने पूछा।

महाराजा अनंगपाल बोले, "उट्र!"

महाराज का यह कहना था कि महारानी तो महारानी, उनके साथ उनके मैके से आईं विदुषी सखियाँ-दासियाँ भी हँस पड़ीं।

"उट्र नहीं, उष्ट्र कहिए, उष्ट्र," हँसी रोककर महारानी बोलीं, "उट्र तो गाँव-जवार की बोली में कहते हैं।"

महाराज ने मुँह खोला पर किसी तरैयाँ उष्ट्र शब्द न कह सके।

रनिवास की सारी महिलाओं को फिर हँसी का दौरा पड़ गया।

खिसियाकर उठते हुए अनंगपाल राजा ने राजहठ ठाना, अब तो मुझे संस्कृत एकदम बढ़िया तरह बोलना, जल्द से जल्द सीखना ही होगा।

अगले ही दिन शहर में मुनादी भी कर दी गई :

"सुनो! सुनो! सुनो! राजमहल को जरूरत है ऐसे सिच्छक की, जो श्री श्री महाराज जू को छह महीने के भीतर एकदम बढ़िया संस्कृत बोलना सिखा दे। यह काम उसने तय समय में भली तरह से कर लिया, तो उसको इनाम में एक हजार एक सोने के सिक्के दिए जाएँगे। पर अगर नहीं कर पाया, तो उसका सर खड्ग से काट दिया जाएगा।"

उस शाम शहर में चर्चा यही रही कि क्या महाराज को कोई शिक्षक सिर्फ छह महीने में एक रैपिडली संस्कृत स्पीकिंग कोर्स करा पाएगा?

अधिकतर नवरत्नों की निजी राय में यह सम्भव नहीं था। फिर भी वे दरबार में आकर अपने-अपने गावतकिए पर दाहिनी तरफ झुक जाते थे। सो बाहरखाने

में सबने कहा कि योग्य सिच्छक मिलने की देरी है, मेधावी महाराजजू अवश्य उत्तमोत्तम संसकिरत को जो आजकल कहवें हैं, विद प्रॉपर एक्सेंट, सीख लेंगे। फिर हम उनसे सुनेंगे वेद, वेदांग...।

जब सब हँस-हँसकर नवरत्न महाराज को अपनी राय बता रहे थे, उनकी सुनते-सुनते अचानक आमतौर पर पद्मासन लगाकर शान्त बैठे रहनेवाले गुणाढ्य पंडित को गुस्सा आ गया।

उन्ने पहली बार सर उठाया और बोले, "यह असम्भव है। जिसने बचपन से किशोरावस्था तक बरसों कभी किसी गुरुकुल में रहकर ठीक-ठाक देवभाषा नहीं सीखी हो, उसे इस उम्र में छह महीने में सम्पूर्ण संस्कृत कोई नहीं सिखा सकता। मैं भी नहीं। और अगर किसी माई के लाल ने यह कर दिखाया, तो मैं संस्कृत बोलना और दरबार दोनों को छोड़कर जंगल चला जाऊँगा।"

होनी देखो! जाने कहाँ से एक जीर्ण-शीर्ण धोती पहने सिच्छक महोदय सभा में आ गए। उन्ने हाथ जोड़कर भरी सभा में ऐलानिया कहा, कि वे महाराज को संसकिरत का सम्पूरन ज्ञान दे सकते हैं। तारीख नोट कर ली जाए अगर उसके छह महीनों के भीतर उन्होंने महाराज जू को सम्पूरन संसकिरत में स्नातक पदवी न दिला दी, तो जो सजा चोर की, सो उनकी।

थोड़ी देर तक जिसको कहते हैं सभा में सूई टपक सन्नाटा छा गया। सिच्छक जी अगले दिन से ही सुबह-शाम काम पर लग गए।

अचम्भे की बात। छह महीने बाद महाराज दरबार में सचमुच धड़ल्ले से साफ-सुथरी संसकिरत बोलने लगे। नकचढ़ी महारानी राधिकासुन्दरी भी अब उनकी बोली, बानी में खोट ना ढूँढ़ सकै थीं।

गुरु को महाराज के वादे के मुताबिक खजाने से एक हजार एक सोने की मुहरें दी गईं, और महारानी ने भी उनको पैर छूकर इतनी भरपूर दच्छिना अलग से दी कि उस बन्दे की सात पीढ़ियों का ठिकाना हो गया! इसके बाद वह जैसे चुपचाप आया था, चला गया। और फेंकू के माता-पिता की ही तरह उसको फिर किसी ने न देखा।

अब दरबार में खबर आई कि गुणाढ्य जी भी तुरत झोला लेकर कहीं दूर जाते दिखै हैं। घर-गिरस्तीवाले थे नहीं कि बीवी-बच्चों का झमेला होता, चल पड़े सो चल पड़े।

महाराज ने सिर्फ कहा, "हूँ।" वे गुणाढ्य को मन से माफ नहीं कर पाए थे।

कुछ दिन तक खुसुरफुसुर हुई फिर दाहिनी तरफ झुककर बैठनेवाले दरबारी, बिना गावतकिये के सतर बैठनेवाले गुणाढ्य को भूल गए।

अब गुणाढ्य की सुनो। चलते-चलते वे गहरे जंगल के बीच बनी एक मलिन पिशाच बस्ती में जा पहुँचे। पिशाच लोग सदियों से यहीं पत्तों की झोंपड़ियों में रहते आए थे। जंगल की बजाय उनको शहर में अपनी जान का खतरा लगता था। जंगल के कंदमूल फलों और जंगली अनाज पर वे मजे से जिन्दा रहते और राजा के लिए हर हफ्ते उनकी पसन्द का जंगली पशु मारकर उसका गोश्त राजमहल से भेजे गए दरबानों को दे देते। मांस के बदले में उनको जंगल में यहाँ बस्ती बसाने का पट्टा मिल गया था।

धूप से सँवलाई चमड़ीवाले, दुबले-पतले और गजब के मेहनती इन लोगों की बाबत पंडित ने सुना तो था, पर पिशाच समाज या उनकी इस जंगली पैशाची बोली से उनका कोई सीधा सरोकार नहीं था।

कुछ दिन तक गुणाढ्य अनमने अलग-थलग रहे। फिर झरने के पानी जैसी उनकी मीठी पैशाची सुन-सुनकर उनका मन जंगल की तरफ मुड़ चला। पिशाच लोग शुरू में इशारे करते हुए उनको रोज कभी फल दे जाते थे, कभी दूध का दोना। जब जवान जोड़े फल या अनाज बीनने या शिकार को जाते, तो गाँव के बूढ़ों के साथ गुणाढ्य भी जा बैठने लगे। उन्ने जब पाया कि अरे ये बाहरिया तौ उनकी बोली बोलता है, सगरे पिशाच उनसे खुल चले। बच्चे निडर उनके आसपास दिन भर खेलते रहते, कभी-कभार गुणाढ्य उनके लिए लकड़ी की गाड़ी या पत्तों के खिलौने भी बना देते। कई बार बचकाने झगड़े सुलझा देते। बालकन का गुत्थमगुत्था बिगड़ने से पहले ही रोक देते। बच्चे और बूढ़े सबन को उनतें बड़ो मोह-छोह को नातो बनि गयो। शाम गए जब माँएँ बच्चों को टेरने आतीं, तो अब अपने छाल के बने कपड़ों से कुछ खाने-पीने की घर में पकाई सामग्री 'पिशाची पंडत' के पास भी रख जातीं।

धीमे-धीमे चारों तरफ से पिशाचों की सदियों की जमा कथाओं, किंवदंतियों, कहावतों, मुहावरों का पूरा एक पिटारा खुलने लगा। गुणाढ्य बड़े ही ध्यान से बच्चों को कहानी सुनाती बूढ़ी नानी-दादियों से लोककथाएँ सुनते। जवानों से प्रेम-पिरीत

के गाने सुनते और बूढ़ों से सुनते सदियों पुराना उनका इतिहास और किंवदंतियाँ : कैसे बनी धरती? चाँद-तारे? सूरज देवता? कैसे उपजे जंगल? नदी, नाले, ताल, सरोवर, जलचर, थलचर? और मनुख जात और उसके देवता?

जितने जंगल के पेड़ पत्ते, जितने आसमान में तारे, उनसे सौ गुना अधिक, हरी- भरी रसीली आम पैशाची कहानियाँ। कनरसिया गुणाढ्य की झोली दिन-रात भरने लगी। पिशाच तो अनपढ़ थे। पैशाची कहानियाँ दिन-रात उनके बीच मुखामुखी ही बाँची जातीं। पर गुणाढ्य का मन किया उनको यह सब लिखना होगा, ताकि सनद रहे।

"का हो पिशाची पंडत? पिशाचों के मुखिया ने एक दिन महुआ पीते हुए पूछा। काहे परीसान हौ?"

गुणाढ्य ने उनको बताया कि वे उन सबसे सुनी कहानियों को लिखकर एक बहुत बड़ी सी पोथी बना देना चाहते हैं। पर कैसे?

पत्तियों की बनी बीड़ी पीते मुखिया सोचने लगे।

कुछ दिन बाद एक बच्चों के झुंड ने उनको एक बड़ा-सा चमड़े का बंडल थमा दिया। हर पिशाच ने अपने शरीर की खाल का एक अंश छीलकर मुखिया जी के कहे से उनके पास जमा करा दिया था, कि पिशाची पंडत कथाओं की पोथी रच सकें। कुछ जन आए और उनको चुपचाप तुमड़ी में भरा अपना खून और सुघड़ता से तराशी एक टहनी से बनी कलम भी दे गए। बिन कहे जंगल ने कहा लिख, पिशाची पंडत, लिख!

बस। पोथी का लिखना शुरू।

कभी हँसते, कभी सर हिला-हिलाकर अहा-अहा करते, और कभी भुँकार भर-भर रोते गुणाढ्य ने आखिरकार पिशाची कथाओं की एक बहुतै भारी-भरकम पोथी बना ही डाली।

"अब?" मुखिया ने पूछा।

"मन है कि एक बार महाराज अनंगलपाल को भी अपने भाई-बहनों के इस दुर्लभ ज्ञान की झलक दिखा दूँ। पर कैसे?"

"कोई नहीं पिशाची पंडत," मुखिया बोले, "हम लोग इसे अपने सर पर उठा के आपके साथ चले चलेंगे।"

तो बरसों या कहो सौ सालों बाद जंगल से निकला पिशाचों का पूरा एक जत्था।

आगे-आगे कलम कान में खोंसे फटे धूलिहा कपड़ों में गुणाढ्य उर्फ पिशाची पंडत, पीछे दुबले-पतले लेकिन पेड़ की जटाओं जैसे गठीले हाथों से ये ब्बड़ा चमड़े का ग्रंथ बाँस के लम्बे तने पर टाँगे पिशाच संगी। पोथी यूँ दिक्खै जैसे ताजा किया कोई शिकार हो। रास्ते में जब-जब पिशाची जत्था अपनी बोली के गीत गाता तो पिशाची पंडित भी सुर में सुर मिला लेते। भूख लगी तो ग्रंथ का बाँस डगाल पर टाँग दिया जाता, फिर फल बँटते, और उबले हुए कंद के टुकड़े, पानी की तुंबियाँ। जूठा सुच्चा की परवाह बिना सबके साथ गुणाढ्य भी आनन्द से चबा-चबाकर खाते-पीते। इस तरह लम्बा सफर जो कहो सो मजे-मजे से कट गया।

आखिरकार यह विचित्र भीड़ राजमहल के भव्य दरवाजे तक आ पहुँची।

"अब आपै सँभालो," कहकर मुखिया ने गुणाढ्य को आगे कर दिया और खुद अपने लोगों समेत कुछ दूर जा खड़े हुए। गुणाढ्य घुसने को हुए तो दरबान ने बुरी तरह झिड़क दिया, "एई जंगली पिशाच, यहाँ कहाँ आ गया है? जा भाग यहाँ से गँवार कहीं का। नहीं तो ठोंक दूँगा दो-चार को।"

गुणाढ्य संस्कृत तो छोड़ चुके थे, सो पिशाची में बोले, "भाई मेरा नाम गुणाढ्य पंडित है। महाराजा पोथियों का, पंडितों का सम्मान करते हैं सो जंगल से यह ग्रंथ महाराज को भेंट करने अपने साथियों सहित पैदल इतनी दूर आया हूँ। एक बार मिलवा भर दें।"

दरबान उनको जवाब दिए बिना उनको सुनाते हुए बड़ी हिकारत से दूसरे दरबानों से बोला, "भाषा बोलते हैं पैशाची और कहते हैं खुद को पंडित? जानते नहीं कि यह महाज्ञानी महाराजा अनंगपाल का राजदरबार है जहाँ दरबार में सिर्फ संस्कृत बोली जाती है।"

"यार पूछ आ एक बार," कोई दयावान बोला, "गरीब जंगली लोग हैं, महाराज एकाध झोली अनाज की तो भिजवा ही देंगे।"

"ठीक है," अगला बोला, "जाके पूछता हूँ, पर तब तक तुम सब चमड़े की बास मारनेवाली अपनी इस गठरी समेत दूर खड़े रहो।"

हुआ वही, जैसा दरबान बोले थे।

राजदरबार से संस्कृत श्लोक की पर्ची कुछ देर बाद वापिस आई कि "पैशाची

भाखा में खून की सियाही से लिखे किसी पागल लेखक के ग्रंथ को देखने की भी महाराजा जू कैसे सोचेंगे?"

गुणाढ्य ने मुड़कर पिशाचों से इतना ही कहा, "चलो वापिस।"

जंगल में पहुँचकर गुणाढ्य देर तक सोचते रहे। अगले दिन वे मुखिया से बोले, "राजमहल के दरवज्जे पर हम सबका अपमान हुआ है और उससे बड़ा इन कथाओं का भी। इस अपमान का दोषी मैं हूँ। इसलिए बस एक आखिरी कृपा कर दो मुझ पर। एक बड़ी सी चिता चुनो, जिसमें पहले पन्ना-पन्ना इस अभागी पोथी का अगिन देवता को चढ़ाकर फिर खुद को भी अग्नि को दे दूँगा।"

रोते-रोते पिशाचों ने चिता चुनी। आग लगाई तो लपटें तेज हुईं। पिशाची पंडित रोते-रोते एक-एक पन्ना आग में डालने लगे। जब आधा ग्रंथ जल चुका, तो मुखियाइन आईं और उसने पति को कुछ कहा। मुखिया ने उठकर पंडत की बाँह थामकर कहा, "पिशाची बाबा, बस। हम सबकी इच्छा हैगी कि बस एक बार हमारे चमड़े, हमारे खून से लिक्खी बची हुई कहानियाँ हमको भी सुना दो। फिर जैसा आप चाहो।"

पिशाची पंडत ने कहानियाँ सुनाना शुरू किया। इतनी रसीली, ऐसी मोहक कथाएँ तितली जइसन पंख फैलाए उड़ चलीं। पिशाच तो पिशाच, एक-एक करके सारे जंगल के पंछी, बिलाव, खरगोश, शेर, हिरन, मोर, हाथी-भालू दुश्मनी भूलकर कथाएँ सुनने चले आए और साथ-साथ चिपककर उनको सुनने लगे।

कथाएँ बाँचते गुणाढ्य हँसते तो सारे श्रोता हँसते, वे रोते तो सब रोते। खाना-पीना, चलना-फिरना त्याग कर सब जीव कई दिनों तक कथाएँ सुनते रहे तो धीमे-धीमे दुबलाते चले गए।

इधर महाराज अनंगपाल ने पाया कि उनके लिए पकनेवाले मांसाहारी भोजन में इन दिनों मांस कम होता है हड्डियाँ ज्यादा। रसोइए को तलब किया गया। वह हाथ जोड़कर बोला, "प्रभो, इधर कई दिनों से अजीब-अजीब कुछ हो रहा है जिससे मांस की आवक बहुत कम हो गई है। सुना है जंगल में बैठा कोई पगला सा आदमी एक जलती लकड़ियों के ढेर के पास जमा जीवों को कहानियाँ सुना रहा है। कहानियाँ ऐसी हैं कि पशु-पक्षी लाने को हमारे जो दरबान जाते हैं, वे भी वहीं के हो रहते हैं। कुछ दिन बाद मिलता भी है तो कोई ऐसा ही सूखा सा शिकार।"

महाराज का हुक्म हुआ कल वे खुद जंगल जाकर देखेंगे कि माजरा क्या है।

अगले दिन शाही सवारी जंगल के भीतर पहुँची तो सचमुच वहाँ जानवरों, पिशाचों, पक्षियों की एक बहुतै बड़ी भीड़ चुपचाप ध्यान लगाए एक के बाद एक कहानियाँ सुने जा रही थी। न खाना, न पीना, न लड़ना, न झगड़ना।

रथ से उतरकर महाराज भी पास चले गए। देखें तो ये कहानियाँ कैसी हैं? कुछ देर तक वह भी मंत्रमुग्ध होकर कथाएँ सुनते और पोथी के पन्ने जलाए जाते देखते रहे। फिर अचानक कथावाचक को पहचान कर चौंककर बोले : "अरे ये तो अपने गुणाढ्य पंडित हैं! रुको भाई रुको। जलाओ मत इन दिव्य कथाओं को।"

पास जाकर महाराजा ने कथाकार को गले लगा लिया।

कथावाचन रुका तो सब जीवों ने अचानक जागकर शाही तामझाम, अंगरक्षक और सैनिक देखे।

सब इधर-उधर जाकर गहरे अन्धकार में दुबक गए। पिशाचों का दस्ता भी ऐसे गायब हो गया जैसे कभी वहाँ था ही नहीं।

बार-बार गले लगाकर पछतावा जताते हुए महाराजा ने आखिर अपने नाराज बिछड़े मित्र को मना ही लिया। वापसी में दोनों एक साथ महाराजा के ही रथ पर लौटे। उनके साथ वापिस आकर गुणाढ्य दोबारा उनके दरबार आए और हुकुम हुआ कि उनको उनकी गादी फिर मिलेगी और वे फिर संसकिरत बोलेंगे।

पिशाच बस्ती के दिनों की इकलौती याद, उनके पैशाची कथाओं के ग्रंथ का आखिरी खंड ही आग से बचा था पिशाची पंडत के पास। उसे वे दिन-रात पास रखते। पर दरबार तक इतना भारी-भरकम ग्रंथ कैसे जाता?

कुछ सोचकर गुणाढ्य ने महाराजा से वचन लिया कि दरबार की भाषा भले संसकिरत रहे, पर देस की सभी बोलियों को संसकिरत में ढालकर उनकी पोथियों को भी राजकीय पोथी भंडार में शामिल किया जाए। यह सब करने हेतु महाराज ने गुणाढ्य के लिए राजधानी में एक बहुत बड़ा भाषा शुद्धीकरण विभाग (भा.शु.वि.) बनवाया। पर गुणाढ्य ने कहा कि वे अब राजदरबार में नहीं जाएँगे। सब भाषाओं पर काम करने हेतु अपने शिष्यों के साथ महल से दूर अपनी अलग पर्णकुटी बनाकर रहेंगे। जैसे-जैसे वे तमाम तरह की बोलियों की पोथियों का संसकिरत में अनुवाद करवाएँगे तैसे-तैसे उनको पोथीभंडार को भेजते जाएँगे। इससे दूर-दूर से भद्रजन उनको बाँचने आएँगे और महाराज की ओर भी जय-जयकार होगी।

महाराज तुरत राजी हो गए। अपनी जय-जयकार किसे नहीं सुहाती? दाहिने झुके दरबारियों ने भी हाँ में हाँ भरी : अरे, शुद्ध भोजन की थाली बन रही हो तो उसमें खीर-पूड़ी के साथ यह चूरन चटनी भी सही।

काम शुरू हुआ। सबसे पहले पिशाची पंडत ने खुद अपनी अधजली पोथी का पिशाची से संस्कृत में अनुवाद किया जिसे दरबार के खास सुलेख लिखनेवालों ने बड़े जतन से भोजपत्र पर सोने की कलम से लिखा। पोथी को नाम दिया गया, 'बृहत्कथासरित्सागर'।

कहानी की नदियों का सबसे बड़ा समन्दर!

संसकिरत में तैयार करके सुनहरी पोथी राजदरबार की शोभा तुरत बढ़ाने हेतु भेज दी गई। पर पिशाचों के खून चमड़े पर लिखे मूल ग्रंथ को अपने दुशाले में लपेटकर, गुणाढ्य ने अपनी कुटिया के सामने एक गहरा गढ़ा खोदकर गाड़ दिया।

कुछ दिन बाद वहाँ बरगद का एक छोटा सा बिरवा फूट आया। गुणाढ्य उसे देखकर बरसों बाद मुस्कुराए।

इसके बाद तो बरसों तक बहुत पोथियाँ बनीं और उनसे राजदरबार की ख्याति भी बढ़ती चली गई। गुणाढ्य बाबा जहाँ थे, वहीं रहे।

जब तक उनका आखिरी समय आया, तब तक कथा-लेखक की पोथी पर उगा बरगद का वह बिरवा एक बड़ा-सा पेड़ बन गया था। उसी की छाँव में आखिरी साँस गिनते बाबा ने अपने शिष्यों से कहा कि वे सब उनके कहानियोंवाले इस वट के पेड़ की सही तरह देखभाल करते रहें।

उनकी यह बात सारे राज्य में दूर-दूर तक फैल गई। सैकड़ों श्रद्धालु बाबाजी का बरगद देखने को आने लगे। मेला भरने लगा और महिलाएँ उसे 'कहाँ उपजन लागो री सुहाग बिरवा,' गाती हुई, हर तीज-त्योहार पर सींचने लगीं। इलाके में कुछेक दिनों में हलफिया तौर से बूढ़ी महिलाओं की कही बात सारे राज में पक्की मान ली गई, कि बाबाजी के बरगद के तने से चिपककर अपना सारा दुखड़ा कह डालने से जिउ तो हल्का होता है ही और बरगद बाबा खुस भये, तौ कई बार रात सुपने में आ के कई-कई ज्ञान की कहानियाँ सुना जाते हैं जिनको सुनै भर से मोक्ष मिल जाता है।

अजिया लोग बालकन को कहती थीं, कि छाँवदार बरगद के नीचे जात्री सोवें, और ऊपर बइठें तरह-तरह की चिरैयाँ। चिरैयाँ रंगारंग पंखोंवाली, चहकनेवाली,

मसकने, मटकनेवाली। सब-की-सब दाना चुगें उड़ जाएँ। बरगद में गोदे फलें तौ उनको भी चुगें और इधर-उधर दूर-दूर तक जाके हगती रहें। हर बीट से उपजे एक नयो बरगद। हर बरगद के तने में नई कहानियाँ। पूजा करो, सुपने में कथाएँ सुनो।

उन्ने जे भी सुना था, कि कोई अक्कासपंछी तौ अक्कास में चाँद पर चरखा कातनेवाली बूढ़ी के घर भी बीट करि आया, तौ उधर भी कहानियन के बिरवा उपजि आए। जभी पूनम की रात को उसकी रोसनी में नहाय के लोगबाग तरह-तरह की कथाएँ कहते, सुनते हैं।

बाबा के उस एक बरगद के तले सोनेवालों का कहना भी था कि बरगद की रसभरी कहानियाँ कभी न भूलतीं हैंगी। सराय के सराय हुक्का पीते जात्री बरगद बाबा की कहानियाँ और जात्रियों को भी सुनाते। बस इसी तरह कहानियाँ बरगदों की तरह फैलने लगीं। कुछ बाहरिया ब्योपारी जाते-जाते अपनी नाव में बाबाजी के बरगद की टहनियों की कलम भी काटि के अपने देस ले गए और अपने-अपने ढिंग बोय दई।

लो जी सुनते हैं उन्ने भी कल्ले फेंकने सुरू कर दये।

सो ये रही कहानियन की कहानी। अब तुम जानो सुच्ची है कि नईं। हमने तौ जैसी सुनी तैसी बखानी।

एक कहानी गोगो रानी, चिड़िया बैठी डाल पर,
गोदे चुन के फुर्र हुई, बो गई बरगद हर ढाल पर।

निर्बुद्धि राजा और देशभक्त चिड़ियों की कथा

एक बार की बात है, किसी देश में निर्बुद्धि नाम का राजा राज करता था। उसका एक बहुत खास भरोसेदार मंत्री था जो अमात्य कुड़बुद्धि कहलाता था। निर्बुद्धि राजा और अमात्य कुड़बुद्धि दोनों को ही बुद्धिमानों से गहरी नफरत थी। उनका कहना था कि निर्बुद्धि लोग गाय जैसे स्नेही, सीधे और भले पालतू जीव होते हैं। किन्तु बुद्धिमानों में अपने हक को लेकर साँड़ों या भैंसों की तरह बात-बात में हर किसी से सींग भिड़ाने की एक कुदरती जिद होती है। इसी आदत की वजह से ही हमारे राज में अनुशासन और विकास का हर काम बार-बार पटरी से उतरता रहता है, और हमारा यह प्यारा देस जो है, लगातार गैरजिम्मेदार और कमजोर बनता चला गया है।

निर्बुद्धि राजा के सिंहासन पर बैठने के साथै अमात्य कुड़बुद्धि ने एक बड़ी जनसभा बुलाई। उसमें निर्बुद्धि राजा ने अपनी सारी परजा से कहा, कि अगर वे लोग सचमुच देसप्रेमी हैं, तो अपने फैसले लेने के हक और बुद्धि वे अपने राजा को सौंप दें। इस बात में सबको दुधारू गायों से शिक्षा लेनी चाहिए जिनको मालिक पर इतना भरोसा है, कि चाहे भुस भरा बछड़ा भी वह सामने रख दे वे उसे अपना मीठा दूध दुहने देती हैं।

गाय हमारी माता है और उसको आदर्श मानकर उसकी पूजा होनी चाहिए। जो प्रजा गो माता तथा बधिया बैल की तरह सर झुकाकर मालिक के लिए हर तरह की जिम्मेदारी का जुआ उठा ले उसको शत-शत नमन! गाय जैसा सीधा आज्ञाकारी होना ही सच्चा देशप्रेम है।

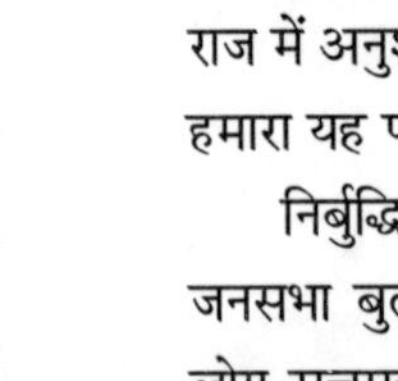

राजा ने फिर जे कई, कि जनता के सारे हक राजा निर्बुद्धि के निजी खजाने में सुरक्षित रखे जाएँगे। उस खजाने का इस्तेमाल

केवल राजा तथा अमात्य कुड़बुद्धि, प्रजा के हित के कामों के लिए किया करेंगे। छुट्टे साँड़ों पर भरोसा नहीं किया जा सकता, इसलिए राजमहल की गोशाला के कुछ साँड़ों को छोड़कर शेष सबको बधिया कर दिया जाएगा। बैल बनकर वे कन्धों पर जुआ रखकर दिन-रात खेत जोतेंगे और तेल के कोल्हू पेरेंगे। इससे देश में जो है सो हरित क्रान्ति, श्वेत क्रान्ति आवेंगी।

साँड़ों के बाद उन जैसे छुट्टे फिरने वाले प्रजा के बुद्धिमान बहसबाजों को भी कड़ा सबक सिखाया जाएगा। अगर वे न माने और देश की जड़ें खोदते रहे, तो उनको देसनिकाला दे दिया जाएगा। वे परिवार समेत देस छोड़कर कहीं और जाकर बस सकते हैं।

जो प्रजाजन इस सबमें नहीं पड़ते अपने काम से काम रखते हैं, वे सच्चे देसप्रेमी और निर्बुद्धि माने जाएँगे। उनको तनिक भी डरने की जरूरत नहीं। निर्बुद्धि राजा के राज में ऐसे देसप्रेमी हर तरह से जो है सुरच्छित रहेंगे।

भाषण खतम हुआ।

अमात्य कुड़बुद्धि ने गरजकर कहा, "जो नागरिक खुद को निर्बुद्धि और जिम्मेदार मानते हैं, जोर से पहले देश की, फिर महाराज की जय बोलें और ताली बजाएँ।"

खूब नारे लगे। खूब तालियाँ बजीं। अपने को बुद्धिमान कहकर कौन आफत न्योतता?

जनसभा खतम हुई। लोगबाग घर लौट गए।

अब जैसा कि कह दिया गया था, बारी आई बुद्धिमानों की। पहले उनको अपने-अपने घरों में नजरबन्द किया गया। फिर राजा के सिपाहियों ने महामात्य कुड़बुद्धि के आदेश से घर-घर में घुस-घुस के, चुन-चुन के असल बुद्धिमान लोगों की पहचान की और न्यायालय ने एक-एक कर उनको देशद्रोही बताकर देसनिकाला देना शुरू कर दिया।

धीमे-धीमे वे सारे देसद्रोही या तो रातोरात नावों में बैठकर दूर परदेस की तरफ भाग निकले। जिनके पास नावें नहीं थीं, वे देस की सीमा के पहाड़ों के उस पार जाकर वहाँ एक बड़े भारी जंगल में खो गए।

अब राजा ने कुड़बुद्धि के साथ बैठकर चैन से मंत्रणा की, कि बाकी की देसप्रेमी प्रजा को हमेशा देसप्रेमी बने रहने की आदत किस तरह डाली जाए।

अमात्य कुड़बुद्धि की राय थी कि भक्ति ऐसी अफीम है जिसे लगातार चटाकर प्रजा को सनातन देसप्रेमी बनाया जा सकता है। अफीमची प्रजा हरदम उनींदी रहेगी। देसद्रोह की सोचना तो दूर, सोचने पर सोचना भी भूल जावेगी। इसी के साथ उनको देसप्रेम के गीत गाते रहने का हुकुम भी दे दिया जाए तौ सोने पर सुहागा। जनता दिन-रात बारी-बारी से देसभक्ति के गाने सुनती, गाती या सोती रहेगी।

महाराज को अमात्य की जे बात सुहाई।

"जे ब्बात," वे बोले, "निकलवाओ कुछ देस-वेस के गाने।"

अब राज में बुद्धिमानों को भगाए जाने के बाद नए गीत लिखनेवाले तो बचे थे नहीं। इसलिए राजमहल का तलघर खुलवाया गया जहाँ राजा निर्बुद्धि के पुरखों के समय के राजदरबार के भाट-चारण कवियों की राजाओं और उनकी वीरता की बाबत लिक्खी कविता की कई पुरानी पोथियाँ सुरच्छित हतीं।

"ओल्ड इज गोल्ड," अमात्य ने कहा।

तारीफ और चतुर सबद साखी से भरी पड़ी उन पोथियों से कई-कई रासो, चालीसा, छप्पय, सूक्तियाँ और मुक्तक छाँटे गए। फिर उनको राजा निर्बुद्धि के नाम से जोड़ने के बाद कारखाने से छपवाने को भेजा गया।

यहाँ पर फिर एक दिक्कत पेश आई। देश के अधिकतर पुराने छापागार बुद्धिमान साबित हो जाने के कारन देस बदर किए जा चुके थे। उनकी जगह रखे गए नए लोग लिख लोढ़ा पढ़ पत्थर टैप के थे। उनको छापाखाना के हैंडिल चलाना भर आता था। बस। छापे के अच्छर पढ़ना उनके हिज्जे-फिज्जे ठीक करना उनके बस का न था। सो गानों की छपाई तो बच्चा, ह्वै गई। पर पोथियों में बेशुमार गलतियाँ बच गईं। न हिज्जे ठीक थे, न छंद या तुकबन्दी। डाँटने पर कारीगर हाथ जोड़कर बोले कि, "हुजूर हम तो निर्बुद्धि देसभगत लोग हैं। हमारे लिए काला अच्छर भैंस बरोबर! यह सब हमारे बस का काम नहीं मालिक। वो तौ आपको हुकुम सर-माथे धर के जैसो बनो, हमने कर डालो।"

खैर। राजा और अमात्य को जल्दी पड़ी थी कि जनता में देसप्रेम कम ना होने लगै। सो जैसी पोथियाँ छपी थीं, वैसी की वैसी ही बँटवा दी गईं, और घर-घर बाँची जाने लगीं। जस की तस। धीमे-धीमे निर्बुद्धि लोग अउरै निर्बुद्धि बन गए।

घर-घर देसप्रेम बाँटने-बाँचने से काम पूरा नहीं होगा, अमात्य कुड़बुद्धि को

लगा। सो अब बहुकुम महाराजा के, हर कारखाने, दफ्तर में सरकारी-गैरसरकारी कारकुनन को, और हर पाठशाला में बालकन को देसभगति की कविताएँ गाना सिखाया जाने लगो। इस बीच निर्बुद्धि लोग अफीम खा-खा कर बेसुरे से और बेसुरे हो गए थे। न कोऊ सही सुर पकड़ सकैं न ताल। अकल पर अफीम चढ़ने से उनन की याददास्त भी जाती रही। बिना पर्ची थामे कविता याद भी न रख सक्कैं।

ऐसा बेसुरा-बेताला देसभगति का गाना दिन-रात सुनकर राजा निर्बुद्धि परेसान भये। उनने कई कि, कुड़बुद्धि जी कुछ तौ गड़बड़ है। ऐसा करो कि इनको तो ऐसा ही गाते रहने को छोड़ दो। ये कौन तानसेन या लता मंगेशकर हैं? पर राजमहल के बहेलिए भेजकर पहाड़ पार के जंगल से कुछ तोता, मैना, बुलबुल जैसी गानेवाली चिड़ियाँ पकड़ मँगाओ जो कुदरतन सुरीली और बातून होती हैं। खासकर तोता और मैना। फिर घोषणा करा दो कि आगे से देसभगति के हर समारोह में देसभगति के गीत-ऊत गाने में चिड़ियों का दल आगे रखा जाएगो।

जनता जो है सो सिर्फ गानों के बीच-बीच में हो, हो, हो वगैरे गाएगी।

यही किया गया। हमेशा की तरैयाँ निर्बुद्धि-कुड़बुद्धि का फार्मूला कामयाब रहा। निर्बुद्धि राजा की प्रजा दिन-ब-दिन, जैसा राजा और अमात्य चाहते थे, देसभगत, खामोश और बेसुरी बनती गई। दिन-रात जिनके सरकारी बेसुरे, बेताले और गलत हिज्जोंवाले गाने सुन-सुनकर दो-एक साल भर के भीतर ही सारे राज में परजा के दिमाग खुद कुछ भी सोचने-विचारने से कतई फिरंट बन गए। नींद में भी कोई कहता गोमाता, तो लोग उठकर हाथ जोड़कर गाने लगते 'नमस्ते सदा वत्सले गो माता।'

कोई गाना शुरू होता तो गा उठते होहो होहो हा!

गाय की पूजा में भी तेजी आई। दूध ही नहीं, गोबर, मूत्र भी घोल बनाकर घरों के भीतर-बाहर छिड़का-पिया जाने लगा। गला खराब हो तो गोमूत्र पियो। सर दुखै तो गोबर का लेप करो। बुखार हो तो शरीर पर गोबर का लेप लगाकर लेटे रहो। रोग-शोक गायब!

"गाय ही तो हमारी माता है। इन ससुरी भैंसियन का क्या करी?" कहकर एक दिन सारी काली-काली भैंसों को देस के बाहर दूर जंगल में हँकाल दिया गया।

निर्बुद्धि राजा ने सुख की साँस ली।

देस के लिए गोबर, गोमूत्र की ही तरैयाँ देसभगति के गाने भी बहुत कीमती बन

गए। अमात्य कुड़बुद्धि राजमहल की चिड़िया संगीतशाला का प्रधान सर्वेसर्वा बने। चिड़ियाँ होशियार निकलीं, जल्द ही उन्ने सही शब्द और सुर-ताल पकड़ लये और दिन-रात देसभगति के तराने गाने लगीं। चिड़ियों के गानों पर रीझे महाराज निर्बुद्धि ने एक शुभ दिन शुभ महूरत में उनको बहुत सारा धन देकर अमात्य कुड़बुद्धि को दरबार में अमात्य से महामात्य बनाने का ऐलान कर दिया।

पर राजकाज के अनेकों कष्ट।

इसी बीच जूते की कील जैसी एक और अनदेखी कमी बाहर निकल आई, जो निर्बुद्धि और कुड़बुद्धि दोनों को काफी खलने लगी। वह यह, कि बुद्धिमानों के देसनिकाले से देस भर में कामकाज मन्दा पड़ गया और पाठशाला से कारखाने तक सब जगह मन्दी छाने लगी। सही जानकारी निर्बुद्धि किसानों पे थी नहीं, सो खेती-बारी पहले की तरैयाँ फायदे-मुनाफे का धन्धा न रहा। पता चला कि कल कारखाने तो महामात्य के डर से चलते थे, पर उनके गोदामों में कोई कच्चा माल था नहीं। माल और कलपुर्जे कहाँ से आते थे उसकी सगरी जानकारी और नमूनों की कॉपियाँ जाते-जाते बुद्धिमान उड़ा ले गए थे।

उधर खबर बाहर भी चली गई कि इतने बड़े निर्बुद्धि देश के सगरे किसान और व्यापारी ठलुआ बैठे हैं। बस परदेसी ब्यापरियों की आँखें चमकने लगीं। रातोरात भैया टिड्डी दलों की तरैयाँ बाहर देस से तरह-तरह के सौदागर उमड़ने लगै। उनके साथ आया नई तरैयाँ का सस्ता माल, और नित नए डिसकौंट। अपनी इस्कीमों से उन्ने कुछ दिन निर्बुद्धि जनता को खूब ठगा। फिर अपने देस का पुराना माल दूने दामों पर बेच के खूब्बै पैसा बटोरकर चलते बने।

जब आए तो उन्ने वादे करे थे कि निर्बुद्धि राजा के देस में वो कल-कारखाने लगाएँगे। पर जब इस बाबत राजा की तरफ से पूछताछ की गई तो जाते-जाते वै बड़ी रुखाई से अमात्य कुड़बुद्धि से कह गए कि इस देश के तौ सभी लोग अकुशल निर्बुद्धि हैं। उनमें न जरूरी स्किल और न ही नॉलेज है। खेत तक तौ ठीक से जोत नहीं सकते कारखाने के कल-पुर्जों की बाबत पूछौ तो बगलें झाँके हैं। अब हम उनके हाथ में अपना कारोबार और लछमी किस तरैयाँ सौंप दें भाई साहब।

बड़ी मुशकिल बाबा बड़ी मुशकिल।

पर निर्बुद्धि राजा और महामात्य ने हार न मानी।

महामात्य कुड़बुद्धि, राजा के बेहतरीन सलाहकार और प्रजा की रैलियों के मुख्य संयोजक होने के साथ ही अपने काम सधवाने वालों की खोज के लिए एक पारखी नजर भी रखते थे। अब उन्ने ठानी कि वो जासूसी करवा के जंगल में जा बसे हुनरमन्द लोगों की भीतरी जानकारी चुराएँगे और फिर सब ठीक हो जावेगो।

इस हेतु सही जासूस खोजे जाने लगे। अफीमची परजा में तो वै कहाँ मिलने थे। आखिरकार गानेवाली चिड़ियों के देशभक्त समूह में हीरामन नाम के एक तोते और मुनमुन नाम की एक मैना में ठोस सरकारी जासूस बनने लायक गुण देखे गए। ये गुण क्या थे? अमात्य कुड़बुद्धि ने निर्बुद्धि राजा को बताया : एक तो वे पंछी जात। जंगल का जो रास्ता निर्बुद्धि के आदमी आठ दिन में नापें, उसे वो अक्कासी मारग से उड़कर आधे घंटे में पार कर लें। फिर पिनक में झूमते किसी निर्बुद्धि जासूस को भेजो तौ वाके हर पल किसी बेवकूफी से पकड़ा जाने को खतरो। पण चतुर तोता-मैना तौ सदा से सीधे जंगल जाने और छुपकर परायी बातें सुनने में चतुर प्रवीन थे। वे आँखों के इशारे कर और पकड़ सकते थे। फिर दोनों बेतरह लालची, बातून दोस्त भी थे। एकजुट होकर बै अपनी लफ्फाजी से कागभगोड़ों से बिना डरे जरा सा ध्यान इधर-उधर हुआ तो हर तरह का दाना बटोरने में अव्वल साबित होंगे।

अब बात के धनी और फितरत के धुनी महामात्य कुड़बुद्धि ने हीरामन और मुनमुन को एक खास कमरे में रखकर खुद जासूसी सिखाना शुरू किया। उनको बताया कि किस तरह उनका जे काम थो कि जंगल में छुपे बुद्धिमानों की हरकतें गौर से देखें। उनके खाने-पीने, रहन-सहन के तरीके जानें। और अगर इस बीच उन्ने कोई नई पोथी बनाई हो या कोई नया जंतर, तो वे कहाँ रखे जाते हैं, ताली किसके पास रहती है? ये सब खबरें भी लगातार राजमहल तक लाते रहें। सही समय पर महामात्य के लोग चुपचाप उनको वन से उड़ाकर राजधानी ले आएँगे।

कुछ दिन बाद चिड़ियों से महामात्य कुड़बुद्धि और उनसे निर्बुद्धि राजा को निरन्तर खबरें मिलने लगीं। उन्होंने पाया कि बुद्धिजीवियों ने 'जंगल में मंगल' नाम की पाठशाला खोल दी है जहाँ उनके कबीले के बच्चों, किशोरों को तरह-तरह का ज्ञान दिया जाता है। गरीब घरों के वे बच्चे हृष्ट-पुष्ट हों, इसलिए उन बच्चों को दोपहर का भोजन भी रोज एक साथ बिठा के खिलाया जाता है। इसके लिए कबीले की हर झोंपड़ी से एक मुट्ठी चावल या एक मुट्ठी दाल, एक चुटकी नमक, जंगल

के पेड़ से निकाले कुछ तेजपत्ते, काली मिरच के चार दाने दिए जाते थे। कबीले की सबसे बड़ी बूढ़ी, दस जवान अपनी निगरानी में रोजीना माताओं की मदद से बच्चों के लिए खिचड़ी बनवाती थीं। जनानियाँ भी भैया ऐसी कुसल थीं कि हर रोज कुछ अनाज बचा लें। फिर उनसे बालकन के भोजन के वास्ते पापड़-कचरी वगैरा भी बना लें, जो खास दिन परोसे जाते।

दूध की तब से कमी न रही, जब से राज से भगाई गई भैंसें इधर आईं। बे इन्ने पाल लई थीं, सो जंगल में घर-घर दूध, दही, मठा भरपूर मिलतो। फल-कंदमूल की कै कमी? सो खाने के बाद फल और शहद भी बालकन को दिए जाते। महामात्य की चिड़ियन से खबर मिली थी कि अच्छी गिजा पाकर कुछ बुद्धिमान हट्टे-कट्टे बच्चे तो बड़े होकर परदेस में बढ़िया काम पा गए थे, और घर को पैसा भी भेज रहे थे।

"हूँ!" महामात्य कुड़बुद्धि ने कहा।

फिर अगले दिन उन्ने हीरामन और मुनमुन से कहा कि इस बार जब वे जंगल जासूसी करने जावें तौ किसी तरह बालकन का दोपहर का भोजन जरा चखें और आके बताएँ कि अकल बढ़ानेवाली वह खिचड़ी कैसे बनती है? स्वाद में वो कैसी है? और खाने में क्या नाम, और के के वैरायटी हैगी?

बहुत दिनों से जंगल में मंगल पाठशाला के रसोड़े की खसबू से पागल हीरामन और मुनमुन जिनमें बड़ी गहरी छनती थी, यही आदेश पाने को ब्याकुल थे। "जरूर हुजूर जरूर," वे चहके और तुरत वन की ओर जा उड़े।

जब वे जंगल पहुँचे तौ पहले बुढ़िया अम्मा की रामरसोई के पास के पेड़ के खोखल में छिप गए। वहाँ से उन्ने खिचड़ी बनाने का सामान परखा और राँधने का तरीका देखा। फिर खाना पका-पुकू कर जब बुढ़िया और रसोईवालियाँ अपनी धोती और नारियल के खोपड़े में तेल लेकर पोखर में नहाने को चली गईं, तो हीरामन और मुनमुन बाहर आए।

खिचड़ी के हंडे से बड़ी बढ़िया महक आ रही थी, ताजा चावलों की महक, जंगल से तोड़े ताजा मसालों और बढ़िया घी की महक!

"इतना घी और घड़ों में भरा मठा?" मुनमुन ने पूछा, "वह कहाँ से आता हैगा?"

"उधर देख उधर, इनकी भैंसियाँ मस्ताय रही हैं!" तोते ने नैन मटकाकर दिखाया। "यह रही घी की मटकी जो बुढ़िया ने खिचड़ी में डाला हैगा। और यह

रहा महीचर यानी मठा जिसमें क्या नाम माखन के टुकड़े भी तैर रहे हैंगे। पक्की साढ़ी का दूध होता हैगा भैंसियन का, मलाईदार!"

अब दोनों खिचड़ी खाने लगे। बहुत सवाद बनी थी। छककर खाई पर मन ही न भरे। साथ में रखी छाछ भी पीते रहे, एकाध पापड़ कचरी भी कुतरी। फिर एकाध केला, एकाध अमरूद।

कुछ देर बाद मुनमुन बोली, "भैया हीरामन, मैं तौ इब और ना खा सकूँ हूँ। मोकों तो नींद आवे सै, बड़े दिनन में जी भर के घी-खिच्चर खायो। मन खुस ह्वै गयो।"

हीरामन तोता बोला, "मने तो अभी भी भूख सै। तू जा, खोखल में जाके सो जा। मैं बस कुछ कौर और खा लूँ। सालो मन ही ना भरै इस बुढ़िया की राँधी खिच्चर-महिच्चर से। बस, चार-पाँच चोंच खा-पी के मैं अभी आया। फिर उस खोखल में ही नींद निकाल के शाम तलक घर चलेंगे।"

मुनमुन तौ जाके खोखल में सो गई, पर इधर बुढ़िया आई तो अपनी पतीली पर बैठे खा-खा कर तुंदियल बने हीरामन को देखा। वाने मारन को चूल्हे की जलती लुआठी उठा ली, तौ हकलाता हुआ हीरामन बोला, "माई मैंने तेरो कछू न खायो, ई मुनमुन सारी सैतानी करै सै, उन्ने दधि मेरे मुख लपटायो मैया मोरी!"

पर बुढ़िया का पारा सातवें आसमान पर! बोली : "गरीबन को राज तें निकलवा के जी ना भरो तुम लोगन को, कि अब उनके बच्चन के खाने पर मूँ गड़ा दिया?" फिर उसने दूर से हीरामन को सराप दिया :

जो तूने हमरो खिच्चर खायो, महिच्चर खायो,
नोना खायो, केला खायो, कचरिया खाई, पपरिया खाई,
तो टूटै तेरी टाँग औ' फाट जाय तेरो पेट!

औ बच्चो, सच्ची-सच्ची बुढ़िया का सरापना था कि हीरामन की टाँग टूट गई और पेट गया फट। हल्ला सुनकर खोखल से ताकती मैना सन्न हुई। घबराहट में वह बाहर निकलकर देस की तरफ उड़ने लगी, तौ बूढ़ी ने वाको भी सराप दयो, कि "जा तुझ पर इब अक्कास से ओले गिरें, तेरी भी ठठरी उठै।"

सच-सच।

मैना जहाँ जंगल पार आई तौ जोर से ओले परन लागे। ये मुट्ठी जितने बड़े

ओले। मैना पर वो दनादन मार पड़ी कि गरीबन ठप्प से धरती पर सीधे राजपथ पर जा गिरी। जल्द ही उसकी देही अकड़ गई।

मुनमुन मैना को धराशायी करके बारिश जैसे आई थी, वैसे ही चली भी गई।

अब नसीब की बात देखो। जभी राजपथ से गायों को एक रेवड़ गुजरो। जब वाके ग्वाले ने देखो कि अरे देसभगति के गाने गानेवाली मसहूर देसभगत मुनमुन मैना की देही जमीन पर परी है, तो वाने उसे उठाकर गरमागरम गोबर के एक ढेर में रोप दयो। ऊपरवाले की माया। गरम गोबर से ताप मिला तो चिड़िया की जान लौट आई। अब उन्ने गोबर से सर निकालो और आदत से लाचार जोर-जोर से देसभगति के गाने गाने लगी।

मुनमुन का गाना सुनकर जंगल में बूटी चुनती बूढ़ी माई भागी चली आई जिन्ने उसे मरने कौ सराप दयो थो। वाने चिड़िया को गोबर से निकाला और उसकी मुंडी मरोड़कर फिर फेंककर बोली, "जा ससुरी जा, अब गाइयो सुरग जा के देसभगति के गाने।"

अगली सुबह राजा तक खबर गई कि मसहूर देसभगत गायिका मुनमुन तौ मरी पड़ी हैगी। अमात्य के आदमी तुरत आए और चिड़िया की देही उठाय ले गए। निर्बुद्धि राजा और महामात्य ने कहा, हीरामन गायब है यानी वा बुद्धिमान पच्छ से जाय मिलो है। वाही ने इसको मारो।

हुकुम भयो कि मुनमुन मैना सहीद भई सो उसकी मौत का राजकीय सोक मनायो जावे। इक्कीस तोपन की सलामी के साथ वाको समाधि दी जाए और एक सहीदी मन्दिर भी बने, 'देसभगत मुनमुन माई' को मन्दिर।

जब मन्दिर बन गयो तौ वाके उद्घाटन पर महाराज निर्बुद्धि ने भासण में कह्यो कि सहीद मुनमुन मैना के देस को समरपित जीवन से हमको इहै सिच्छा मिलती है कि गाय का गोबर जो है सो जीवनदाता है। और अगर ऊ नामुराद हीरामन डबल जासूस बनि के याकी मुंडी न मरोड़ गयो होत तौ आज हमारी मुनमुन चहक रही होती। महाराज, महामात्य, मुनमुन और सबसे लास्ट में गो माता की खूब जै-जैकारी भई।

उधर जंगल में जासूस चिड़ियों की यह सारी कथा सुनाकर पाठशाला के मुखिया ने बच्चों को कहा। मुनमुन की मौत से हमको ई दो सन्देस लेना चाहिए :

एक, कि गोबर में तुमको गाड़नेवाला भी तुमको गोबर से निकालनेवालों से नहीं बचा सकता।

और दो, कि जब तुम गले-गले तक गोबर में डूबे हो उस बखत देसभगति के गाने मत गाओ।

टन-टन-टन घंटा बजा और बच्चे अपनी नानी-दादियों को यह जासूसी कहानी सुनाने दौड़े चले गए।

जाकी रही भावना जैसी।

खीर : एक खरगोश और बगुला भगत की कथा

एक बार की बात है, एक था बगुला, एक था खरगोश। दोनों के खानदान आपस में दोस्त। और ये दोनों बचपन के दोस्त। एक साथ खेतों में घुसकर हरी-हरी बालियाँ चरते। एक-दूजे कौ अपने-अपने परिवार की पुरानी कहानियाँ सुनते और सुनाते। खरगोश पक्का शाकाहारी था। पर बगुला तो बगुला भगत, मिल जाए तो मच्छी-उच्छी खूब प्रेम से खा लेता था।

सावन का महीना था और पवन करे सोर। ठंडी-ठंडी पुरवैया के झोंकों और सर पर पड़ रही झींसी फुहारों के बीच दोनों दोस्तों का मन बना, कि आज तौ डटकर खीर खाने का दिन है।

खीर से बगुले को याद आया कि उसकी नगड़ दादी ने उसकी दादी को, और उसकी दादी ने उसको एक कहानी सुनाई थी, कि बरसों पहले ऐसे ही मौसम में खरगोश के नगड़ दादा ने, बगुले के नगड़ दादा के साथ तरह-तरह की तरकीबें अपनाकर एक बनिये के घर से बासमती चावल, मेवा और चीनी ली। फिर भैंस की खटाल की एक बूढ़ी मालकिन से मटका भर दूध का जुगाड़ किया। और फिर साथ-साथ बड़ी मजेदार खीर बनाकर बड़े पिरेम से पत्तों पर खीर खाई थी।

खरगोश बोला, "तूने याद दिलाया तौ मुझे भी याद आया। मेरे बचपन में हमारी अजिया ने भी अपनी अजिया से सुनी यही कहानी हमको भी सुनाई थी। उनसे मैंने पूछा कि खीर का माल जुटाने को उन्ने क्या-क्या दाँव-पेच साधौ अजिया?" अजिया बिगड़ खड़ी हुईं। मेरी अम्मा से बोलीं, "री तेरा बालक अपने ननिहालवालों पर गया है। पुरखन पर लांछन लगाता है। जानता नहीं हमारे खरगोश पुरखे इतने नेकनीयत ऐसे

नेम-धरम के पक्के होते थे कि कलियुग से पहिले तौ उनके सर पर सींग हुआ करै थे सींग! हाँ।

"उनके दोस्त बगुला तौ ठहरे ही सदा के भगत। तौ सुन, मुफतखोर वे ना थे। चावल, चीनी अरु मेवों की एवज में उन्ने दिन भर उस बनिये का गोदाम साफ किया और उसकी दुकान की यहाँ से वहाँ तक खूब सफाई करी। फिर दूध लेने वो खटालवाली के ठौर गए। वाने कही, "ऐ खरगोश लला और बगुला भगत, दूध तौ मैं दे दूँगी, पर पहिले मोरी खटाल की सफाई करो। गोबर उठाकर उपले थापो, फिर भीतर-बाहर सारा फरश साफ करो। तब हाथ-पैर धोय के हमरी भैंसियन की नाँद का पानी बदलकर उसमें ताजा पानी डारो और चारा काट के धरो।

उन दोनों दोस्तन ने सब करो। जब तमाम काम सपड़ गयो, तब जाके बुढ़िया ने उनको बालटी भरके दूध थमायो। सेंत-मेंत में नहीं, रगड़ाई पूरी करवाने के बाद।"

"इंटरेस्टिंग," बगुला भगत बोला!

भगत उड़-उड़कर बाहर हर जाड़े में देस-परदेस जाता रहता था और तरैयाँ-तरैयाँ की बोली सुनता-बोलता था। बोला : "चल हम दोनों भी ट्राय मारते हैं। बाहर टीवी पर हमने जे सुनी कि दुग्ध क्रान्ति, हरित क्रान्ति से देस में दूध-दही की नदियाँ बह रही हैं। धान-पान सरकार के बखारन में इतनो भरो पड़ो है कि चूहे तलक खा-खा के मुटा रहे हैं।

"चल, पहले बनिये के पास जाकर जिनिस जमा कर लें, फिर दूध लेने को माई की खटाल चलते हैं। साम तलक माल जुट ही जावेगा तब पकाएँगे गाढ़ी खीर और गपागप खावेंगे।"

दोनों दोस्त ठुमकते हुए चले। बनिये की दुकान पर गए तो यह क्या? कस्बे की किराने की पुरानी दुकान खुली थी पर बाहर लिखा था, 'रामभरोसे ऑन लाइन किराना कोचिंग स्टोर', बाहिर लाला बैठा था। सामने कुछ गोल-गोल खड़िया के घेरे बने थे।

पानमसाला थूक के बनिये ने हाथ से विनको गोलों पर खड़े होके दूर से बात करने का इसारा किया।

बगुला भगत ने गला साफ कर कहा कि वे लाला जी की दुकान की दिन भर हर तरह की सफाई तसल्लीबख्श ढंग से कर सकते हैं। उसकी एवज में वे

रुपये पैसे के बदले कुछ चावल, कुछ चीनी और कुछ मेवा भर चाहते हैं। बस।

लाला मुड़िया हिलाय हँसै लगा। उसकी तोंद फुदकने लगी मेढक जस, फुद्द, फुद्द। "अरे खरगोश लला औ बगुला भगत, वो दुकानदारी तौ निपट चुकी। अब सगरो माल ई पेमेंट से ऑन लाइन बिकता हैगा। सो गाहक अब जाके सीधे ऑन लाइन नेट पर ऑर्डर करते हैं। दाम भी चुकाते हैं, ई-अकाउंट से। समझे?

"माल-टाल तौ गोदामन से सीधो डलीवर होवै है इब तौ। भीतर हमारे बेटों ने कंपूटर कोचिंग कच्छाएँ लगा दी हैं। ठीक-ठाकै चल रई हैंगी।"

फिर उसने ॐ कह के लम्बी डकार भरी और बोला, "दुकान पर आए बिना मन नहीं मानता, सो रोजीना हम आ तौ जाते हैं गद्दी पर, लेकिन ससुर दिन भर बइठे-बइठे गैस बहुत बनती है।"

बगुला और खरगोश चुपचाप खिसक लिए।

"इधर में तौ अब दाल ना गलैगी। अब के करें?" खरगोश ने बगुला भगत से पूछा।

बगुला भगत ठहरा अक्कास से सहर-गाँव तक सैर करनेवाला दुनियादार पंछी। बोला, "यार तू टेंशन मती ले। इस मुलुक में खीर खाना तौ कोई जात छोड़ नहीं सकती। खीर की जिनिस इधर न भी मिली तो क्या? कहीं और खोज लेंगे। दूध-चीनी भर भी मिल जाए, तौ उसे औटाय के अपुन उससे लच्छेदार रबड़ी भी बनाय सकते हैं न? चल खटालवाली माई के घर।"

"चलो," आदतन पिछलग्गू खरगोश ने बगुला भगत से कहा।

अब दोनों चले गाँव की ओर जहाँ खटाल हुआ करती थी।

पर यह क्या? अब वहाँ तौ खटाल की जगह पक्का तिमंजिला रंग-रोगन किया मकान खड़ा था। जे ब्बड़ा लोहे का फाटक, अगल-बगल खड़े दो बाहुबली गनर और दोनों की पेटी में खुँसे थे तमंचे।

जभी खरगोश और बगुला भगत क्या देखते हैं, कि एक काला चश्मा लगाए सर पर गमछा बाँधे फटफटियावाला फर्राटे से कच्ची सड़क पर उधर आया। चर्र-चूँ करती हुई पुलिया के पास उसने वाहन रोका। "जे पंचायत की सरपंच को घर हैगो?" जब उसने पुलिया पर लम्बी थूक की प्रतियोगिता कर रहे आवारागर्द बालकन से पूछा तो सरपतों के बीच छुपकर कान लगाए सुन रहे इन दोनों को पता चला कि

फटफटिया सवार का नाम बिरजू भैया था और वह पास के घोसियन के पाँचेक गाँव का प्रतिनिधि बाहुबली था।

"बरस जात नहिं लागत बारा," फटफटियावाला बालकन से कह रहा था, "बखत-बखत की बात है। एक जमाने में इधर हमारे वालन की तूती बोलती थी। जे खटाल चलानेवाली बूढ़ा माई किसी गिनती में ना थी। अब उसकी बहू आरक्षित कोटे का टिकट पाय के सूबे की राजधानी में बहुत बड़ी विधायक बन बैठी है। और बात की बात में वाने अपने गाँव की पंचायत में भी महिला कोटे से अपनी बहू को टिकट दिलवा के सरपंच का चुनाव जितवाय दिया।

"को ना जानै कि नामै की सरपंच हैं दीपिका देबी। असल लगाम तौ कुसुम कुमारी विधायक के बेटे लल्लू भैया के हाथ है, जो इलाके का दूध कोऑपरेटिव चला रिया है। सरऊ आज उस घराने के दोनों हाथों में लड्डू हैं, जो कभी हमारे यहाँ हाथ-गोड़ जोड़ के मुसकिल बखत में चारा-कुट्टी लई जाते थे।

"तालाबन्दी के बाद से चार माह से लल्लू भैया हमरे गाँव के दूधवालन की पावती नहीं चुकाए हैं। हम आज आर-पार की बात करने आए हैं। पैसा देना है तौ चुकाओ, वरना हम पाँच गाँव के लोग अपना सारा माल उनको देने की बजाय सड़क पर उलट देंगे। हाँ।"

"कक्का पैले हकला भाई टकला भाई से ही निबट लो," थूकना थामकर आवारागर्दन का लीडर फाटक की तरफ जाते हुए बिरजू भैया से बोला। फिर उसके चेले-चाँटी हँसने लगे खी-खी...

ओहो, बगुला और खरगोश समझे, कि उधर जो दो कमरपेटी में तमंचा खोंसे हुए बाहुबली खड़े हैं सोई हैं : हकला अऊ टकला। कहानी में नया मोड़?

अब तक उनकी उत्सुकता जाग चुकी थी, सो दोनों मित्र अब चोरी-चोरी चुपके-चुपके घासमघास चलते हुए कोठी के पिछवाड़े से भीतर घुसकर खिड़की तले आकर ऊँची घास के बीच छुपकर भीतर की बात सुनने लगे। भीतर कमरे में पूरा सरपंची दरबार, कमान दीपिका कुमारी सरपंच के पति लल्लू भाई के हाथ।

पाँयलागी वगैरे के बाद लल्लू भैया ने बिरजू से साफ कह दिया कि सरकार से कोऑपरेटिव की पावती की पर्ची कट के बंक में जमा होने तलक वे कुछ नहीं कर सकते। बिरजू ने कई कि दूध तौ सरकारी परची कटने का इंतिजार कैसे करेगो?

अगर यहाँ से भी जे बात न सलटी, तौ उनके बुजुर्गन ने हुक्के की बैठक बुलाकर तै कर लिया है कि वे फिर उम्मीद छोड़ के सारा दूध जो है सो मीडिया के आगे सड़कों पर बहाने को मजबूर हो जावेंगे।

लल्लू भाई कुछ ऐसा कहा कि इतनी गरमागरमी जात-बिरादरी के भाई-भाई में ठीक नहीं। सुनो, तनिक चा पी लो। हम माताजी को फून लगाते हैं।

पर धड़ाम से पता चला के बिरजू जो थे, तैस में बाहर निकस गए।

उनका निकलना था कि लल्लू अपनी महतारी को फून लगाए। थोड़ी देर बाद उन्ने हकला-टकला को बुलाया और कई कि माताजी कहती हैं, बिरजुवा के लोग साले दूध बहाएँ तो बहाएँ, पर हमको हर कीमत पर मीडिया को उनके गाँव तक जाने से रोकना होगा। बात बाहिर न जाए। इसलिए पिल्लू से कहो कि अब्भी के अब्भी टरैक्टर टराली में अपने हथियारबन्द लेके चले, तुम दोनों निकलो मोटरसैकल पे!

जाने की ध्वनियाँ आईं। फटफटियाँ इस्टाट्ट हुईं।

मित्रों ने सोचा, कहाँ खीर खाने निकले थे नाहक इधर उलझ रहे हैं।

"भैया," खरगोश बोला, "भाई जे गलत है।"

बगुला भगत बोला, "हमको उससे क्या? ऐसा करते हैं कि अपुन हकले-टकले से पहले वहाँ जा पहुँचें और जब सारा दूध सड़कन पर फेंको जाए उस बखत एकाध बालटी अपनी खीर के लिए उनसे माँग लें।"

सो खरगोश को पीठ पर बिठाकर बगुला उड़ चला।

जब वे गाँव के भीतर हाँफते उतरे तौ देखा गाँव से सटे राजमारग पर टरैक्टरों की कतार से रास्ता बन्द करा-धरा है। जभी दोनों बिरजू के बाहुबलियन से घिर गए। "कौन हो कहाँ से आए हो? किसके आदमी हो?"

खरगोश के तौ पसीने छूट गए, पर बगुला भगत ठहरा निपुण पंछी। तुरत बोला, "जीते रहो जिजमान। जान पर खतरा मोल लेके इधर हम आए हैं। बाह्मन जात के बगुला भगत हैं। जे खरगोस हमारो चेला हैगो। सबको पता है कि आजकल ग्रह तनिक उलटे चल रहे हैं। आज पत्रा देख के पता चलो कि चन्द्रमा में राहु घुस रयो है सो सफेद जिनिस के व्यापार वालन पर पूरब दिसा से ह और ट नाम के प्रथमाक्षर वाले कुछ बाहुबलियों के घात लगाकर हमला करने का खतरा है।

हमने सोचा हमारी जान को खतरा होवे तो होवे, हम आप दूध वालन को समय पर आगाह कर दें।"

सब सन्न भये। ये तो जोतिसी महाराज हैं। साच्छात् बसिस्ठ और बामदेव!

तुरत बिरजू भैया को इत्तला दी गई। उन्ने भगत को परनाम किया फिर कहा कि महाराज जी और उनके चेले को जो है सो बड़ी बैठक में मीडियावालों के संग बिठवा के नास्ता-पानी दिया जावे। और हाँ, दूध तुरत उलटा जावे, मीडिया वालन को कहो कैमरा लगा लें साइट पे।

अब बिरजू भैया का इसारा मिलना था कि तुरत सगरे पाँच गाँवन से आए दूधवालन ने मीडिया वालन के सामने जोर-जोर से 'तानासाही नहीं चलैगी', 'ग्रामीण एकता जिन्दाबाद' का नारा लगाते हुए संगी-साथियन समेत भर-भर कनिस्तर दूध राजमारग पर बहाना चालू कर दिया।

कैमरे भी तुरत चालू भये। हाथ में माइक थामे एक छोकरी बतावन लागी कि किस तरह सरकारी दूध वितरकों की उपेच्छा के कारण इस छेत्र के गरीब दूध विक्रेता सड़क पर अपना सारा दूध बहाने को मजबूर हैं। महामारी के बीच इन गरीब पिछड़े दूधवालन के माल की ऐसी दुर्गत सगरे सूबे के लिए, पाल्टी के लिए भारी सरम की बात है। खासकर काय कि इसी इलाके की कुसुमिया देबी इस समय राजधानी में कोऑपरेटिव विभाग की मुखिया हैं।"

मामिला फिट रहा।

खबर आई कि हकला-टकला को आधे रस्ते से वापिस बुला लिया गया है। बिरजू भैया को भीतर खुद्द माताजी का राजधानी से फून आ गया, कि बेटा धीरज रक्खो। तुम तौ अपने ठहरे सो तुमसे का शुपाना। बगल के सूबे के बिधायकन की फसल कटने को तैयार खड़ी है। खरीदी में न्यूनतम समर्थन मूल्य पर पेच अटक गया था, सो हमारी कमेटी ने बड़ी कठिनाई से सुलझाय लियो। जभी हाथ भी तनिक तंग था। पर वो फसल कट के इधर आई नहीं, कि सगरा पैसा रिलीज हो जाएगो। और साथे तुमको जे माताजी का आस्वासन है कि अगले विधानसभा चुनाव में हमरे बिरजू का बिसेस खियाल रक्खा जाएगा।

बस, फिर क्या था। बिरजू भैया ने भी वापिस बुलाकर मीडिया को बाइट दे दई कि "हम माताजी के कथन से खुस हैं। और राजमारग से अवरोध हटा रहे हैं।

हमको उम्मीद है मामला हमारी वरिष्ठ मातृतुल्य कुसुमिया देबी के सही समै पर हस्तच्छेप करने से जल्द ही किसानों के पच्छ में सुलझा लिया जाएगो।"

उस रात पाँचों गाँवन में खूब खीर पकी। खरगोश और बगुला भगत को रोककर बहुत प्रेम से थाली भर-भर खीर और मालपुए परोसे गए। बिरजू भैया की अगल-बगल बइठ कर दोनों ने खीर-पुए खूब छक के खाए।

उपरोक्त बोधकथा से हमको निम्नलिखित नसीहत मिलती है :

खीर खाय को दिल करै, कभी न राँधो खीर,
पकड़ो बस इक मोटा नेता आरोप सहित गम्भीर।
खीर पुआ दोनों मिलैं, बाहुबलियन संग खाएँ,
भगत जनन के संकट वे सब छन में दूर कराएँ॥

सब कुछ दाता देता।

राजा की खोपड़ी, उर्फ अग्रे किं-किं भविष्यति?

एक गाँव में एक बहुत विद्वान् ज्योतिषी रहता था। बड़ा ही शान्त सुभाव, सुशील और खानदानी तौर से गरीब। वजह यह, कि उसके पुरखे भी अपनी किताबों की दुनिया में ही डूबे रहनेवाले गरीब थे।

खैर! जैसा कि गरीबों में अक्सर होता है, ज्योतिषी की एक झगड़ालू पत्नी थी। और उसके अक्लमन्द होते हुए भी अनियमित शिक्षकोंवाली गाँव की शाला में पढ़ने को मजबूर दो बेटे भी माँ की ही तरह ज्योतिषी से नाखुश रहते थे। पत्नी हमेशा से ऐसी नहीं थी, पर शादी के बाद लगातार अपनी गरीबी और बेटों की पढ़ाई-लिखाई पर मायकेवालों के ताने सुन-सुनकर वह अपने वर्तमान और अपने बेटों के भविष्य को लेकर पति को मौके-बेमौके खरी-खोटी सुनाती रहती थी। माँ की बुड़बुड़ाहट सुन-सुनकर बड़े हुए बेटे भी बाप से कटे-कटे रहते।

एक बार बाहर गाँव से ज्योतिषी को किसी बहुत बड़े मन्दिर के निर्माण के भूमिपूजन की सही साइत निकालने के लिए न्योता आया। परिवार खुश हुआ जब घर पर ही चिन्तन-मनन करनेवाले ज्योतिषी महाराज काँख में पोथी-पत्रा दबा के निकल पड़े।

"अपने काम की एवज में उन लोगन से जरा देखभाल के अच्छा सा सीधा माँग लाइयो," कहकर पत्नी ने किवाड़ बन्द किए। भीतर से पिता को जाते देख रहे बेटे बोले, "तू समझती है के पिताजी मुँह खोल के कुछ भी माँगेंगे?"

माँ ने एक लम्बी उसाँस भरकर सर हिलाकर कहा, "ना। पर कहनो तौ मोर धरम थोई।"

फिर वह बाहर जाकर गोबर थापने लगी।

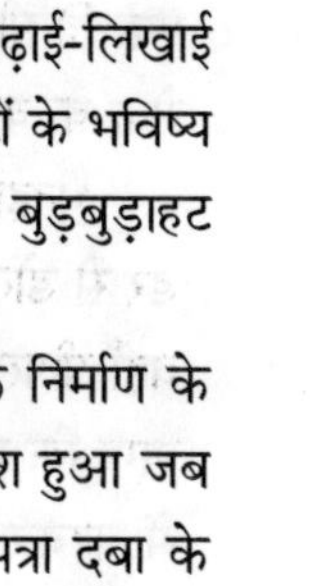

मन्दिर बनवानेवाला गाँव पुराना तीरथ था और पास में वाके और ज्योतिषी जी के गाँव के पास एक, बड़ी जो है सो एक नामी नदी बहती थी। बताया जाता था पुराने समय में उधर रिषियन-देवतन को वास भी रहा हैगा।

चलो, ज्योतिषी की पत्नी ने अपने आप से कहा, जिजमान लोग तौ खाते-पीते हैंगे। और कुछ नहीं तो कम से कम शाम की रोटी लायक अनाज और एकाध जोड़ी कपड़े और छाता तो उनसे इस बार मिल ही जाएगा। "हे ईश्वर तू ही तारणहार," कहकर उसने हाथ धोये और पुरानी पिचकी गगरी उठाकर पानी लाने चली गई।

साइत विचारते, पुजारियों से जिरह करते, सामग्री की फेहरिस्त बनवाते ज्योतिषी को शाम हो गई। गाँव वालन से जो कुछ दान-दक्षिणा मिली उसे देखे बिना आशीर्वचन कहि के, आदतन अपने फटे झोले में सब सामान समेट लयो और सूरज डूबे से पहिले घर को चल पड़े।

जल्दी की वजह ये, कि उन दोनों गाँवों के बीच रास्ते में नदी के किनारे एक मसान भी पड़ता था। वहाँ एक बहुतै पुरानो पीपल को पेड़ हतो। कहते थे उस पर एक किसी मुनकट्टा भूत का बासा था जो कभी-कभार वहाँ से गुजरते लोगन को रोक के कहतो, "ला मेरा मुंड!"

भुतहा पेड़ देखकर ज्योतिषी महाराज का मन छन भर को पीपल पात की तरह डर से डोला, तौ उन्ने उसे हाथ जोड़े और इष्टदेव को याद किया। अचानक उनको वहाँ पीपल की जड़ों के बीच मिट्टी में लथपथ खोपड़िया पड़ी नजर आई। उनको लगा कि शायद हाल में जब नदी चढ़ी हुई थी तौ कहीं से ये खोपड़ी नदी की धार में बहकर आई हो और पानी उतरने पर पीपल की जड़ों में अटकी रह गई हो। जो हो, जिस बेचारे की हो, वे ही क्यों न जलांजलि देके उसे नदी में प्रवाहित कर दें। फिर न जाने क्यों उनके मन ने कहा, कि खोपड़िया तौ नदी माता ही यहाँ धर दीन है, तनी देख तौ मूरख है किसकी?

ज्योतिषी को अपने पुरखों से जातकों के ललाट पर विधाता की लिखी लिपि पढ़ सकने का एक दुर्लभ ज्ञान हासिल था। सो उसने पास जाकर आस्तीन से तनिक पोंछकर खोपड़ी को उठाकर पास जलती चिता की रोशनी में ललाट लिपि पढ़नी शुरू की।

यह क्या? खोपड़ी के ललाट पर विधाता की लिखी लिपि की कुल्ल दो-तीन लाइनें ही पढ़कर वह चौंक पड़ा। यह तो किसी ऐसे-वैसे की नहीं, पुराने वक्त के एक बहुत प्रसिद्ध योद्धा की खोपड़ी थी, जिसका राजपाट सात नदियों, चौदह भुवनों तक फैला हुआ था। इस ललाट की इबारत तो ठीक से पढ़नी ही होगी,ज्योतिषी ने सोचा। और फिर खोपड़ी को नदी के पानी में धो-पोंछकर ज्योतिषी ने अपने जिजमान से अभी-अभी मिले कोरे रेशमी गमछे में सादर लपेटकर खूब एहतियात से अपनी थैली में डाल लिया।

घर पहुँचा तो दोनों बच्चे और पत्नी आदतन दरवाजे पर ही उसकी वापसी के इन्तजार में खड़े थे।

"क्या-क्या मिला सीधे में वहाँ से?" पत्नी ने पूछा। बच्चों ने टटोलने को हाथ बढ़ाया कि कछु मिठाइयाँ भी मिली हैं क्या? सबके सवाल टालते हुए ज्योतिषी ने पहले थैली से गमछे में लपेटी खोपड़ी निकाली और उनको थैला थमाकर यह कहता हुआ अपने पूजा-पाठ के कमरे में घुस गया, कि वे लोग खाने के लिए उसकी प्रतीक्षा न करें, वह खाकर आया है।

पत्नी ने बेटों को देखकर कहा, "चलो फिर। इनका के? कोई किताब लेके रात भर दिया जलाके पढ़ेंगे। तेल जल्दी खतम होगा तो क्या इनके पुरखों के पिरेत देंगे? सोचा था कि एक रेशमी गमछा मिला तो अपने लिए सलूका सिल लूँगी, उसमें जाने का लपेट लाए हैं।"

भड़ास निकालकर पत्नी और बच्चे शेष थैली टटोलकर चीज-बस्त धरने के बाद अपनी रूखी-सूखी खाने में लग गए।

ज्योतिषी आतशी शीशा लगाकर रात भर राजखोपड़ी के ललाट पर विधाता के लिखे राजा के जीवन की कथा बाँचता रहा।

अहा, कैसे-कैसे तो उतार-चढ़ाव, कैसे अद्‌भुत रहस्य उकेर रखे थे विधाता की कलम ने! कैसा रहा होगा वैसा जीवन! ज्योतिषी ने उसाँस भरकर सोचा। अन्त का एक वाक्य लेकिन ज्योतिषी के पल्ले भी नहीं पड़ा जहाँ विधाता ने लिखा था : "अग्रे किं-किं भविष्यति?" यानी इसके आगे और भी जाने क्या-क्या होना है!

दयालु ज्योतिषी ने सोचा, हो न हो, यही उस मुनकट्टा भूत की खोपड़ी है जिसकी तलाश में उसका पिरेत जो है सो पीपल पर बासा डाले पड़ा है। कल से

पितृपक्ष शुरू हो रहा है। सर्व पितृ अमावस्या के दिन इस बेचारे के मुंड का ठीक से तर्पण कर-करा के इसे नदी में विसर्जित कर दूँगा तो अन्ततः उस बेचारे की प्रेतमुक्ति हो जाएगी। मेरा ध्यान उस पेड़ की ओर दिलाकर शायद दयामय विधाता ने इसी तरफ इशारा भी किया हो।

अगली सुबह जब ज्योतिषी अपने पूजा-पाठ के कमरे से बाहर आया तो उसकी आँखें गुड़हल के फूल की तरह लाल-लाल थीं, जैसे रात भर न सोया हो! चुपचाप उसने गमछा उठाया और नहाने के लिए तालाब को चलने को उद्यत हुआ।

"सुन," उसने पत्नी से कहा, "मेरे पूजा कक्ष के आले में एक बहुत कीमती चीज मेरे गमछे में लिपटी हुई धरी है। उसको न तू हाथ लगइयो, न बालकन को उधर जाने दीजो। बस हल्के हाथन से साफ-सफाई भर कर दीजो।"

यह कहकर पति तो निकल गया, पर पत्नी की अँतड़ियाँ कुलबुलाने लगीं।

कीमती चीज माने? हो सकता है कुछ सोना-चाँदी मिला हो जिसे यह मुझसे छुपाना चाहता हो? कहीं कछु और चक्कर तो नाँय है? मरद जात! अरे जब मुनि-ऋषि भी भ्रष्ट हो चुके हों तौ किसका भरोसा? यह सोचकर जब उसके बच्चे पाठशाला में थे, उसने इधर-उधर ताककर झाड़ू से पूजाघर की सफाई शुरू की। आले पर एक वह अजीब गोलाकार चीज थी ज्योतिषी के नए गमछे में लिपटी हुई, जो पति ने उसे झोला देने से पहिले निकार लई थी। उसकी उत्सुकता रोके न रुकी तो उसने भीतर से कुंडी लगाई और गमछा हटाया।

यह क्या? गमछे में तो किसी मुर्दे की खोपड़ी धरी थी।

क्या मसान साधकर आया होगा उसका पति?

लेकिन काहे? वह तो तंत्र-मंत्र और काले जादू-टोने, वामाचार इन सबके खिलाफ था वरना मूठ मारण या वशीकरण से और कइयों की तरह अब तक लाखों का मालिक बन चुका होता!

हो न हो यह खोपड़ी उसकी किसी गुप्त प्रेमिका की होगी जो चल बसी। कर्कशा ने तय किया। उसी अफसोस में मेरे मरद ने न रात को खाना खाया, न सोया। रात भर खोपड़िया के साथ बैठा रहा।

हुँह! मेरी बला! सौतन मर गई तौ मेरा पिंड छूटा। पत्नी ने सोचा और उस नामुराद खोपड़ी को, जैसी वह लपेटी गई थी, ठीक उसी तरह लपेटकर वापिस

आले पर धर दिया। कमरा साफ कर दरवज्जे को उसने ओढ़ा तो दिया पर मन ही मन वह पति पर और उस खोपड़िया पर कुढ़ती रही।

ज्योतिषी भी अपनी वजह से दिन-रात उसी खोपड़ी के बारे में सोचता रहता। न वह ठीक से सोता, न खाता। न बच्चों से बतियाता। कभी अचानक उठकर कमरे के किवाड़ मूँद लेता और देर-देर भीतर बैठा रहता।

एक दिन पत्नी ने बच्चों से कहा, तनिक ताक-झाँक करें कि भीतर होता क्या है? बच्चे खबर लाए कि बाबा किसी खोपड़िया को हाथ में लिए आतशी शीशे से उसे बड़े ध्यान से देख रहे हैं और बुदबुदाए जा रहे हैं।

पत्नी का थमा पारा फिर क्रमशः चढ़ चला।

आखिर एक दिन जब बेटे घर पर थे और उनका बाप कर्मकांड के सिलसिले में बाहर गाँव गया हुआ था, पत्नी ने वह खोपड़ी बाहर निकाली और उस पर थूककर अपने बेटों को गेंद कहकर खेलने के लिए दे दी।

बेटे तुरत हो-हो कर भागे और आँगन में उसे मिट्टी में लथेड़ते-लतियाते खेल में मगन हो गए। खोपड़ी को उनकी लात खाते देखकर पत्नी की छाती कुछ ठंडी हुई।

पर पुरानी खोपड़ी बेचारी कितनी देर लतियाई जा सकती थी, आखिरकार कई टुकड़ों में फूट गई।

"अम्मा, गेंद तो फूट गई," बड़ा बेटा चिल्लाया तो पत्नी बाहर आई और खोपड़ी के टुकड़े बटोरकर बुदबुदाती हुई उनको एक चीथड़े में बाँधकर पोटली दरवज्जे के बाहिर धर आई। जा सुसरी, अब ना दलियो सुहागन की छाती पे मूँग!

शाम को ज्योतिषी लौटे तो दरवज्जे पर धरी वह अजीब पोटली देखकर चौंके। खोला तो उसमें खोपड़ी के टुकड़े। समझ गए कि यह किसका किया-धरा है।

"अरी गँवार औरत, क्या इससे लड़कों ने गेंद खेली है?" उन्होंने गुस्से से पत्नी से पूछा, तो वह भरी-भराई दुनाली बन्दूक की तरह फट पड़ी। बोली, "मुझे मूर्खा समझते हो? अपनी प्रेमिका की खोपड़ी पूजाघर में लाके इतने दिन उसे अपवित्र करते रहे, तौ भी तुम पंडित के पंडित और मैं गँवार? हाँ-हाँ, मैंने उस पर थूका भी और फिर दे दी उस कुलटा की खोपड़ी अपने बेटों को गेंद बनाकर लतियाने को!"

ज्योतिषी पल भर सकते में हो रहा। फिर खुद से बोला, "सही लिखा विधाता ने, कि अग्रे किं-किं भविष्यति? हाय रे महायोद्धा, तूने जाने भी क्या-क्या न देखा!

ठीक कहा है कि औरत का चरित्र और पुरुष का भाग्य तौ विधाता भी नहीं जानते। हम मनुख किस गिनती में आते हैं?

"चलो सब जनी भीतर। आज मैं सोने से पहले तुम तीनों को एक कथा सुनाता हूँ जो इस खोपड़ी से जुड़ी है," वह बोला। सब चुपचाप भीतर हो लिए।

उस रात ज्योतिषी ने अपने परिवार को जो भाग्य कथा उसने ललाट पर विधाता की लिपि में बाँची थी, जस की तस सुनानी शुरू की :

यह ललाट, विधाता कहते हैं उस जातक का है, जो बड़ा होकर एक साथ महावीर, महाक्रूर और महाअन्यायी होगा। जातक विश्व में परम प्रतापी योद्धा राजा वीरेन्द्र जू देव के नाम से दिग्दिगंत तक अपनी वीरता, क्रूरता और अन्याय के लिए याद रखा जाएगा।

स्वभाववश यह एकाकी रहेगा, न इसका कोई सच्चा मित्र होगा न शत्रु। इसकी इकलौती प्यास होगी साम-दाम-दंड-भेद जैसे भी हो, अपने सारे शत्रुओं का सर्वनाश करके सम्पूर्ण शक्ति पा लेने की। एक समय आएगा भी जब सारी शक्ति इसके हाथों में होगी। सूरज इसकी करै रसोई, समन्दर इसकी धोती धोई, चाँद इसका मशालची होगा और पवन इसके द्वार पर झाड़ू लगाएगा। बाहर यह हर पल एक ऐसे सुरक्षा कवच से घिरा रहेगा जिसका भेद सुर-नर-मुनि तक नहीं कर सकैं। हर बार लड़ाई में जाते हुए यह यम को अपनी पाटी पर बाँध जाएगा ताकि हर युद्ध में यही जीतकर लौटे इसके दुश्मन नहीं।

प्रौढ़ होने तक इसकी टक्कर का देश भर में न कोई योद्धा बचेगा, न ही सारी परजा को भेड़ों की तरह हाँकनेवाला नृपति। सारे देश इसकी कठोर ताड़ना और अन्याय के डंडे से थर-थर काँपेंगे। प्रसिद्ध हो जाएगा कि, 'चन्द्र टरै, सूरज टरै, टरै जगत व्योपार, पर राजा वीरेन्द्र को घटै न नाम, न अन्याय-अत्याचार!'

परन्तु ऐसा महाबली अपने ही महल में अपने ही पुत्र और अपनी रखैल के हाथों मारा जाएगा।

कारण यह, कि इस परम निष्ठुर जातक के भाग्य में प्रौढ़ावस्था में सारा संयम भुलाकर एक अपरूप सुन्दरी राजनर्तकी के प्रति आकर्षित होना लिखा है। आकर्षण इतना गहरा होगा कि राजा राजनर्तकी को तो राजमहल में रख लेगा और अपने पुत्र की माता, राजमहिषी को बेबुनियाद लांछन लगाकर उसके बाप के घर पठा देगा।

पर यही नर्तकी होगी जो बाद को उसके अन्त का कारण बनेगी जिसे रणक्षेत्र में बड़े-बड़े योद्धा भी न हरा सके।

इसके अन्त की पटकथा इस तरह बनेगी कि कुट्टनी की पुत्री राजनर्तकी बुढ़ाते राजा वीरेन्द्र को तो रिझाएगी ही, लेकिन उसके पुत्र सुरेन्द्र पर अपने रूप का पासा फेंककर उसे भी मोहित कर लेगी। यह युवक अपनी माता के देशनिकाले से अपने पिता के प्रति शत्रुता भाव रखता आया होगा, और नर्तकी उसके कन्धे पर सिर रखकर अपना दुख सुनाने को कहकर धीमे-धीमे उसके साथ भी गुप्त प्रेम व्यापार शुरू कर देगी।

कुछ समय बाद प्रेमविवश राजा वीरेन्द्र नर्तकी के जन्मदिन पर उसे भेंट में देने के लिए एक अनमोल रत्नजटित कमरपेटी बनवाएगा। पर वह गहना ऐन समय पर गायब हो जाएगा। और एक दिन वह देखेगा कि वही कमरपेटी नर्तकी की कमर की शोभा बढ़ा रही है। "तुझे यह किसने दी?" पूछने पर नर्तकी हँसकर महायोद्धा वीरेन्द्र से कहेगी, "यह तो मुझे युवराज ने दी है। आप दें कि युवराज, क्या अन्तर पड़ना है? बँधना इसे मेरी ही कमर पर था न?

इस पर बिफरकर परम प्रतापी राजा वीरेन्द्र जब उसे मारने को अपनी प्रसिद्ध तलवार उठाने जाएगा, तो उसका अपना पुत्र अचानक खम्भे के पीछे से बाहर आकर उसे उसी तलवार से यह कहते हुए मार डालेगा कि "तूने मेरी माता को देसनिकाला दिया, अब मेरी प्रेमिका को मारना चाहता है?"

इसके बाद दोनों प्रेमी उस महायोद्धा की लाश को घसीटकर उसकी छाती पर पत्थर बाँधकर महल की छत से रातोरात नदी में डुबो देंगे। और फिर उसकी खोपड़ी को दूर भँवर में फेंककर सुख से महल के भीतर लौट जाएँगे।

कई सदी बाद जब इसका शरीर सड़-गल गया होगा, तो भारी बाढ़ आएगी। और उसमें बहता हुआ राजा वीरेन्द्र का कटा हुआ मुंड एक पेड़ की जड़ों में अटका रह जाएगा।

इसके बाद विधाता ने अन्त में रहस्यमय वाक्य लिखा था, 'अग्रे किं-किं भविष्यति? देखो अब आगे और क्या-क्या होता है?"

कथा सुनाकर ज्योतिषी बोले, यही होना था जो हुआ। अभिशप्त खोपड़ी की कपाल क्रिया तो तुम्हारे पुत्रों ने लातों से कर ही दी है, अब यही हो सकता है कि

कल सर्वपितृ अमावस्या को इस मुंड के अवशेषों को गंगाजल से धोकर मैं इसका विधिवत् तर्पण कर दूँ। अब कभी मुझ पर शक मत करना।

अगले दिन पूरे परिवार ने शर्मिंदा होकर ज्योतिषी के बताए अनुसार मुंड के टुकड़ों को पवित्र जल से धोया, हाथ जोड़कर क्षमा माँगी और ज्योतिषी उसे रेशमी गमछे में लपेटकर अस्थि विसर्जन को ले चले।

पर यह क्या? ज्योतिषी श्मशान पहुँचने को ही थे, तभी जाने कहाँ से एक चील आई और झपट्टा मारकर वह पोटली भी ले उड़ी।

खाली हाथ घर वापिस आकर ज्योतिषी ने अपने दोनों बेटों और पत्नी को बुलाया और चील का किस्सा बताकर उनसे पूछा, "अब बोलो कि इस विचित्र कथा से किसने क्या सीखा?

बड़ा लड़का बोला, "यही कि ससुर कितना ही बड़ा योद्धा-फोद्धा हो, कभी न कभी मर ही जाता है। और फिर निडरता से उसकी खोपड़िया को लतियाया जा सकता है।"

"तू फौज में भरती होने की तैयारी कर!" ज्योतिषी ने उससे कहा।

छोटा बेटा बोला, "जातक का जीवन अन्त में जाकर ललाट लिपि से ही नहीं उसके कर्मों से चालित होगा यह जाननेवाले विधाता उसके कर्मफलों के लिए हाशिये पर जगह छोड़कर लिखते हैं, अग्रे किं-किं भविष्यति?"

ज्योतिषी प्रसन्न होकर बोले, "तुझे तो मैं स्वयं ज्योतिष सिखाऊँगा।"

फिर ज्योतिषी पत्नी की तरफ देखने लगे।

पत्नी बोली, "साफ कहूँ तौ वे कितने ही कर्कश और बूढ़े हों तब भी एक मँजे हुए संगीतकार का गाना और पुरानी पत्नी का बुड़बुड़ाना विद्वानों को निरन्तर सुनते रहना चाहिए।

"न जाने कब कैसा मोती हाथ लग जाए?"

चतुर, मूर्ख और बेवकूफ राजा की कथा

हे गोल्ल देवता पहले तेरा सिमरन। दरिद्रता हर, दुखों का अन्त कर, ताकतवर को सुबुद्धि दे, निर्बल को चतुराई। चार दिशा में चतुराई से जान बचा, और निस-दिन तेरा थान, परजा का ज्ञान जागृत रहे।

तो एक था राजा। अपने को बहुत बुद्धिमान और सर्वज्ञ समझने वाला। बाल पककर फूल गए, गाल पिचककर झूल गए, पर अपने किसी भी हुकुम पर ना सुनने की तो उसे आदत नहीं। तनिक भी असहमति की बात होने पर उसकी आँखें अभी भी लाल हो जातीं, लटकी खालवाली भुजाएँ फड़कने लगतीं और बिना आगे की जिरह सुने बड़े-से-बड़े विद्वान् को भी वह तुरन्त देशद्रोही-राजद्रोही कहकर उसे कालकोठरी में डलवा देता।

अब ऐसे राजा की हाँ में हाँ कौन नहीं मिलाता ?

किसी रात राजा कहता, "दिन है," तो परजा और सभासद सब कहते, "जी हुजूर दिन है।" अगले दिन सुबह-सुबह राजा कह देता, "रात है," तो परजा और सभासद भी एक साथ कह उठते, "जी हुजूर रात है।"

ऐसे ही चल रहा था।

पर सब दिन होत न एक समाना। सब फूल हर दिन सुगन्ध नहीं देते। सब सियारों के सींग नहीं होते। सब मेढकों पर चन्दन नहीं लगता।

राजा के राज में, उसकी धरती पर परजा के बीच तरह-तरह की तकलीफ के दिन बढ़ने लगे। कहीं बाढ़, कहीं सुखाड़, कहीं टिड्डी दल! फिर न जाने कहाँ से उमड़कर भारी महामारी भी फैल गई। दिन-रात तिलचट्टों की तरह लोग मरने लगे।

पर राजा को बुरी खबर कौन देकर अपना सर कटवाता ?

जब-तब महल से एक ऐलानिया शहर में आता। वह चौक पर खड़ा होके ढोल बजाकर कहता कि "आज शाम दोपहर ढले श्री श्री 1001 महाराज जी अपनी जनता को झरोखे से दर्शन देंगेऽऽ।

जनता जुट जाती तब महल के झरोखे पर से राजा कहते, "अच्छे दिन आनेवाले हैं," फिर पूछते, "क्या आने वाले हैं? तो सब कहते, "जी हुजूर, अच्छे दिन! अच्छे दिन। बिलकुल आनेवाले हैं।"

राजा मुस्कुराकर कहता, "इसी बात पर ताली बजाओ, सब हारी-बीमारी चार दिन में भाग जाएगी।"

ताली पीटते लोग कहते, "हंजी, हंजी, हंजी! भाग बीमारी भाग!"

पर मनुख जात की फितरत ऐसी, कि बहुत दिन तक तारीफ सुन-सुन कर भी वह बोर हो जाता है। फिर महाबली राजा तो राजा। झरोखे से दर्शन देता, ताली सुनता वह अब महाबोर महसूस करने लगा।

एक दिन उसने सुबह-सुबह अपने महामंत्री मुद्राराक्षस को बुलाया और कहा, "हर बखत हंजी, या जै-जैकार सुनकर माबदौलत का मन उचाट हो गया है। आज हमारा मन खूब हँसने को करता है। तुम यूँ करो कि दो घंटों के भीतर कहीं से चार मूर्ख पकड़ लाओ और उनको हमारे सामने खड़ा करो। वे दिन-रात अपनी मूर्खता से हमारा मनोरंजन करेंगे।"

महामंत्री को जान प्यारी थी। उसने हंडे सरीखा सर झुकाकर कहा, "जो हुकुम महाराज," और तुरत मूर्खों को खोजने चल दिया।

राजभवन से बाहर आते हुए महामंत्री के मन में भारी उलझन ने सर उठाया। यह दुनिया यूँ तो मूर्खों से भरी पड़ी है, लेकिन वे ऐसे ही तो नहीं दिखाई देंगे। दरबार के सम्मेलन कक्ष में जाकर उसने अपने भरोसेमन्द मुख्य जासूस दयाशंकर को बुलवाया, और राजा का ताजा हुकुम सुनाकर उससे कहा, "दया, राजाजी बोर महसूस कर रहे हैं। उनके हुकुम के अनुसार चार अच्छे मूर्खों को दो घंटे के भीतर महल में लाना होगा जो उनका मन बहलाएँ। इस काम के लिए तुमको अभी के अभी बाहर जाकर गली-गली जासूसी और चार चोटी के मूर्खों की पकड़-धकड़ करनी होगी।"

जब काला चश्मा लगाए जासूस दया चार मूर्ख खोजने चला, तो वह भी भारी उलझन में पड़ गया।

मूर्खों की पड़ताल तुरत-फुरत करे तो कैसे? न करे, तो जान जाए!

जासूस जीवन हाय तुम्हारी यही कहानी सोच-सोच कर वह झुँझलाने लगा।

तभी उसने देखा सामने से एक आदमी टट्टू पर बैठा चला आता था। पर अपनी गठरी की लदान उसने खुद अपने सर पर धरी हुई थी।

"अरे अक्कल के टापू, सर पर गठरी टट्टू पर आपू?" मूर्ख को रोककर दया जासूस ने पूछा।

"सलाम जासूस साहेब," मूर्ख खुश-खुश बोला, "टट्टू बेचारा कितना बोझ उठाएगा? यही सोचकर गठरी मैंने अपने माथे पर रख ली साहेब!"

"चल मेरे संग," दया जासूस बोला, "राजाजी को तेरे सरीखे दयालु लोगों की जरूरत है। महल चल, इनाम मिलेगा।" मूर्ख खुशी से तुरत मान गया और दोनों साथ-साथ कुछ दूर चले। अब उनको एक आदमी दिखाई दिया। भगवा धोती, सफेद कुरता, माथे पर तिलक लगाए हुए वह हाथ में पकड़े बड़े से दोने से निकाल-निकाल कर सब आते-जातों को खुशी-खुशी बूँदी के लड्डू पकड़ा रहा था।

"भाई, इतनी तादाद में लड्डू किस खुशी में बाँट रहे हो?" दया जासूस ने पूछा। आदमी हँसकर बोला, "मेरी बीवी दस महीने पहले मेरे पड़ोसी के साथ भाग गई थी, और अब खबर आई है कि कल उसके बेटा हुआ है। लीजिए, आप भी लड्डू खाइए न।"

दया जासूस ने उसकी पीठ थपथपाई और बोला, "हमारे राजाजी को भी इसकी खुशी है। चलो मेरे साथ महल चलो। तुमको भी कुछ इनाम-बख्शीश मिलेगी।" अब दूसरा मूर्ख भी साथ हो लिया।

इसके बाद कोई घंटे भर तक दया जासूस शहर की अली-गली छानता फिरा, पर तकलीफ सह-सह कर और गली के नुक्कड़ या मेले-ठेले में हँसी-मजाक या राजमहल की बाबत बातचीत करने पर सजा दिए जाने के डर से परजा सयानी और घरघुसरू बन गई थी। लोग बोलने से तो बचते ही, सड़क पर भी चलते तो एक-दूसरे से सामाजिक दूरी बनाकर। लिहाजा इन दोनों मूर्खों की टक्कर के अन्य दो मूर्ख दया जासूस को कहीं नहीं मिले। अब वह वापिस महामंत्री के घर गया

और सब कुछ बताकर कहा, "सर, दो घंटे होने ही वाले हैं, और राजाजी वक्त के बड़े पाबन्द हैं। उनके मनोरंजन के लिए अभी इन दो को ही उनके सामने ले जाएँ वरना उनका गुस्सा तो आप जानते ही हैं।"

महामंत्री और जासूस दया, उन दोनों मूर्खों को लेकर महल गए जहाँ राजाजी इन्तजार में थे। उन्होंने महामंत्री मुद्राराक्षस से पूछा, "ये दोनों तुमको कहाँ से मिले? और इस बात का सबूत क्या है कि ये दोनों मूर्ख ही हैं?"

महामंत्री ने उनके कार्यकलापों की कथा विस्तार से उनको सुनाई तो महाराज को सन्तोष हुआ, कि ये दोनों जो हैं सो सौ टका असली मूर्ख हैं।

"ठीक पकड़ा। ये दोनों पक्के मूर्ख हैं।" वे बोले और जोर से हँसे।

मूर्खों को यह बात चुभ गई। इनाम-अकराम तो मिला नहीं उलटे हँसी-हँसी में उनको पक्का मूर्ख बताया गया ? वे मुँह फुलाए उलटे पैर लौटने को हुए ही थे कि तभी महाराजा गरजकर मुद्राराक्षस से बोले, "मैंने तुमसे चार मूर्खों को लाने के लिए बोला था। ये तो दो ही हैं। बाकी के दो कहाँ हैं ?"

डर से काँपता महामंत्री हाथ जोड़कर बोला, "हुजूर, एक तो महामारी की वजह से कई लोग शहर छोड़ गए। बाकी शाम से ही घरों में घुसकर दरवाजे भेड़ लेते हैं। कहीं से हँसी-ठट्ठे की आवाज तक नहीं आती। आपका हुकुम था कि दो घंटे के भीतर मूर्ख पेश किए जाएँ। अब सर, जल्दी में बस यही दो पकड़ पाया।"

राजा का पारा चढ़ने लगा, "इतना बड़ा मेरा राज्य, और तुम लोगों को दो घंटे में चार मूर्ख नहीं मिल पाए? किस बात की तनख्वाह लेते हो?"

तभी एक मूर्ख को जाने क्या सूझा। वह तपाक से बोल पड़ा, "गुस्सा काहे करते हैं राजाजी? अगर आप इनकी बजाय हमसे कहते, तो हम तुरत दो और मूर्ख आपको यहीं दिखा देते।"

राजाजी बोले, "तो चलो बताओ तीसरा मूर्ख कौन है?"

दूसरा मूर्ख बोला, "तीसरा तो आपका महामंत्री है।"

महामंत्री गरम हुआ, "क्या कहता है बे?"

मूर्ख मुस्कुराकर बोला, " हुजूर भारी संक्रामक महामारी, अकाल, बाढ़-सुखाड़ के बीच अपनी जान की चिन्ता और जरूरी राजकाज छोड़कर जो महामंत्री सारी दुपहर में मूर्खों की खोज करता फिरे, वह मूर्ख नहीं तो और क्या है?"

मंत्री का हंडे जैसा सर शरम से झुक गया। राजाजी बोले, "चल माना। और चौथा मूर्ख? वह कौन है?"

मूर्ख थोड़ा सकुचाए। आखिर एक बोला, "आप अभयदान दें तो हम बताएँ।"

"डरो नहीं, साफ बोलो कि चौथा मूर्ख कौन है?" महाराजा बोले।

अब मूर्खों ने एक-दूसरे की तरफ देखा और बोले, "हे पृथ्वीवल्लभ, चौथे मूर्ख तो आप स्वयं हैं।"

राजा का सारा खून चेहरे पर उतर आया। महामंत्री का मुँह भी खुले का खुला रह गया। "क्या बकते हो? तुमको मालूम है कि किससे क्या कह रहे हो मूर्खो?" वह बोले।

मूर्ख बोले, "महाराज नाराज मत होइए। जो राजा पृथ्वीवल्लभ कहलाता है, वह विद्वानों की बजाय निपट मूर्खों को खोजे, तो बाहरखाने वह खुद परम मूर्ख नहीं तो और क्या कहलाएगा?

"अब लाइए हमारा इनाम।"

राजा ने इधर-उधर देखा। कमरे में उन चारों के अलावा कोई और न था। उसने दोनों को सौ-सौ मुहरें देकर कहा, "यह बात इस कमरे से कतई बाहर नहीं जानी चाहिए।"

"सवाल ही नहीं उठता राजन!" कहकर मूर्ख खुश-खुश अपनी थैलियाँ लेकर घर चले गए। राजाजी सोने चले गए। महामंत्री और दया ने राहत की साँस ली।

अपने को बहुत अक्लमन्द समझनेवाले राजाओं को सदा याद रखना चाहिए कि मूर्ख भी कई बार उनसे बहुत चतुर निकलते हैं।

शेर, आदमी और जुबान का घाव

यह बहुत पुराने जमाने की कहानी है। तब आदमी और शेर-बाघ के बीच एक और ही किसम की मरजाद थी। एक पशु तो दूसरा आदमी की जात, पर फिर भी एक-दूसरे को लेकर उनके दिलों में कोई शक या वैर नहीं था। सब अपने काम से काम रखते। आदमी गाँव या शहर जहाँ कहीं बसते, खेती-बाड़ी या वनिज-व्यापार करते, घर-गिरस्ती चलाते। आदमी-औरतें, बच्चे, सब घर की गाय-भैंसों का ही दूध पीते थे। कभी-कभार साग-पात के साथ वे मांस भी खा लेते थे। पर सिरफ घर की पाली बकरी या भेड़ का।

शेर-बाघ भी जंगल में रहते और सिर्फ वहीं के विचरने वाले जंगली जानवरों को खाते थे। उस जमाने में आज की तरह रात को दबे पैर गाँव में घुसकर वे मवेशी, बच्चे या घसियारिनों को कभी नहीं उठाते थे। बाढ़ हो कि सुखाड़, न मनुख शेर-बाघ को तीर-तलवार से मारकर उनकी खाल, नाखून और दाँत बेचते, न वे आदमी की जात पर हमले करते थे।

उस जमाने में भी, जैसा हर जमाने में होता है, एक बातूनी आदमी था, कामकाज का निठल्ला पर बातों का धनी। बीवी ही दिन भर खेत में भी खटती और घर में भी, तब जैसे-तैसे गिरस्ती की गाड़ी खिंचती थी। खुद आदमी गप मारने बैठ जाता तो घंटों गप ही मारता रहता। इसलिए उसकी अपनी कमाई-धमाई कुछ खास नहीं थी। पर इस बातूनी आदमी की एक सुन्दर बेटी थी, जिससे वह बहुत प्रेम करता था। वह ब्याहने लायक हो चली थी। सो उसे और उसकी पत्नी को निस-दिन अपनी बेटी के ब्याह की फिकर रहती।

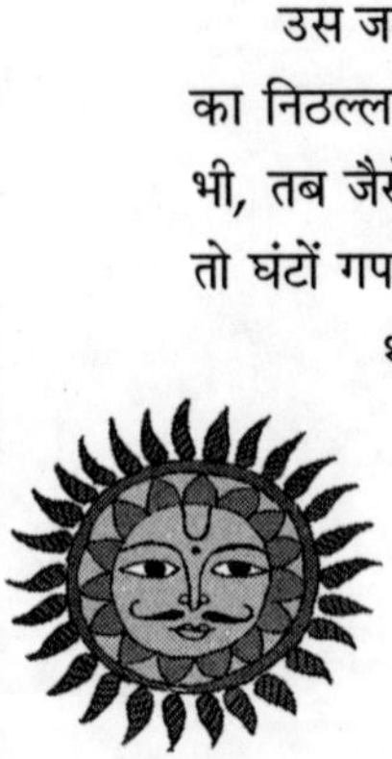

एक दिन उसकी पत्नी बोली, "हाथ में पैसा नहीं, ब्याह तय

भी करें, तो किस बल पर? ऐसे ही अपनी इकलौती बच्ची को नंगी-बूची कैसे विदा कर दें?

अब आदमी ने तय किया कि धन कमाने को उसे परदेस जाना होगा और चार रोटी थैले में धरकर वह घर से चल पड़ा। राह में एक बड़ा घना जंगल था। वहाँ पहुँचते उसे रात हो गई। सामने की गुफा दिखी तो उसने गुफा में ही रात काटने की सोची। रात में अचानक उसकी नींद खुली। उसने देखा सामने खुद गुफा का मालिक शेर खड़ा था। आदमी घबराया। पर बातों का तो धनी था। हाथ जोड़कर उसने गिड़गिड़ाते हुए शेर से कहा, "वन के राजाजी, आप मुझसे बहुत बड़े हैं अकल में भी, ताकत में भी। इसलिए मुझे आपसे कोई बैर नहीं। मैं तो आपदा का मारा गरीब बाप हूँ, घर पर अनब्याही जवान लड़की बैठी है। शहर जाकर चार पैसे कमाने को निकला हूँ। राही हूँ, सुबह-सुबह शहर निकल जाऊँगा। मुझे कुछ हो-हवा गया तो मेरी सयानी बेटी अनब्याही रह जाएगी।"

शेर तो दरियादिल शेर ही हुआ। उसने आदमी से कहा, "भाई मेरे, तुम ठहरे गँवई-गाँव के खेतिहर। बातें ठीक-ठाक भले कर लो पर तुम्हारे हाथ-पैर देखकर लगता नहीं कि शहर में पैसा कमाने लायक कोई हुनर तुम्हारे पास होगा।"

आदमी गिड़गिड़ाया, "क्या करूँ शेर भाई, घर पर बीवी, बाहर गाँववाले दिन-रात सुनाते हैं कि लड़की को घर में ही बूढ़ी कर दोगे क्या? इसलिए सोचा, शहर जाकर कुदाली-फावड़ा चलाकर या मजूरी करके कुछ कमा लूँ तो शायद ब्याह लायक पैसा जमा हो जाए।"

शेर हँसा, "अरे दोस्त, ऐसे जाँगर से जरूरत लायक पैसे कमाने में तो तुम्हारी बेटी की शादी की उमर बीत जाएगी। चलो मेरे संग!" वह आदमी को अपनी गुफा में काफी भीतर ले गया। वहाँ एक तरफ शेर के खाए जानवरों के हाड़ों की ढेरी थी, और बगल में सोने-चाँदी के जेवर और सिक्के भरा जंग खाया एक पुराना बक्सा था जिसे शायद बहुत पहले कभी कोई चोर छुपाकर रख गए थे।

शेर बोला, "हम शेर-बाघों के हेतु सोना क्या, चाँदी क्या? तू मेरा दोस्त है। उठा ले जितने ले जा सकता है, और धूमधाम से बेटी का ब्याह कर। बस एक शर्त है, मुझे तुम मनुखों की शादी देखने की बड़ी इच्छा है, शादी में मुझको जरूर बुलाना।"

"सरकार, बुला तो जरूर लूँगा। बड़ा मौका है। भारी बरात आ रही है, खूब

बोलनेवाले ज्ञानी मेहमानों का झुंड उसमें होगा। खूब बातचीत होएगी।

"बस एक बात जरा खटकती है, कि कहीं अचानक जंगल के बाहर आपको देखकर मेरे मेहमान तनिक अचकचा न जाएँ?" सकुचाता आदमी बोला।

शेर बोला, "मुझे बतकही का तनिक भी शौक नहीं भैया! तुम तो ऐसा करो कि मेरे बैठने का प्रबन्ध घर के भीतर तनिक अलग थान पर कर देना, जहाँ से मैं बस शादी होती देख सकूँ और अतिथियों की बतकही सुन सकूँ। किसी को बताना मत, कि तुम्हारा साथी शेर इधर ही कहीं बैठा है।"

आदमी खुश-खुश हाथ जोड़कर झोला भर सोने-चाँदी सहित घर आ गया। लड़की का रिश्ता तय हुआ और साइत निकाली गई तो उसने सबको हल्दी-अच्छत के कागज पर न्योते भेजे। फिर वह शेर से मिलने गया और उसे भी बरात से घंटा भर पहले आने को न्योत आया, ताकि उसे चुपचाप किसी सुरक्षित जगह पर बिठा सके।

देखते-देखते शादी का दिन भी आ गया। सही समय पर शेर आया। आदमी ने उसको तिलक लगाकर एक खाली ओबरी में बिठा दिया जहाँ कभी उसके जनावर बँधते थे। शेर खिड़की से ताक लगाकर देखने लगा कि आदमियों की बरात में क्या-क्या होता है?

बरात आई तो द्वारचार होने लगा। कहाँ के तुम? क्या नात-गोत? कौन वेदाध्यायी, किस प्रवर के? वगैरह। मनुख की जात, बातों और छाछ का क्या? जितना चाहो बढ़ा लो!

शेर ने मुँह बनाया। कितनी बेमतलब की बकर-बकर करते हैं आदमी लोग, उसने सोचा। ब्याहने आए हैं लड़का-लड़की, उनकी छोड़कर हर किसम की बकबक सुन लो! उसने मुँह खोलकर जमुहाई ली।

जमुहाई की बास, वह भी शेर की! एक भभके के साथ बास बाहर आई तो कुछ बरातियों ने नाक चढ़ाई। कहने लगे कि हमको तो कहीं से शेर की जैसी बास आ रही है करके। उनमें से किसी ने पूछा, "इतने लिपे-पुते घर में यह बास कैसी समधी जू?"

"वो ऐसा है कि नीचे जानवरों की ओबरी में घास सड़ गई थी। उनको तो मैंने दूसरी साफ जगह बाँध रखा है। यह उसी की गंध होगी। सड़ी घास साली शेर-बाघ के वंशजों जैसी गँधाती है।" आदमी ने बरातियों को सुनाकर कहा।

सभी किसान लोग थे। कहने लगे सही है। घास साली गँधाती है तो शेर-बाघ जैसी बास मारती है। अच्छा किया डंगर हटा दिए।

"चार दिन धूप लग जाए, फिर हम हाँड़ी में कोयलों पर लोबान जला के धर देंगी तो एकदम मर जाएगी बास।" घर की औरतों ने किवाड़े के पीछे से बरातियों को सुनाकर कहा, और अपने समधियों की, अपने पुरखों की तारीफ के गीत गाने लगीं—साँझ का दियना जगने पर चन्द्रमा और तारों की तरह, बादल से गरजते, मेहा से बरसते, बिजली से चमकते उनके अँगने में आज परगट हुए थे।

फिर लोग शादी की रस्मों में लग गए। लेकिन ओबरी में छुपाए गए शेर को अपने साथी की यह बात सुनकर कि सड़ी हुई घास उसके और उसके पुरखों जैसी गँधाती है करके, अति बुरा लगा सो लगा ही। एक बार तो उसके मन में आया कि दरवाजा धड़ाम से खोलकर बाहर गरजता हुआ निकले और उस आदमी के टुकड़े करके सबको बता दे कि उसने मदद न की होती तो यह शादी होती, नामुमकिन था।

पर शेर को छज्जे में सहेलियों की चुहल से शरमाती कन्या पर दया आ गई फिर उसने सोचा कि वैसे भी वह इस आदमी को मित्र बना चुका था। कन्यादान के पहले उसे मित्रता की मरजाद त्यागकर कैसे मार सकता है?

उसने अपना गुस्सा भीतर ही भीतर दबा लिया और दबे पैरों जंगल का रास्ता लिया। नहीं आना उसको आदमियों की बस्ती में जहाँ उसको, उसके पुरखों को नाम धरा जाता है। वापिस जंगल लौटते हुए भी मित्र की वे कड़वी बातें और बरातियों की हँसी उसके मन में शूल बनकर चुभती रहीं।

ब्याह ठीक-ठाक से हो गया, तो कन्या को विदा करने के बाद आदमी शेर से मिलने कुछ अच्छत-चन्दन लेकर दोबारा जंगल आया। साथ में एक पंथ दो काज की नीयत से वह घर के लिए लकड़ी काटने को एक कुल्हाड़ी भी लेता आया था। उसने देखा गुफा के बाहर उसका मित्र शेर उदास चेहरा लिये एक चट्टान पर बैठा था। उसका मुख देखकर आदमी ने सहमते हुए पूछा, "मीता काहे उदास हो?" शेर तो शेर। गरजकर बोला, "मीता के बच्चे, चल उठा अपनी तलवार और काट दे मेरी गरदन। शादी वाले दिन मेरी गंध को लेकर तुमने जो अपने लोगों के बीच मेरी और मेरे पुरखों की हँसी उड़ाई, उन बातों को लेकर आज भी मेरे भीतर इतना गुस्सा है कि तुमने कुल्हाड़ी न चलाई तो मैं ही तुम्हारे टुकड़े-टुकड़े कर डालूँगा।"

डरकर आदमी ने कुल्हाड़ी से वार कर ही तो दिया। पर भला हुआ शेर के गले के गिर्द का अयाल भारी था, इसलिए घाव गहरा नहीं लगा, लेकिन तर-तर खून काफी टपकने लगा।

"जा, भाग जा," शेर ने अचकचाए आदमी से कहा, "अभी मैं गुस्से में हूँ। फिर हफ्ते बाद आना। दोस्त बनाने के बाद तेरा दिया ये घाव मुझे हमेशा तेरे विश्वासघात की याद दिलाएगा। आना जरूर, न आया तो तेरे घर आकर तेरे टुकड़े कर दूँगा।"

हाँ-हाँ करता आदमी कुल्हाड़ी कन्धे पर धरे घर भाग गया। शेर का एहसान छोटा-मोटा तो था नहीं, फिर कहीं सचमुच घर आन पहुँचा तो गजब हो जाएगा। यह सोचकर वह हफ्ते भर बाद डरता-डरता फिर शेर के पास आया, आज न जाने क्या होगा सोचता हुआ।

गुफा के दरवाजे से उसने पुकारा, "मित्र शेर महाराज, ओ शेर महाराज!"

शेर उसके स्वागत के लिए गुफा से बाहर आ गया। आदमी ने पूछा, "मित्र, इस बार किसलिए बुलाया है?"

"तुझे तेरा दिया घाव दिखाने के लिए," शेर बोला, "देख उसे।"

आदमी ने हाथ से अयाल हटाकर देखा, घाव अब तक काफी भर गया था।

"मित्र, घाव तो भर गया है," उसने कहा।

"यही तो मैं तुमको बताना चाहता था बेवकूफ," शेर बोला, "कुल्हाड़ी का दिया घाव तो समय के साथ भर जाता है। लेकिन मित्र सामने हो तो भी और पीछे हो तो भी, सबके बीच उसकी बाबत बोलने की भी एक आन होती है।

"जिसे अपने जैसा ही मित्र और सहयोगी माना-बरता हो, उससे इतनी कड़वी और अहंकारी बात सुनना कैसा लगता है, तुम जैसे दया के पात्र नहीं समझोगे। बाद को मेढक जैसी आँखें नचा-नचाकर लाख कहोगे भी, कि तुम्हारा मतलब यह नहीं यह था, पर तुम्हारी मित्रघाती जुबान का दिया घाव कभी नहीं भरेगा। अहंकारी बोली की चोट अभी भी दिल में हमेशा हरी रहती है।

"आज तो तुमको मैंने बुलाया था तो तुम मेरे अतिथि हुए। इसलिए अपना अतिथि धरम निभाते हुए आज तो तुमको छोड़ देता हूँ, पर आज से हम शेर-बाघों की तुमसे और तुम्हारी बदजुबान और विश्वासघाती जमात से हमारी दोस्ती खतम

हुई। अब जब कभी सामने पड़े, तो हम लोग तुम लोगों पर हमला करने से नहीं चूकेंगे। जाओ! भागो!"

उसी के बाद से दुनिया के शेर-बाघों ने इनसान पर भरोसा करना छोड़ दिया और जंगल में सामने पड़ते ही उन पर घात लगाकर हमला करने लगे हैं।

यही कारण है कि सयाने कहते हैं, कि पहले बात मन में तोलो फिर बोलो। क्योंकि कुल्हाड़ी-फरसे के दिए घाव से कहीं ज्यादा घातक जुबान का किया घाव होता है।

सास-बहू, भरवाँ करेले और नकचढ़ी मूर्ति की कथा

बहुत दिन हुए, एक पहाड़ की चोटी पर एक गाँव था। गाँव जैसा गाँव, कुछेक परिवार, खेत, ढोर-डंगर, एक देवी का मन्दिर, एक कुआँ। खास बात बस यह थी कि यह मन्दिर तलहटी में फैले राज के राजा की कुलदेवी का थान भी था।

अब राजे-महाराजे बार-बार क्या पहाड़ चढ़ेंगे? राजाजी के दरबार से इसकी देखभाल के लिए नियमित वजीफा तो आता था। लेकिन खुद उनके चरण गाँव में साल में तीन बार पड़ते थे। एक बार छह गते आषाढ़ के दिन (आषाढ़ के कृष्ण पक्ष का छठा दिन), जब वे अपने हाथों से धान की रोपनी का उद्घाटन करते थे। और दो बार नवरात्रि में।

राजा तो राजा। रंगीन-मंगीन पगड़ी पहिनकर वे बड़े तामझाम सहित आते। साथ में उनके कई-कई सेवक लोग रोट-भेंट, षोडषोपचार पूजा की सामग्री लाते। मन्दिर की परिक्रमा कर राजाजी देवी को साष्टांग दंडवत् करते, फिर पुजारी जी के साथ गर्भगृह में भीतर पधारकर देवी की पूजा-अर्चना करते। राजाजी की टोली के साथ दरबारियों, राजा को मुख दिखाने को उत्सुक राजभक्त व्यापारियों-सेठों और शहर के लोगों की भीड़ भी पहाड़ पर आ जुटती थी। हर राजकीय जात्रा के समय गाँव के पास मन्दिर के सामने चर्रख-चूँ झूलों सहित मेला भरता, जलेबियाँ छनतीं, चुनरियों के व्यापारी आते और गाँववाले भी टिकुली, बिन्दी, कंघी, परसाद आदि बेचकर चार पैसे कमा लेते। बस।

बाकी बरस गाँव और मन्दिर। किसान और पुजारी। सासें और बहुएँ। इस गाँव में स्त्रियाँ तो और भी थीं, पर यह कथा तो एक खास सास-बहू की है जो पुजारी जी के घर की थीं। सास बड़ी जब्बर

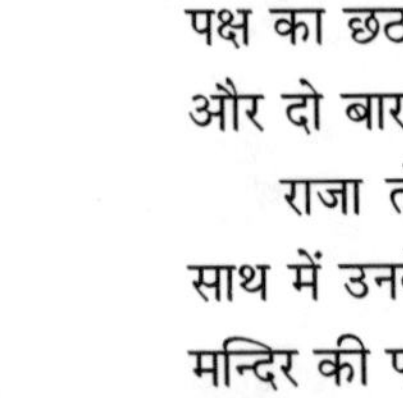

थी। उसका बेटा तो परदेस में नौकरी करता था। वह कभी-कभार ही आ पाता। आता भी तो सास उसको देर तक अपने साथ बतकही में उलझाए रखती। बेचारी बहू किवाड़ की ओट में इन्तजार करती, कई बार थककर सो जाती।

सास की ऐंठ इस बात से थी कि एक तो वह बेटे की माँ थी, दूसरे उसका पति राजा की कुलदेवी के मन्दिर का पुजारी था। वह ठसक से रहती और उसके घर में सब पर उसी का हुकुम चलता था। चौके का बाकी सारा काम बहू करती, लेकिन खाना सास ही पकाती। फिर वही सबको अपनी मर्जी के हिसाब से खिलाती। पुजारी जी जो कुछ चढ़ावा-सीधा पाते भी, सब उसके हाथ में धर देते थे। बहू गरीब घर की बिन माँ की छाँटकर लाई थी सास ताकि वह दिन भर खटे, पर तीज-त्योहार पर भी कहीं जा न सके। उसकी सुबह चक्की पीसने से शुरू होती। फिर वह मन्दिर के पास के कुएँ से पानी लाती। फिर ढोर-डंगरों का सानी-पानी, दूध दुहना, यह सब चलता। दूध वह दुहकर रख देती थी, पर उसे नापकर सास ही उबालती, जमाती, मथती और मक्खन के बड़े से गोले को भंडार में छींके पर धरकर वहाँ ताला मार देती।

दोपहर में सास मक्खन मारकर दाल में तड़का लगाकर पति और अपने भात में भी खूब मक्खन डालती। फिर पति जी को खिलाकर मक्खनवाला हिस्सा खुद खा लेती। कमर पकड़कर ऐसे उठती जैसे सारा काम उसी ने किया हो। उफ कमर टूट गई, वह रोज कहती। फिर जाते-जाते भी भूखी बहू से कह जाती, "तेरा हिस्सा पतीलों में धरा है, चटपट खा के, बरतन साफ करके मेरे पैर दबा जइयो। सुबह से काम करते हाथ-गोड़ पिरा रहे हैं।"

बहू देखती तो पतीलों में अक्सर उसके नाम मुट्ठी भर सूखा भात और आधी कलछी जितना साग ही बचा होता। वह बिना शिकायत खाकर जैसा कहा गया करती रहती। शिकायत किससे करे?

दोपहर में पान खाकर पुजारी जी तो पत्रा बगल में दाबकर गाँव के चबूतरे पर गप्प-शटाक करने, तिथि-त्योहारों की खबर देने और हुक्के की चार कश मारने जा बैठते। शाम गए लौटते फिर दिन ढले रात की आरती को मन्दिर जाते। पूजा निबटाकर मन्दिर के किवाड़ भिड़ाकर वे ठीक खाने के टैम ही वापिस आते। सास-ससुर जीम लेते तभी रात को बहू सबके बाद बचा-खुचा खाना खाकर बरतन मलती

और अपनी पतली सी दुलइया में चुपचाप पहुड़ रहती।

गरीब घर की इकलौती थी, माँ या भाई नहीं थे। मैके भी जाती तो कैसे? कोई बुलानेवाला भी होना चाहिए ना? कहते ही हैं, "माँ तक मायका भाई तक दहेज, वो भी अगर भाभी का कलेजा।"

ऐसे ही चल रहा था।

पर कहते हैं न कि सौ दिन सास के एक दिन बहू का। एक दिन बहू के भी भाग जगे। उसकी सास अखंड किसम का कोई पाठ सुनने गाँव की बुजुर्ग औरतों के साथ दिन भर को नीचे शहर चली गई। उस दिन पंडिज्जी का खाना बहू को ही बनाना था। इसलिए सास जी को जी मारकर कुछ मक्खन भंडार के बाहिर छोड़ना पड़ा। कह गई, "दाल-चावल मटकिया में धरो है, दो-दो मुट्ठी निकालियो, बाड़ी में करेले फले हैं उनकी भाजी बना लीजो।"

बहू ने सर झुकाए-झुकाए कहा, "जी।"

सास की पीठ फिरते ही चकरघिन्नी बनकर बहू ने फटाफट सारे काम निबटाए, और पतीली भर-भर कर दाल-भात पकाया और उसमें खूब सारा मक्खन डाला। फिर ताजा करेलों को खुरचा और नमक लगाकर धर दिया। फिर भरवाँ मसाला तैयार किया : दू लाल मिरच के साथ हींग-जीरा, राई-कलौंजी-सौंफ, ताजा पिसा हल्दी-धनिया। फिर करेले धोकर उनका पेट काटा और मसाला भरकर अपनी मनमुताबिक लाजवाब चटपटे भरवाँ करेले बनाए। दोपहर में पुजारी जी घर आए। हमेशा की तरह उनने नहा-धोकर खाया, फिर दँतखोदनी से दाँत खोदते बाहर चले गए।

ससुर के आँख से ओझल होने पर बहू ने तुरत पतीलियों से ढेर सारा दाल-भात और भरवाँ करेले निकालकर उनको केले के पत्ते में लपेटकर अपनी पानी की कलसिया में छुपाकर धर लिया। फिर वह पानी लाने के बहाने मन्दिर की तरफ निकल गई। वह जानती थी कि मन्दिर गाँव के बाहर था और दोपहर में निर्जन रहता था। लोग कहते थे देवी से मिलने कई बार एक बाघ वहाँ आता था। औरतें वहाँ जाने से डरती थीं जब तक कोई साथ न हो।

बहू को सास का डर था। बाघ का कोई डर न था। उसके नथुने ताजा बने भरवाँ करेलों की खुशबू से फड़क रहे थे।

मन्दिर के भीतर जाकर बहू ने कुंडी चढ़ाई और दोनों टाँगें फैलाकर गबागब भात-दाल और भरवाँ करेले खाने लगी। भरपेट खाकर वह कलसी उठाने को थी कि क्या देखती है, कि सतर खड़ी देवी की मूरत अचानक त्रिभंगी मुद्रा में हो गई है। और यही नहीं, उसने मन्दिर के भीतर किसी की भात-दाल-भाजी खाने की धृष्टता देखकर अपनी नाक सिकोड़कर उस पर उँगली भी धर ली है।

बहू को क्या? कई महीनों बाद आज उसने मन भरके खाया था। वह तृप्त थी। किसी को क्या पता चलेगा? सोचकर उसने दरवाजा भिड़ाया और कुएँ पर हाथ-पैर धोकर पानी भरकर घर चली गई।

शाम को पुजारी जी जब आरती करने मन्दिर पहुँचे तो देवी की मूरत को नई मुद्रा में नाक चढ़ाए उस पर उँगली रखे देखकर उनको गश आ गया। गिरते-पड़ते वह घर पहुँचे और फिर बिन खाए, किसी तीर की तरह जाकर गाँव में सबको बाहर बुलाकर यह बताया। फिर वे आगे-आगे, और उनके पीछे सारा गाँव मन्दिर की तरफ उमड़ चला। सास-बहू भी संग।

हाय अब क्या होगा? सबने कहा। जरूर कोई आपदा आनेवाली है। "हे देवी," वे गिड़गिड़ाए, "तू कोप न कर! तू हमारी माता है। हमारे लिए तो तू ही पुरखों के टैम से दूध का दूध पाणी का पाणी करती आई है। हम तेरे नाम धूप-बाती करेंगे। चार दिन बाद नौरात्रि में रोज नौ दिन तलक हम सब तुझे फूल-पाती-रोट भेंट चढ़ाएँगे। इस बार तेरे लिए एक का इक्कीस, पाँच का पचीस करेंगे।"

मूर्ति जस की तस खड़ी रही। नाक चढ़ाए, नाक की नोक पर उँगली धरे, टेढ़ी।

अब?

परधान बोला, "ये तो अनर्थ हो गया रे! ये ऐसी-वैसी नहीं, राजाजी की कुलदेवी हैं। चार दिन बाद वे पधारकर ये देखेंगे तो कहेंगे कि तुम लोगों ने कुलदेवी को कुपित किया है, अब दंड भुगतो! देखते-देखते गाँव उजाड़ के, घरों के बरतन- बासन, खेत की खड़ी फसल सब उखाड़ ले जाएँगे राजा के कारिंदे!"

परधान की बात सुनकर पुजारी समेत सब मरदों के हाथ से तोते उड़ गए। औरतें-बच्चे डर से भैं-भैं कर रोने लगे।

कुछ देर बाद जब रोना सुबकियों में बदल गया, तब सर पर आँचल रखे सास वाली बहू हाथ में कलसी लिये सामने आई। सब उसे अचरज से देखने लगे। उनके

गाँव में सासें बहुओं का कभी सबके सामने बोलना तो दूर, खड़ा होना भी उचित नहीं मानती थीं। ऐसी मुँहजोर बहू को तो वे सीधे जो हाथ पड़ा, झाड़ू, फुँकनी या पतीला फेंक मारतीं।

बहू मन्द लेकिन साफ सुर में बोली, "आप सबको नमस्कार। मैं भी पुजारी के घर की लड़की हूँ। गरीब सही पर मेरे बाप ने मुझे एक मन्तर दिया था जिससे रूठी से रूठी देवी को भी मना सकते हैं। आप सबकी आज्ञा हो, तो आप सब मुझे मेरी कलसी में पानी भरकर रात भर को मन्दिर के भीतर साँकल लगाकर एकदम अकेली रहने दें। मैं मन्तर पढ़कर सुबह तक देवी को मना लूँगी।"

सब एक-दूसरे को ताकने लगे। थी तो दो बित्ते की, बिन मायके, बिन दहेज की बहू ही। तिस पर औरत जात! अरे उसकी औकात ही क्या थी?

लेकिन और चारा भी क्या था? राजा के दंड का डर पुराने रीति-रिवाज पर भारी पड़ा। मरता क्या न करता? सास-ससुर, परधान सब ने हामी भर दी और बहू को उसकी कलसी के साथ अकेले छोड़कर खुद गाँव वापिस चले गए। अब शेर- बाघ जो आए उससे उनको क्या? खुदै निबटेगी। उसकी सास ने सोचा।

बहू ने घर से कलसी लाकर उसमें पानी भरा और मन्दिर में घुसकर दरवाजे की कुंडी चढ़ा ली। फिर वह देवी की मूरत के सामने जा खड़ी हुई और बोली :

"ओ देवी, देख सौ बात की एक बात ये कि मैं भी औरत, तू भी औरत।

"तू जानती है, हम लोगों की जिनगानी कैसी होती है। सारा काम हम करती हैं, पर जमीन-जायदाद, जस या रुपये-पैसे के नाम पर अंडा!

"खुद ही सोच, तुझे भी तो डरकर देवताओं ने न जाने कितनी बार कैसे-कैसे भयंकर राक्षसों के वध को बार-बार बुलाया है। पर जैसे ही उस भयानक राक्षस को तूने मार डाला, तो डर से छुपे सारे देवता सामने आकर तुझको कहते हैं, "हे सुरेश्वरि गच्छ, गच्छ। घर जाओ, तुम्हारा काम खतम हुआ, हम राजकाज सँभाल सकते हैं। है कि नहीं? तो जब मुझे तुझसे इतनी ममता है, तो तुझको मुझ सास की सताई बहू पर नाराजी कैसी?

"अरे जब इसी कुल के एक राजा ने अपनी सात फेरे लेकर ब्याही हुई रानी को, सिर्फ एक धोबी के मुख से अफवाह सुनकर बिन गोड़े खेत की तरह छोड़कर उसके मायके भिजवा दिया, तब तो तू टेढ़ी नहीं हुई?

"जब उस राजा के दंडाधिकारी ने रोती-बिलखती रानी के वापिस जाते बखत रोती औरतों को देखकर खुलेआम कहा कि वह मनचली होने का दंड भुगतेगी। उस औरत की औकात ही क्या है कि वो हमारे राजाजी पर उँगली उठाए?

"बोल, तब भी तुझको कोई हैरत हुई क्या? नहीं ना?

"अब मुझ जैसी सदा अधपेट खाना पाने वाली गरीबनी ने अगर एक दिन मैके जैसे तेरे गर्भगृह में बैठकर सालों बाद चैन से अपना ही राँधा खाना भरपेट खाया, तो तूने ऐसा नाटक कर दिया?

"सो हटा अपनी उँगली, और सीधी हो जा, वरना मैं जो शेर-वेर से भी नहीं डरती, कसम से कहती हूँ कि अपनी ये कलसी सीधे तेरे मुँह पर मारकर तेरी नाक तोड़ दूँगी। समझी?"

मूर्ति सकपकाकर यथावत् हो गई। बहू मटकती हुई कलसी लिये घर आई और सो गई।

सुबह पुजारी जी ने मन्दिर के किवाड़ खोले तो जोर से 'जैमाता दी,' चिल्लाते हुए गाँव को खबर देने भागे आए। और फिर तुरत सब गाँववाले देवी के थान जा पहुँचे जहाँ मूरत पहले जैसी अभय मुद्रा में मुस्कुरा रही थी। तुरत पुजारी जी और राजाजी की जय के नारे लगने लगे। शंख बजा, घंट बजे। सास ने पति की बलिहारी ली।

इस बीच किसी ने न देखा कि कलसा लिये आई बहू चुपचाप पानी भरकर खिसक ली। उसे अभी सानी-पानी और ढोर-डंगरों के हजारों काम करने थे। इस सब चक्कर में पड़ी तो कजरी का बछड़ा दूध पी जाएगा, धौरी भी भूख से रँभाती होगी उसने सोचा।

अब बच्चो, ये बताओ, कि इतने नारे पुजारी के नाम, राजाजी के नाम, मातारानी के नाम लगे, पर एक भी नारा उस वीर बहू के नाम काहे नहीं लगा?

जो बुझा दे ऊ सच्चा ज्ञानी, जो बूझ न सके, वो मेरे घर भरे पानी!

भगवान का हाथ और सुबिया भिखारी की कथा

एक बार की बात है, किसी शहर में एक गरीब भिखारी और उसकी बीबी रहते थे। भिखारी बेचारा मति का हीन, पेट का भूखा, करम का नाटा और अकल का फाटा था। सुबह घर-घर जाकर फिर दिन भर सड़क पर भीख माँगता, तब भी शाम तक उसको सिर्फ डेढ़ पाव आटा और डेढ़ चम्मच तेल मिल पाता। उसकी कर्मठ बीबी दिन के बखत आसपास से कुछ लकड़ियाँ और हरा साग तोड़ लाती। और शाम को उनको काटकर भीख के आटे में गूँध उसकी डेढ़ मोटी रोटियाँ बनाती : एक पति के लिए, आधी अपने लिए।

ऐसे किसी तरह उनकी कट रही थी।

भिखारी का वैसे नाम तो था सूबेदार, लेकिन गरीब को उसके सही नाम से कौन पुकारता है भला? न पग नीचे की धरती उसकी, न ही सर के ऊपर का आसमान।

आसपास कुछ ठहरा तो बस हवा-पानी और आग। और वो भगवान ने अमीर-गरीब सबके आसपास छोड़ रखे हैं कि हवा बहाए, आग अन्त में हर देह को दाग देकर भसम बनाए और फिर पानी उसे भी बहा ले जाए। बस। चलो भगवान का हाथ है सबके ऊपर। और सुबिया धीर धर लेता।

उसे कोई कहता, "अरे ओ भिखमंगे," कोई दरवाजे पर से दुरदुराकर कहता, "ये भिखारी साले हर जगह आ जाते हैं।" सुबिया को इसकी भी आदत थी। गरीब आदमी को उसके जीते जी उसके सही नाम से कौन पुकारता है? गरीबी बचपन से ही सिखा देती है भिखारी को, कि गारि न खीझ, मारे नहीं लाजा।

एक रात सुबिया भिखारी और उसकी पत्नी खाने को बैठ ही

रहे थे तभी कुंडी खड़की। खोलकर देखा तो बाहर एक भगवाधारी साधु खड़े थे। सुबिया ने उनके पैर छुए, "इतनी रात गए कैसे महाराज?"

साधु बोले, "हरे सुबिया, बाबे को बड़ी भूख लगी है, कुछ खाने को है तो दे।"

सुबिया ने बगल में खड़ी बीबी को देखा, बीबी ने उसे। घर में थीं कुल्लमकुल्ल डेढ़ रोटियाँ। नंगा क्या तो धोये, क्या निचोड़े?

फिर भी अतिथि तो देवता सरूप हुआ। विनम्रता से हाथ जोड़कर सुबिया बाबा से बोला, "आइए महाराज, हम गरीबों की कुटिया पवित्तर कर दी आपने। यहाँ जैसा भी जो भी रूखा-सूखा है, भोग लगाइए।"

बाबा को भीतर लाकर उसने आसन धर दिया। साधु तुरत पालथी मारकर बैठ गए और चारों तरफ की निचाट गरीबी पर नजर फिराई। देखा, बाल-बच्चे नहीं, घर भी ऐसा, न तन पर पूरे कपड़े न बरतन-बासन।

"लगता है कि पुश्तैनी भिखारी हो," बाबा बोले।

"बाबा जी, गरीबी, अमीरी, भिखमंगी सब भगवान के हाथ है महाराज। हम मनुख जात भगवान से भला क्या कह सकते हैं?" लम्बी उसाँस लेकर सुबिया बोला।

इस बीच सुबिया की बीबी ने साधु के सामने एक पत्तल पर घर का टोटल डिनर, यानी डेढ़ रोटियाँ और पीने को लोटे में साफ पानी भी लाकर सामने धर दिया। साधु ने बिना बोले सब रोटियाँ खाईं, फिर लम्बा डकार लेकर बोले, "बच्चा, हम तृप्त भये। अब बाबा जाता है।"

सुबिया और उसकी बीबी ने उस रात खाने के नाम पर बस लोटा भर पानी पिया, और चुपचाप खाली पेट सो गए।

सुबिया की झोंपड़ी से लम्बे डग भरते साधु बाबा जब निकले तो सीधे स्वर्ग को चल दिए। सिद्ध पुरुष थे सो सशरीर उड़कर स्वर्ग जा पहुँचे जिस तरह उनके जैसे पहुँचे हुए सन्त-पीर-फकीर ही जा सकते हैं। भगवान के यार हुए ये असली साधु-पीर-फकीर। कभी जी किया, तो धरती से ही आसमान की तरफ सर करके भगवान से बात कर लेते हैं। कभी दनदनाते हुए सीधे उनके दरबार जा धमकते हैं।

सो साधु बाबा दरवाजा पार कर सीधे जा पहुँचे स्वर्ग। वहाँ क्या देखते हैं? देखते हैं कि भगवान अपने कमरे में धरती के उसी गणतंत्र के पाप-पुन्न का जब्बर भारी बही-खाता खोले हैं जहाँ सुबिया रहता है।

"अरे यार तू? बड़े दिन में आया?" भगवान ने खुशी-खुशी बाबा से कहा। "बता, मर्त्यलोक से क्या खबर लाया है?"

बाबा बोले, "हे भगवान, अभी मर्त्यलोक के एक गणतंत्र से आता हूँ। नाम को गण का तंत्र, पर गण और तंत्र के बीच जहाँ देखी भारी गैर बराबरी देखी। बाढ़-सुखाड़ का प्रकोप है ही और हर जगह गरीब और बूढ़े तिलचट्टों की तरह मर रहे हैं। लेकिन दूसरी तरफ तंत्र को हाँकनेवाले तेरह स्याणे सेठ ही लगातार अमीर बन रहे हैं। गरीब भूखे पेट सो रहे हैं तो वे पंचमेवा, सोलह तरह के फल, बत्तीस तरह की मिठाई और छप्पन तरह के भोग खा रहे हैं। नया गणनेता चुनने का बखत हुआ तौ यही तेरह स्याणे मिलीभगत कर पर्ची से अपने ही बीच से किसी को राष्ट्रप्रमुख चुनवा लेते हैं। और आपको तो पता ही है कि अन्धा बाटे रेवड़ियाँ, तो फिर-फिर अपनों को दे।

"मनुख की जात तो जनम से मरण तक गुण-दुर्गुण का पिटारा है भाई। उसे तो तूने इसी वजह से त्याग दिया। चल धरम-करम, समाज की सुना," भगवान बोले।

"अरे जैसे राष्ट्रप्रमुख, वैसे धरम और करम के ठेकेदार। सरकारी साधुओं के ज्यादेतर अखाड़े स्याणों के चन्दे से भ्रष्टाचार के अड्डे बने हुए देखे। इधर एक धूर्त की दुकान खूब चल रही है जिसने तरह-तरह के द्रविड़ प्राणायाम दिखाकर तेरहों स्याणों को अपना मुरीद बना रखा है। अभी हाल उसके लामबन्द शिष्यों ने गरीबों को उनकी अपनी जमीन से बेदखल कराया। फिर राजकोष से पैसा लेकर उसने उस जगह मन्दिर बनवाया। वहाँ सेठ स्याणों के पैसे से भंडारा किया। जिन्ने उसे चन्दा दिया उसे राज कर से माफी दिला दी। ये है धरम का हाल!"

"देख यार दुनिया तो यूँ ही चल्लेगी पण तू किसी खास के लिए कुछ कहने आया है सो कह डाल!" भगवान बोले।

"उस गणतंत्र में एक सुबिया भिखारी नाम का खानदानी गरीब है। दिन भर माँग करके भी उनको डेढ़ पाव आटा मुश्किल से जुटता है। उनका कुल्ल खाना यानी रूखी-सूखी डेढ़ रोटी खाकर मैं आ रहा हूँ। फिर भी चेहरे पर शिकन नहीं। पूछा तो बोला, "गरीबी-अमीरी सबके पीछे भगवान का हाथ है। हम मनुख क्या शिकायत करें?"

"आपको अपने हाथ की आन। कोई मदद तो उसको मिलनी ही चाहिए।"

"हूँ," भगवान बोले, "देख यार, अकारण कुछ नहीं होता। ये खाता देखते हो? इसमें दर्ज है कि पिछले जनम में यही सुबिया बड़ा ही कंजूस नगरसेठ और स्याणा होता था। सारे जनम भर उसने खूब माल कमाया, अपनी पसन्द के राष्ट्रप्रमुख चुनवाए, पर दान में खरच किया कुल डेढ़ रुपया। यही वजह है कि महँगाई अडजस्ट करके भी मेरे भले-बुरे के खाते में इस जनम में रोजीना उसके हिस्से केवल डेढ़ पाव आटा ही आउटस्टैंडिंग बनता है।

"खैर, तू पुराना यार है सो तेरी बात नहीं टालूँगा। यह ले डेढ़ रुपया और उसे कह, कि इस जनम में इससे जितना उसे मिले, उसका बड़ा हिस्सा वह गरीबों को बाँट दे। धरती पर वो जितना दान देगा उसका ठीक दुगुना मैं यहाँ से नीचे किसी न किसी निमित्त से मृत्युलोक के उसके अकौंट में भेज दूँगा।"

सुबिया के हिस्से का वह डेढ़ रुपया लेकर बाबाजी स्वर्ग से लौटकर फिर सुबिया के घर गए। और उसे वह रुपया देकर दान-पुन्न की बाबत भगवान का सन्देसा कह सुनाया। सुबिया गद्गद हो गया।

अगले दिन सुबिया भीख माँगने नहीं गया। उसने भगवान के भेजे डेढ़ रुपये के फूल खरीदे और राजपथ पर जा बैठा। भगवान का हाथ देखिए उसी समय नगर कोतवाल का पद पा गए महामहिम की सवारी-शोभायात्रा निकल रही थी। सेठों को तो निरन्तर नगर कोतवाल से कुछ काम निकलवाना होता है। सो कोतवाल पर फेंकने के लिए सुबिया के सारे फूल मुँहमाँगा दाम देकर खरीद लिये गए। छतों से फूल बरसाए गए, कोतवाल साहिब स्याणों में शुमार भए और सुबिया के हाथ आ गए दस रुपये!

बाबा हो! इतना पैसा तो उसने कभी एकमुश्त देखा भी न था।

लेकिन सुबिया को बाबा की दान-पुन्नवाली बात याद थी। उसने दस में से छह रुपये तो साथी भिखारियों को बाँट दिए और चार रुपये का आटा और नमक, मिर्च-तेल खरीदकर घर गया।

कई दिनों बाद उसने और उसकी बीबी ने दो-दो रोटियाँ खूब सवाद ले-ले कर खाईं।

इसके बाद सुबिया की आमदनी और उसके दान की राशि लगातार बढ़ती

चली गई। पुश्तैनी भिखारी था सो उसका उठना-बैठना तो सदा से भिखारियों और सड़क छाप गरीबों के बीच ही का रहा था। रोजाना दान की राशि भी वह उनको ही देता। भिखारियों के बीच उसे झोला भर लाइक्स मिलने लगीं।

पर माल ए मुफत, दिल ए बेरहम! होते-होते शहर के सारे भिखारी और सड़क छाप लोग मुफत का खूब सारा माल खा-खा कर मुश्टंडे आलसी बन गए। दिन भर सोते या मटरगश्ती करते। उनकी बीबियाँ भी दिन भर खाट तोड़तीं। उधर वादे के मुताबिक सुबिया को उसके बनिज-व्यापार की मार्फत भगवान की तरफ से उसके मूल दान से दूनी ग्रांट आती रही।

गरीब ठलुए बन गए तौ धीमे-धीमे सेठ लोगों के कारोबार चौपट होने लगे। दू बखत के खाने और चार पैसे में दिन भर घर से कारखाने तक काम को राजी होनेवाले मजूर, राजमिस्तरी, रसोइए, झाड़ूदार सुबिया के दान से तृप्त होकर फिरते थे।

'देंदा है रब सड़ने दे सब। पता नहीं क्यूँ?' स्याणों सेठों को और भी चिढ़ाने को उनने शहर में जगह-जगह लिख दिया।

एक दिन आया जब सुबिया शहर का सबसे अमीर आदमी बन गया। नगर के बड़े लोगों की बैठक हुई। सबके हाथ तंग। कारखाने बन्द हो रहे थे। गणतंत्र को मालदार राष्ट्रप्रमुख की जरूरत थी। तय हुआ कि इस बार सुबिया को ही राष्ट्रप्रमुख बनाया जाए। गरीब, अनपढ़ ही सही। हुनरमन्द तो हैगा। देखो न राजपथ पर फूल बेचने से शुरुआत कर कित्ता बड़ा मनुख बन गया! अब उसे सुबिया कोई न कहेगा, सब उसको सूबेदार सिंह जी कहेंगे, यह भी तय हुआ।

सो सुबिया अब सर्वसम्मति से गणतंत्र का राष्ट्रप्रमुख चुन लिया गया। दरबार जाता तो मंत्री से संत्री तक सब सलाम मारकर पूछते, "ठाकुर सा'ब अच्छे तो हैं न?" सुबिया खुश!

अब साधु एक बार फिर भगवान से मिलकर उनको थैंक्स कहने सुरग पहुँचे। यह क्या? देखते हैं कि बही-खातों पर झुके उनके मितर पियारे भगवान के बाल कांस के फूलों जैसे सफेद हो चुके हैं और पीठ झुककर कमान।

भगवान बोले, "यार, तूने तो बड़ी मुसकिलात में डाल दिया मुझे। उस सुबिया के दान-पुन्न से उसकी मेंटेनेंस पर मेरा खरच इतना बढ़ गया है कि सुरग का खजाना भी बिलकुल ही खाली हो चला है। चंचला लछमी लगता है धरती पर सेठ सूबेदार

सिंह यानी सुबिया के ही घर जा बैठी है। और अब उसका पैसा सुरग के पैसे को भी खींच रहा है। अब जैसे हो तुझे ही कुछ करना होगा वरना सुरग के खजाने का तो दिवाला पिट जाएगा।"

साधु बोले, "चिन्ता मत करियो, कल का भिखारी सुबिया अब सेठों, स्याणों के संग बैठने लगा है। संगत के असर से समस्या खुद्दै सुलझ जावेगी।"

अब स्याणे समय-समय पर राजकाज की बाबत सुबिया से मिलते, बैठकें करते रहते। एक बड़ी बैठक में सबसे पुराना स्याणा बोला : "सूबेदार सिंह महाराज आप बहुत अच्छा कमा रहे हैं जिससे हम सबको भारी खुशी है। पर सुनते हैं आप रोजीना का खर्च छोड़कर बाकी सब गरीबों पर लुटा रहे हो।

"हमको आपकी और आपकी पत्नी की चिन्ता है कि बाल-बच्चे हैं नहीं, आगे के लिए कुछ भी धन बचा काहे नहीं रहे हैं? अरे जब बुढ़ापा घेर लेगा तो सेवा-टहल की जरूरत पड़ेगी। खाने-पीने के, दवा-दारू के दसियों तरह के खर्चे होंगे। उनके लिए हमारी नेक सलाह के है, आप पूछें तो हम बतावें।"

सुबिया बोला, "जरूर जी। बोलिए।"

अब सबसे खुर्राट नगर सेठ ने कमरबन्द में खुँसा एक प्रस्ताव निकाला और पढ़ना शुरू किया :

"परम आदरणीय राष्ट्रप्रमुख जी को स्याणों सेठों की मंडली की सलाह है कि वे गरीबों को खुदरा मदद देना बन्द करें और धन-अन्नादि बाँटने को एक बड़ा-सा केन्द्रीय कोष बनाएँ। उसका नाम हो, 'सूबेदार सिंह सर्वजनहिताय कोष'। आप उसी में अपनी सारी बचत डालना शुरू कर दें, हम सब भी आपके आदेशानुसार अपने मुनाफे का आधा हिस्सा उसमें देंगे।" सब सहमत हुए। इन दिनों किसी को कोई मुनाफा हो नहीं रहा था, सो हरज ही क्या था?

"पर हम वह धन कैसे, किस आधार पर वितरित करेंगे?"

स्याणे हँसे। हँसे और बोले, "आप जी बहुत भोले हैं। यह रहा प्रस्ताव का दूसरा भाग। निम्नलिखित छोटी-छोटी जनहितकारी मदों में कोष का थोड़ा-थोड़ा पैसा आवंटित होगा जो गरीबों को आत्मनिर्भरता का पाठ पढ़ाएगा :

—गली के आवारा कुत्तों-गायों को खाना देने को कुछ 'श्वान रसोइयाँ' और कांजी हौस।

—जन शौचालयों का निर्माण जिनमें पानी तथा सफाई की व्यवस्था लाभार्थी खुद करेंगे।

—कूड़ेदानों से बीने और साफ किए कच्चे माल से खिलौना निर्माण प्रोत्साहन।

—ठेलों पर पुओं या पकौड़ों या अन्य खाने-पीने की चीजों के ठेले लगाने के स्थलों का निर्माण।

—इन सारे नव उपक्रमियों को प्रोत्साहन देने के लिए विभिन्न संसदीय समितियाँ बनवाई जाएँगी। हर हफ्ते उनकी भी बैठकें होंगी। सारी समितियों के खूब आकर्षक नाम होंगे तथा वे फैसला जब चाहे लें परन्तु मीटिंग नियमितरूपेण करती रहेंगी। के.सू.स. कोष की तरफ से उनको चाय-पानी, मिष्ठान्न तथा आवाजाही का भाड़ा देय होगा।

अन्तिम बात : ऐसी सभी छोटी योजनाओं के नामपट्ट राष्ट्रप्रमुख अपनी छवि सहित नगर में हर जगह लगवा दिए जाएँगे, ताकि ऊपर से भगवान भी देखें कि यह गणतंत्र के.सू.सं. कोष की मार्फत जनहित में कितना खर्च कर रहा है।"

सुबिया को बात जँची। अगले दिन से ही यह शुरू हो गया। कोष खूब हंगामी प्रचार सहित शुरू हुआ और अनगिनत योजनाएँ बनने लगीं।

सुबिया और उसकी पत्नी अब लगातार यही कोशिश करते कि उनका बुढ़ापे का सुरक्षाचक्र यह कोष बना रहे। पर चूँकि सारा खर्चा मीटिंगों, योजनाओं में खरच हो रहा था, तो इससे गरीबों तक पहले की तरह सीधे पैसा जाना मन्द पड़ा फिर बन्द हो गया। अब शहर में मुफत के माल को खा-खा कर गैंडे बन गए कटखने कुत्तों, मरखनी आवारा बूढ़ी गायों और साँड़ों के पेट खाली हुए तो उनका आतंक बढ़ चला। अनेक स्याणों को या तो कुत्तों ने काट खाया या गायों ने सींग मार दिए।

उधर के.सू.सं. बनने के बाद खुद स्याणों का कम मजूरी पर कारखानों का कामकाज दोबारा बढ़ने लगा था। अपना पुराना कारोबार बहाल करने में लगे जो सेठ-स्याणे पहले मुनाफा न होने पर रोते थे, अब मुनाफा कमाने लगे।

पर सड़कों की बदहाली, पशुओं का आतंक तथा सीमा असुरक्षा के बहाने नाराजगी का नाटक करते हुए वे सब के.सू.सं. कोष को अपने मुनाफे का आधा हिस्सा देने से मुकर गए।

सुबिया ने गरीबों को जब खुद देना बन्द किया तो भगवान ने भी सुबिया के नाम

पैसा भेजने से हाथ खींचना शुरू कर दिया। अब सुबिया सोना भी छूता तो मिट्टी बन जाता। लंका से, बंगाल की खाड़ी और नेपाल हर जगह से आते उसके कई मालवाही काफिले लुट गए और कुछ जहाज डूब गए। फूलों की फसल को पाला मार गया। धान की खड़ी फसल बाढ़ में बह गई। कल तक उसके नाम की माला जपनेवाले पड़ोसी भिखारी भी उसके घर के आगे कचरा फेंकने पर उतर आए।

यह सुनकर कि स्याणे सेठ नया राष्ट्रप्रमुख चुनने जा रहे हैं, सुबिया बैठक में पहुँचा तो उसे एक निचले ओहदेदार ने बाहर ही समितियों के खर्चे की लम्बी फेहरिस्त थमाकर बताया कि के.सू.सं. कोष एकदम खाली हो गया है। उससे शासन सँभल नहीं रहा लिहाजा नया व्यक्ति चुना जाएगा। वह इज्जत से वापसी चाहता है, तो चुपचाप घर चला जाए।

बेचारा सुबिया फिर मित्रहीन और कंगाल होकर दोबारा भीख माँगने निकलने को मजबूर हो गया।

फलादेश : भगवान की ओट में अंट-शंट काम किया, तो एक दिन वह भी तंग होकर अपना हाथ तंग कर देगा।

फिर सुबिया भिखारी की ही तरह तुम भी जनता और स्याणों का गुस्सा एक साथ जानो और भुगतोगे! हाँ नहीं तो!"

प्रेमाकुल रागमंजरी और दुनियादार काममंजरी गणिकाओं की कथा

टीवी और सोशल मीडिया के नक्कारखाने में तूती की आवाज की तरह दंडी कवि के 'दशकुमार चरितम्' और दामोदर गुप्त के 'कुट्टनीमतम्' की कथाएँ हिन्दी में लगभग नहीं सुनाई देतीं। लेकिन ये दोनों संकलन मानवीय साहस, कायरता, सच्चे और नकली अनुराग, प्रेम में त्याग के साथ-साथ धोखाधड़ी, और सभी वर्गों द्वारा चतुराई से अपना उल्लू गाँठने के कई कालातीत किस्से-कहानियों का भंडार हैं। इनमें भावुक स्त्री-पुरुष के बीच संवेदनशील जुड़ाव के कई रोचक पहलू भी हैं। और नए रईसों की दुनिया में रूप कला का व्यवसाय चलानेवाली गणिकाओं के बीच खेली-खाई बूढ़ी कुटनियों की युवतियों को "सब साले चोर हैं शेख, अपनी-अपनी देख" नुमा दुनियादार नसीहतें भी। इस बार की कथा उन्हीं से।

बहुत पुरानी बात है, किसी बड़े देश के समन्दर किनारे व्यापार वणिज का बड़ा केन्द्र महानगर था। दुनिया में मशहूर उस नगर में कई रसिक सेठ-रईस रहते थे। उनसे वणिज व्यापार को कई दूसरे देशों के रईस व्यापारी भी वहाँ निरन्तर आते-जाते थे। कुछ जल मार्ग से, कुछ थल मार्ग से।

अब छप्पन की छाती वाले मरद आदमी दिन भर हाड़ तोड़कर मेहनत करें, तो शाम को उनके लिए रसरंजन का कारण तो बनता है न? सो शाम ढले इस शहर में गणिका गली में रसिकों की भीड़ बढ़ जाती। वहाँ पैसा पानी की तरह बहता था।

रईसों की आमद से पहले दिन भर सोनेवाली गणिकाएँ सज-

धज कर छज्जों पर बैठ जातीं। महफिली कमरों में साजिंदे साज मिलाने लगते यह कमाई का समय था। तितलियों की तरह हर किसम की खुशबुएँ उड़ने लगतीं : इत्र, ताम्बूल, सुगंधित सुँघनी, गुलाब, बेला, चमेली से महकते बाजार रोशनी में नहा उठते।

अब रईस और गणिकाएँ हों तो वहाँ शहर के लुच्चे जेबतराश और कुटनियाँ भी आ जुटेंगे यह सब जानते हैं। रईस आवभगत से सीढ़ियाँ चढ़ते तो घात लगाए आवारागर्द गली-गली डोलने लगते। ऊपर किसी सुन्दरी की छब दिखने पर चबूतरों पर हुक्का पीते बूढ़ों की खाँसियाँ छिड़ जातीं। पुरानी जेबों से कई किस्से निकल आते।

गणिका गली में एक बड़ी अनुभवी बूढ़ी गणिका, थी कुट्टनी, जिसे गणिकाएँ कुटनी अम्मा बुलातीं। उसे हर गणिका अपनी कमाई से तयशुदा नजराना देती थी। वजह यह, कि कुटनी अम्मा गली में नई-नई उतरी बछेरियों को सफल गणिका किस तरह बनाया जाए इसकी बढ़िया शिक्षा देती थीं। साथ ही बिना कोतवाल या पुलिस बुलाए अम्मा गली के आपसी झगड़े भी सलटा देती थीं। गाहकों से निबटने से लेकर तमाम आलतू-फालतू लोगों को कैसे निबटाएँ, इस बाबत उनकी गाँठ बाँधने जोगी होती।

गणिका जीवन के दो मुख्य सूत्र पाठ कुटनी अम्मा की सराय के दीवान-ए-खास में दीवार पर कारचोबी से काढ़कर टाँगे गए थे :

पहला : एक गणिका को पुरुषों से सच्चा प्रेम कभी नहीं करना चाहिए। आवेश में भी संयम खोकर कोई ऐसा मोह-छोह न पालो जिससे धन्धे में नुकसान हो।

दूसरा : पहलवान और गणिका का बुढ़ापा बुरा होता है। ताकत, जवानी चार दिन के हैं और पहलवानी सीना और गणिका का रूप, दोनों गुमान की नहीं पैसा कमाई की चीज। गाजर की पुंगी की तरह जब तक बजे, बजाओ, फिर चबा के खा जाओ। अन्त में दाँत काटकर जतन से जोड़ी पूँजी ही माई-बाप बनती है।

ये किस्सा तब का है जब नगरी में दो मशहूर गणिकाएँ थीं : काममंजरी और रूपमंजरी। ललित लवंगलता सी उनकी लोचदार देह, मुट्ठीभर की कमर और मृगी जैसे बड़े-बड़े नयन।

गली की कानाफूसी बताती थी कि काममंजरी ऊँचे बर्फीले पहाड़ों से उतरी थी। और रूपमंजरी उस पूरब दिशा से आई थी जिसकी लड़कियों की आँखों का जादू किसी भी रसिक को भेड़ा बना सकता है।

कुट्टनी अम्मा ने दोनों को सीख दी।

पहली बात : गणिका के लिए भावुक प्रेम बहुत घातक है। सफल गणिका बनना है, तो पहले कलेजा हिमशीतल, हिमकठोर करना होगा। मैं कुछ दवा देती हूँ जो मुझको मेरे जमाने की डेरेदारनी ने दी थी।

दोनों से चार-चार स्वर्ण मुद्रा वसूलकर कुट्टनी अम्मा भीतर जाकर कुछ चूर्ण और चाटनेवाले अवलेह की डिबियाँ लाई। दोनों को डिबियाँ थमाकर उसने कहा कि सुबह-सुबह बिना कुल्ला किए लगातार दस दिन तक दोनों की एक-एक पुड़िया फाँक लो। ऊपर से गिलास भर ठंडा जल पी जाओ। दस दिन के भीतर तुम्हारा कलेजा ठोस बरफ की सिल्ली बन जाएगा।

फिर न डर, न प्रेम, बस तुम और गाहक और भरपूर कमाई।

दुनियादार काममंजरी ने दवाओं का नियमित सेवन किया। उसके केश घुँघराले बन गए, शरीर और अधिक कसा हुआ और चेहरे पर भरपूर लुनाई छा गई। शाम को अपना रथ खुद हाँकती हंटर हिलाती निकलती तो जोगी-जती भी उसाँसें भरकर लड़खड़ा जाते। दिल बर्फ का तो डर किसका? काममंजरी रईस मर्दों से जमकर तू-तड़ाक करती। उनको छोटे बच्चे के मुख की गाली की तरह उसका कड़वापन भी रिझाता था। सड़क से गुजरते नगर अधीक्षक की उसने अनदेखी कर दी। जा रे जमाना! नगर अधीक्षक के कुपित होने पर सिपहिया जब उसका कोठा मुआयना करने आया तो उसने छज्जे पर खड़ी होके कहा : "तू मेरा कुछ नहीं बिगाड़ सकता। मेरा छज्जा टूटा, तो तेरा घर टूट जाएगा।"

इस पर फुर्सती भीड़ के बीच बड़ी तालियाँ बजीं। नगर अधीक्षक के बाप ने कहा बेटा गणिका के मुँह मत लग! जमाना हँसेगा। सो वह गम खा गया।

उधर रूपमंजरी के मन में यह था कि अगर कभी उसे सच्चा गुणी प्रेमी मिल गया तो वह यह सब छोड़-छाड़ कर उसकी हो रहेगी। ये गलियाँ ये चौबारा यहाँ न आएगी दोबारा। होनी हो सो होई! बिकना ही हो तो धन नहीं गुण के हाथ बिकना है, कुलीन औरतों की तरह एक की हो के रहना है, उसने काममंजरी से कहा।

"जीबौने आरटा की?" कहकर रूपमंजरी ने कुट्टनी अम्मा की दी दवाएँ भी उठाकर समन्दर में फेंक दीं।

इसका घातक परिणाम हुआ। पूरब से एक बहुत सुन्दर कद-काठी वाले रईस घर के सौदागर सुन्दरसेन का नगर आना हुआ। चीते सी चाल, चौड़ा बलिष्ठ सीना,

बोतल सी सुती जाँघें और गहरी बाज जैसी बींधती दृष्टि। संध्याकालीन सुनहरी धूप में गली से गुजरते सुन्दरसेन ने छज्जे से डूबते सूरज को निहारती स्वर्ण प्रतिमा सी रूपमंजरी को देखा तो सीधे ऊपर उसके कक्ष में चला आया।

"प्यासा हूँ, रूपसी, पानी दोगी?"

रूपमंजरी ने देखा, कैसा सुन्दर गबरू जवान। टकटकी बँध गई।

"देखती रहोगी कि प्यासे को तृप्त करोगी?" सुन्दरसेन मुस्कुराया तो उसके गले में आकर्षक गढ़े पड़ गए। बस दईमारी रूपमंजरी जिसने जानबूझकर अपना दिल बर्फ नहीं होने दिया था। विह्वल होकर रूपमंजरी सुन्दरसेन के प्रेमपाश में बँध गई और सुन्दरसेन भी उस पर लट्टू हो रहा।

प्रेम बेलि फैलने लगी दिन-रात।

कुटनी अम्मा को पता चला तो भागी आई।

"देख तेरी हितू हूँ तभी कहती हूँ री रूपमंजरी, प्रेम-ऊम मत कर भागवान। जानती नहीं ये सुन्दरसेन तो पूरब के सुँघनी साव के घराने का वारिस है। वे लोग पीढ़ियों से इतर, अफीम और सुँघनी का व्यापार करते आए हैं। इसके बाबा से मेरा भी उठना-बैठना था, पर भरपूर पैसा लेकर उसको विदा कर दिया मैंने। तू भी वही कर!

"नशे के व्यापारियों पर भरोसा ठीक नहीं बेटी! इनके घर के कुत्ते-बिल्ली ही नहीं, इनके कारखाने का पानी पीनेवाले बन्दर भी नशेड़ी बन जाते हैं। खबरदार जो तूने सचमुच इस सुन्दरसेन से दिल लगाया। जितना लूट सकती है लूट ले पर, फिर राम-राम सीता-राम!"

सुन्दरसेन को रूपमंजरी के साथ रहते हुए एक साल हो गया था तभी एक दिन उसके घर से एक पुराना सेवक, जिसने सुन्दरसेन को गोद में खिलाया था, उसके पिता की चिट्ठी लेकर रूपमंजरी के घर पर आ धमका। रूपमंजरी नहाने गई थी। सुन्दरसेन अकेला था। "अरे रामू काका तुम?" वह बोला। सेवक ने उसे एक पत्र बिना कुछ कहे थमा दिया। सुन्दरसेन पढ़ने लगा।

पत्र में उसके पिता ने अपने इकलौते बेटे को तीखा उलाहना देते हुए लिखा था कि किस तरह उन्ने उसको इतनी शिक्षा-दीक्षा दिलवाई, धन्धा समझाया जिसे भुलाकर वह एक रूपजीवा की गोद में जा बैठा है। "मुझे आशा थी, कि तुम मेरा काम सँभाल लोगे तो मैं घर पर रहकर परलोक साधूँगा, पर सब उलटा हो गया।

मेरा परलोक सँवरने की बजाय बिगड़ गया। बहू का गौना भी नहीं करा सका सो इस उम्र में सारे शहर में मुझे कुलकलंक का पिता होने का अपयश मिल रहा है।"

सुन्दरसेन की आँखों में आँसू देखकर उसके चरण दबाता चतुर कुल सेवक बोला, "बेटा, तुमको बचपन से गोद में पाला-पोसा है, तुम्हें पीठ पर बिठाकर तुम्हारा घोड़ा बना, तुमको कन्धे पर बिठाकर शाला से मेला तक ले जाता रहा, सो उस अधिकार से कहता हूँ, अभी भी कुछ नहीं बिगड़ा। घर लौट चलो। गणिका गली तुम्हारी जगह नहीं। वहाँ अपने शहर में तो नगरसेठ की गादी तुम्हारे इन्तजार में है। बहुरिया का भी गौना करा लोगे तो बड़े मालिक पोते का मुख देख लेंगे छोटे मालिक। ये गणिका गली का प्रेम कितना गहरा होता है सब जानते हैं।"

सुन्दरसेन मुँह नीचा किए सोचता बैठा था कि नहा-धोकर रूपमंजरी ने कक्ष में प्रवेश किया। सेवक चुपचाप उठकर बाहर चला गया।

"ये कौन दुष्टू था जिसके आने से हमाला मुन्ना लाजा का फेस ऐसा लटका है?" वह बड़े लाड़ से बोली। "अभी मूड ठीक करती हूँ।" वह बोली। उसकी आँख का इशारा पाकर दासी मदिरा के दो सोने के पात्र ले आई।

सुन्दरसेन ने हाथ से मना किया कि वह नहीं लेगा। "पिताजी की चिट्ठी है," सुन्दरसेन जैसे खुद से बोला, "लगता है घर वापिस जाना ही होगा।"

रूपमंजरी आँसू छिपाते हुए बोली, "जानती हूँ सुन्दर, मैं गणिका हूँ, तुम्हारे योग्य नहीं, फिर भी इतने दिन तुम मेरे साथ रहे यह मेरे पुन्यों का ही फल था, अपनी जगह मैं जानती हूँ। आपकी सात फेरोंवाली की जगह मैं नहीं ले सकती।"

सुन्दरसेन ने गहरी साँस लेकर सामान बाँधकर सेवक को थमाया और बिन कुछ कहे सीढ़ी उतर गया। पीछे-पीछे रूपमंजरी काफी दूर तक उसके साथ गई जहाँ काममंजरी के घर के नीचे सुन्दरसेन और सेवक के घोड़े लिये दो साईस खड़े थे।

बरगद तले सुन्दरसेन ने अन्तिम बार प्रिया को देखा और बोला, "सुख से रहना प्रिये, मैं चला।"

रूपमंजरी देर तक उसे जाते देखती रही, अपने प्राणों से बोली, "अभी वह दिख रहा है, ओझल नहीं हुआ, कुछ पल देखने दो। अभी छोड़कर मत जाओ।"

पर प्राण कब, किसके लिए रुके हैं, जो अब रूपमंजरी गणिका के लिए रुकते? चले गए।

निष्प्राण देह पछाड़ खाकर बरगद तले गिर पड़ी। हल्ला मच गया। सब भागते चले आए। छज्जे से यह सब देखती काममंजरी नीचे न उतरी। भला हुआ, हिमशीतल हृदय में उसने सोचा, अब इस शहर में प्रसिद्ध गणिका मैं ही रह गई।

भीतरी कक्ष में लोगों की नजरों से छिपकर उसके पास रसरंजन को रोजाना आने-जाने लगे नगर अधीक्षक को सुनाकर काममंजरी बोली, "यह तो एक सती कुलवधू के पति को रूप से रिझाकर पत्नी-पिता से सुन्दरसेन को अलग रखने का दंड दिया है इसे भगवान ने! दिन-रात दोनों नशा पानी करते थे, यह कौन नहीं जानता? "आपसे पूछें तो आप भी महाराज को रूपमंजरी गणिका की मृत्यु की वजह सुँघनी का नशा ही बतलाइएगा। नशेबाज का क्या? मरे तो कौन गली में?"

कुटनी अम्मा ने ही देही उठवाकर संस्कार का प्रबन्ध करवा दिया। शव चांडाल उठाकर ले गए।

उधर राह पर एक बटोही को रूपमंजरी के शहर की ओर से आते देख सुन्दरसेन ने पूछा, "बन्धु, क्या राह में कोई रूपवती स्त्री बरगद तले अकेली खड़ी रोती तो नहीं देखी तुमने?"

बटोही बोला, "अब किसी को खड़ा तो नहीं देखा। पर हाँ, उस बड़ेवाले बरगद के गिर्द भीड़ लगी थी। उतरकर पूछा कि क्या हुआ? पता चला एक लड़की पछाड़ खाकर गिरी और चल बसी थी। किसी ने उसके ही दुपट्टे से शरीर ढाँक दिया था। पर देही कौन उठाए इस पर सब कतराते थे।

सुन्दरसेन तड़पकर लौटा तब तक श्मशान में रूपमंजरी की देही को आग दी ही जा रही थी। उसने दाग देने जा रहे चांडाल से आग छीनकर खुद चिता को जलाया और फिर घर की तरफ मुँह नहीं किया। वहीं के वहीं घाट पर नहाकर सारे वस्त्राभूषण सेवक को दे, सुन्दरसेन संन्यासी बनकर कहाँ गया किसी को कभी पता न चला।

इसके बाद कुट्टनी अम्मा ने अपनी युवा गणिका प्रशिक्षण कक्षा में एक तीसरा आप्त सूत्र कारचोबी से कढ़वाकर टाँग दिया :

गणिका को प्रेम का अधिकार तो होता है, पर प्रेम को उसकी मंजिल तक ले जाने का नहीं। समय आने पर हर गणिका को पता चलता है, कि गणिका-दुनिया अलग है। इस दुनिया की मरीचिका के बाहर गणिका सबके लिए अजनबी है, सबसे अधिक स्वयं अपने लिए।

नकाबपोश नकटापंथ की उत्थान-पतन कथा

बहुत दिन हुए एक शहर में एक धूर्त ठग रहता था। भेस बदलकर सीधे-सादे लोगों को मीठी बातों से फुसलाकर उनसे माल-मत्ता ऐंठने में उसका जोड़ न था। एक बार गलती से उसने उपवन में घूमने आई एक युवती को सोने का कीमती हार पहने देखा और एक साधु बनकर उसके पीछे लग गया। कुछ देर बाद उसने एक झाड़ी से अचानक निकलकर युवती से कहा कि वह एक ऐसी तांत्रिक तरकीब जानता है जिससे वह उसके हार का वजन और चमक दुगुनी कर देगा। भोली कन्या ने खुशी-खुशी हार उसे पकड़ा दिया।

ठग को पता न था कि कन्या दरअसल राज्य के कोतवाल की बेटी थी, और जब कभी वह बाहर जाती तो कोतवाली के दो लोग सादा कपड़ों में हमेशा उसके साथ रहते थे। इसलिए ठग जब अकेले में मन्तर पढ़ने के बहाने उसका हार लेकर जब चम्पत होने की फिराक में था, तो उसे कोतवाल के आदमियों ने धर दबोचा। कोतवाली ले जाकर जब उसकी तलाशी ली गई तो उसके पास से चोरी का और भी बहुत सारा माल बरामद हुआ और यह राज खुला कि वह तो शहर का मशहूर इनामी बदमाश था। तुरत उस पर अदालत में मुकदमा चला। जब उसका सारा कच्चा चिट्ठा खुला तो प्रधान न्यायाधीश ने यह सजा सुनाई कि ऐसे ठग की नाक काटकर उसे जिला बदर कर दिया जाए।

नाक कटने के बाद ठग का धन्धा तो चौपट हुआ ही, राह चलते लोग उसे आते-जाते नक्कू कहकर चिढ़ाने भी लगे। तंग आकर आधे मुँह पर मास्क पहने हुए वह दूर के शहर में जा बसा।

नए शहर में आकर उसने पाया कि उस शहर के लोग बड़े धार्मिक किसम के थे और मन्दिर या धार्मिक स्थल ही नहीं, राजकाज से

लेकर समाज तक में साधु-सन्तों की ही यहाँ चलती थी। ठग की नाक भले कट गई हो, दिमाग तो तब भी शातिर था। उसने लम्बी दाढ़ी उगा ली, फिर अपना एक साधु का बाना निकाला और कमंडल में पानी भर के शहर की सबसे चलती सड़क पर साधु बनकर कुछ अंड-बंड किसम का जाप करने लगा।

आसपास से गुजरते लोग कुछ समय इस नए साधु को अनदेखा कर गुजरते रहे, फिर किसी ने पूछ लिया, "बाबाजी आपको पहले तो नहीं देखा?"

नकटे बाबा ने बिना अपना मास्क हटाए कहा, "हंम तौं बेटाँ, रमतें फकीरं ठंहरें। दीन-दुनियाँ से हमकों कौनो वांस्तां नहीं। बंस इस नंगरीं का मांहौल भा गयाँ सों इहैं टिक गएँ। तुमकूँ भंलां आंदमीं जानां सों बतांय दिया, हंम तौं मनुंखन से नाँय, सींधें देंवताओं सें हीं बतियाँते हैं।"

फिर अचानक ठग ने ऊपर की ओर देखकर हाथ जोड़े जैसे कई पुराने दोस्तों के दर्शन कर रहा हो। देखनहार भौचक कि किससे बात करता है बाबा? पर बाबा चालू रहे :

"अरे एँक सांथ त्रिंदेंव? महाज्ञानी ब्रह्मा बिरंचि, विंष्णु लला औंर शिंव शंभों भीं? अहोंभांग्य मेंरें! बंडें दिन बांद याँद किंया, पधारों म्हारें देंस! क्याँ कहाँ? विचरण पंर निंकलें हों, समंयं कंम हैं?

"न-न कुँछ न सुनूंगां मैं! इतनीं पुरानीं ठहरीं हमाईं-तुम्हाईं मिताईं, अअंपजूँ लोगन कों हमारीं दोस्तीं का वास्तां, बस कुछ देंर कों तौं पगधूंलिं दें दों।"

फिर फुर्ती से उठकर नकटा ठग ऐसे हाव-भाव दिखाने लगा जैसे कि तीनों देवताओं के लिए आसपास की जमीन साफ-सूफ करके आसनादि बिछा रहा हो। उसने हाथ जोड़कर अदृश्य महानुभावों को बिठाने का अनुभव किया, आचमन को थोड़ा जल भी अपने कमंडल से तीन ठौर बहा दिया।

नाटक जमने लगा तो शहर के फुर्सती और लोग भी आन जुटे। मन्दिर को निकलीं कुछ माताएँ-बहनें भी निहारने को टीले पर चढ़ गईं।

कानी आँख से चहुँओर ऐसा मजमा लगते देखकर नकटा ठग खुश हुआ और अदृश्य देवताओं से कभी हँसता, कभी चिन्ता या अचम्भा जताते हुए उनका कुशल-मंगल लेने का अभिनय करने लगा जैसे सचमुच बड़ा पुराना पारिवारिक दोस्त हो।

"हहो बिरंचि बांबां ये सारीं लींलां आंपैं की रचीं हैं। वाह-वाह कैंसीं सुरम्यं

आपकीं लीलां। कैंसा आपका ज्ञान-ध्यान! और वाहन हँस, उधर पुष्कर क्षेत्र में ब्रह्माणी जीं ठींक-ठांक?

"और विष्णु लला, आंपकें क्षींर सांगर में संब कुंशल मंगल तों हैं? क्याँ बतांऊँ इंधर आ हीं न पाँयाँ। वैंसे लक्ष्मीं जी, ऐरावत जू, शेषनांग महाराज आदि सभीं स्वस्थ-प्रंसन्न होंगे?

"और हर-हर मंहादेंव, शिंव शंभो आंपकें कैलास क्षेत्र में भीं हंमारीं माँ पांरबतीं, गनेस ललां, उनका नंटखंट चूंहा, नन्दी, सर्पराज आदि सब भलें होंगे? कुँवर कार्तिकेय का पाला मयूँर संदा कीं भाँति अंपनें सुन्दर नांच सें आंपकां मनोरंजन करतां होंगां? ओहो जटा में बिरांजिंत गंगां माँ! आपकों भीं मैं शत-शत नमन करतां हूँ!

"अहा आंप सब इंस अंकिंचनं के पांस स्वयं पंधारें तो बस जीं जुंड़ा गयाँ। अब सेंवक कां स्वांगतोंपचांर सम्पन्न हुँआँ, अब आंप सभी प्रसन्नतांपूंर्वक स्वेंस्थानं कों प्रस्थानं करें!"

अगले दिन फिर नकटे ठग ने वही शो रिपीट किया। इस बार राधा-कृष्ण, महाकाल-महाकाली और सीता-राम की जोड़ियों को देखने का नाटक करते हुए तरह-तरह से उनका स्वागत करके अदृश्य सामग्री से उनका षोडशोपचार पूजन किया। हल्के-फुल्के मजाक भी किए जिसने महिलावृन्द का भरपूर मनोरंजन किया!

धीमे-धीमे राज्य में खबर फैल गई कि कोई मास्कधारी नाक से बोलनेवाला बाबा आया है। हर रोज वह सीधे तमाम देवी-देवताओं का आह्वान करके उनसे बतियाता है। हो न हो कोई पहुँचा हुआ जोगी है। अरे राजा, जोगी, अगिन, जल, इनकी रीत कोई समझ पाया है भला?

कुछ भले लोगों ने वहाँ अच्छी सी एक कुटिया छवा दी, मृगछाला और कंदमूल फल-फूल वगैरा भी उधर पहुँचाने लगे कि बाबा से मिलने को आनेवाले देवगण शहर पर कृपा बनाए रखें। होते-होते नकटा ठग शहर का सबसे बड़ा बाबा बन बैठा और कुटिया पक्की करवा के उसने उसे एक भव्य मठ के रूप में बदल डाला। अब उसको चेले बनाने की सूझी। कुछ हिम्मती लोगों ने बाबा से पूछते भी रहते थे कि बाबा, क्या बात है कि जो देवता आपसे मिलने को आते हैं, उनको हम लोग नहीं देख पाते?

अब नकटे ठग ने प्रवचन देने शुरू किए कि देवदर्शन पाने की इच्छा हो तो मनुखों को उनकी तरह सर्वस्व त्यागी फकीर बनना होता है। स्थूल काया के नेत्रों से

भगवान के दर्शन असम्भव हैं। इसलिए उनका चेला बनकर देवदर्शन विद्या सीखनी हो तो पहले अपने अहंकार से छुट्टी पानी होती है।

इतना कहकर बाबा फिर आँखें बन्द कर अपने दैवी मित्रों से बतियाने लगते। "अहो सरस्वती माई, आज बड़े दिन में दर्शन हुए। क्या कहा? कुछ नई संगीत रचना कर रही हैं? सुनाएँ तो! अहाहाहा, आपने तो कानों में रस घोल दिया!" फिर किसी दिन बाबा पीर-फकीरों-जोगियों से बतियाते मिलते। "अरे गुरु मछिंदर जी, गोरखनाथ बाबा, आप दोनों के आने की धमक से ही जान गया कि पंजाब के फरीदा पीर भी आते होंगे। क्या कहा आप लोग जल्दी में हैं, दिल्ली के निजामुद्दीन पीर से मिलने जाते हैं? जाइए महाराज, हमारा भी सलाम कहिएगा उनसे और उनके मुर्शिद खुसरो से भी। 'पीर निजामी बीन बजाए खुसरो सब मिल गाओ'!"

यह सब देखते हुए रोजाना बाबा की कुटिया पर आनेवाले कुछ भक्तों के मन में बाबा का चेला बनकर दिव्य दृष्टि पाने का खयाल मचलने लगा। एक दिन बड़ी हिम्मत जुटाकर उन्होंने इच्छा जाहिर कर दी।

"मित्रो," बाबा बोले, "इस रंग-बिरंगी दुनिया के तमाम ऐशोआराम छोड़कर साधना की राह अपनाना बड़ा ही कठिन है। मैंने जब इस डगर पर पैर रखा तो मन में विचार आया कि इनसान को सबसे प्यारी चीज क्या है?"

"उसकी इज्जत! और इनसान की इज्जत कहाँ बसती है? उसकी नाक में। तब मैंने ये साली अपनी नाक ही काटकर फेंक दी! बस मन से अहंभाव ऐसे उड़ गया जैसे कपूर। मन का आईना स्वच्छ हो उठा तो बस मुझे सभी भगवान साक्षात् दिखने लगे।"

इतना कहकर बाबा ने एक झटके से मास्क उतारा और बोले, "यें नांक देंखतें हों?अब जो मेरे भक्त बनने का सचमुच इच्छुक है, वह नाक काटकर आए जभी मैं उसे नकटापंथ की दीक्षा दूँगा।"

बाबा से बहुत प्रभावित उन भक्तों ने जब देखा कि सचमुच बाबा की नाक कटी हुई थी तो वे उत्तेजित होकर नारे लगाने लगे, "नकटा बाबा की जय हो!"

अगले दिन एक बन्दा सुबह-सुबह नाक पर पट्टी बाँधे हुए मठ में आन पहुँचा। उसने उस्तरे से सचमुच अपनी नाक काट ली थी। "बांबां दींक्षां दों।" वह बोला।

बाबा उसे कुटिया के भीतर खींच ले गए और बोले, "देख बे, तूने मेरी बातों

में आकर अपनी भी काट ली। अब तेरी नाक तो वापिस उगेगी नहीं। इस कुटिया में अब हम दोनों ही नकटे हैं इसलिए बेहतर हो तू हल्ला न कर। धीरज से सुन। असल बात ये है कि इस जमाने में नकटापंथी में भरपूर कमाई है। जैसे हर कोढ़ी चाहता है कि दुनिया को कोढ़ हो जाए ताकि उसे कोई कोढ़ी कहकर उसका तिरस्कार न करे। उसी तरह हम नकटापंथी भी चाहेंगे कि दुनिया नकटी बन जाए ताकि नाकवाले न बचें, कुछ बचें भी, तो अल्पसंख्यक होने की वजह से हमसे डरकर रहें।

आज से हम दोनों मिलकर नाटक जारी रखेंगे। मठ के पास भरपूर पैसा है। इससे हम कई दूसरों को भी नकटा बनने को फुसला सकते हैं। नकटा सम्प्रदाय की ताकत बढ़ेगी तो होते-होते नकटों को इस देश में बहुमत मिल जाएगा। तब हम अल्पसंख्यक बन गए नाकवालों का उपहास करते हुए उनको दुरदुराकर नकटों का राज्य स्थापित कर देवताओं जैसा सुख भोगेंगे। क्या कहता है?"

शिष्य को पहले तो लगा हाय री मेरी मूर्खता! पर फिर उसने सोचा कि नकटा तो अब हो ही गया हूँ। गुरु का ही मारग क्यों न पकड़ूँ? कुछ नहीं तो मठ के भीतर का बन्दा बनकर ऐश करूँगा। वह राजी हो गया।

अगले दिन से गुरु ने कुटिया से और शिष्य ने मास्क लगाकर अड़ोस-पड़ोस में नकटापंथ का बाकायदा प्रचार करना शुरू कर दिया। नकटा गुरुजी के प्रवचनों का सार यही रहता कि नाकवाला होना अहंकारी, वंशवादी और आमजनविरोधी होने का लक्षण है। देश के सारे पतन की जड़ अहंकार और अहंकार की जड़ खानदानी नाक है। इसी नाक की इज्जत बनाए रखने के चक्कर में कितनी लड़ाइयाँ लड़ी गईं, कितने राजवंश और खानदान तबाह हो गए।

इस नाक को काटे बिना मन मैला रहता है। और मन मैला हो तो इनसान को हरि दर्शन नहीं हो सकते।

धीरे-धीरे शहर में नकटे बढ़ने लगे। मठ ने उनका न्यूनतम समर्थन भाव भी तय कर दिया था सो मुफत की खा-खाकर वे नकटापंथ के दबंग प्रचारक बन गए। किसी ने नक्कू कहा तो तुरत उसको पकड़कर पीट देते। हलवाई की दुकान पर कोई चाशनी में तैरती जलेबियों की गंध नाक में भरता या बागान में खुशबूदार फूल सूँघता दिखता, तो उस पर नाक का अभिमान करने की तोहमत लगाकर कुटम्मस कर देते।

नकटापंथियों से सब नाकवाले डरने लगे तो उनको यह भरोसा हो चला कि

उन पर नकटा गुरुजी की दैवी कृपा है जिसकी वजह से उनको कोई छू नहीं सकता। मठ में उड़ते गुलछर्रे देखकर घर बैठे माँ-बाप की फटकार और अधपेट भोजन से उकता चुके कई बेरोजगार युवक भी नाक कटवाकर नकटापंथी बन गए। शहर अराजक उग्र बन गया। पर नकटों को नकटा कहे कौन?

नकटापंथियों ने अब किसानों की खेती काटकर जमीन हथियाने का धन्धा भी पकड़ लिया। किसानों से वे कहते हमारी तरह न्यूनतम समर्थन मूल्य लेकर या तो नकटापंथी बनो या तुम्हारी जमीन पर हम औषधीय खेती करेंगे। कई डरे किसान नकटे बन गए कई शहर छोड़कर भाग गए। खेती की आमदनी से मठ का खजाना और बढ़ गया।

मठ में चेले बढ़े तो उनके बीच झगड़े भी बढ़ने लगे। कहते हैं न ज्यादा जोगी, तो मठ उजाड़। वही हुआ।

अपनी ताकत और कमाई पर उछलते और मठ के कोष में भर रहे पैसे और सोने-चाँदी पर झगड़ते भक्तों और उनके शातिर नकटा गुरु को पता न चल पाया कि नगर के कोतवाल के घर नकटे ठग के पुराने नगर के उसी कोतवाल की लड़की पुत्रवधू बनकर आ गई है जिसका हार चुराते हुए वह कभी पकड़ा गया था।

विधना का विधान देखो, पान की दुकान देखो, गोरी का मकान देखो। कब जाने क्या हो जाए?

एक दिन नगर कोतवाल की बीबी अपनी नई-नवेली बहू को शहर के प्रसिद्ध बाबा नकटा गुरु का सन्तानवती होने का आशीर्वाद दिलाने नकटापंथी मठ पर लाई। घूँघट के कारण नकटा ठग तो बहू को न देख सका। अलबत्ता चतुर बहू ने चरण छूते हुए उस ठग को पहचान लिया। पर समझदार थी, तिस पर कोतवाल की बेटी। मठ के भीतर कोने में चेहरा ढके हुए वह चुपचाप नकटा गुरु को अदृश्य षष्ठी माता से बोलता देखती रही।

"हे मैया ये सेठ घराने की बहू है। क्या कहा? मुझे थैली भर सोने की मोहरें चढ़ा दे तो इसकी कोख से साल भर में सोने जैसा कुलदीपक जनमेगा? अरे सोने की थैली-वैली से मैं फकीर आदमी क्या करूँगा? चलो नकटापंथी कोष के लिए ही सही। उससे अगली पूर्णिमा को हम षोडश मातृकाओं और चौंसठ जोगिनियों की विधिवत् पूजा के लिए सामग्री मँगवा लेंगें।

"और तुम सब षोडश बहिनें मजा माँ? हाँ-हाँ नकटा बाबा भी खूब मस्त!"

बाबा चढ़ावे के नारियलों की ढेरी से एक नारियल सास को थमाकर बोले, "जा बेटी, तेरा काम हो जाएगा।"

घर जाकर जब सास बहू को नारियल का टुकड़ा देने लगी, तो उसने अपनी सास को बताया कि माँजी ये नारियल नाली में फेंक दो। ये नकटा गुरु तो बाबा-शाबा कुछ नहीं, मेरे मायके से शहर बदर किया गया बहुत जाना-माना ठग है। इसने जब मेरा हार उड़ाने की कोशिश की थी तब मेरे पिताजी के सिपाहियों ने इसे पकड़ा और उसी ठगी के दंड में इसकी नाक काट ली गई।

सास ने ससुर से कही, ससुर ने नगर थानाध्यक्ष से उन्ने गणराज्य के नेता से। सब नकटापंथियों से तंग बैठे ही थे। पर उन पर दबिश देने का साक्षी न मिलता था। बहू ने खुद जाकर महाराज से कहा कि वह इस ठग की ठगी की चश्मदीद गवाह है और उसके बाप के पास तमाम पुराने केसों के कागजात रखे हैं।

आदेश हो गया। रात के समय हथियारबन्द सैनिकों ने कुटिया पर दबे पैरों धावा बोला। और जैसी उम्मीद थी, नकटा गुरुजी नकटे भक्तों के साथ सेठानी के दिए पैसे से मँगवाई मदिरा और व्यंजनों का भोग लगाकर झूमते हुए गणिकाओं का नाच देखते पकड़े गए। बस फिर क्या था, राजा और नगर कोतवाल ने सारे शहर में मुनादी पिटवाकर नकटे की नकटई की असलियत का भरपूर प्रचार किया। खूब बड़ी थू-थू होने लगी।

उधर थाने में नकटापंथियों को चार रैपट पड़े तो सारी पोल खुल गई। पर कुछ सैनिकों को चकमा देकर खुद नकटा ठग तो दोबारा भाग गया, पकड़े गए नकटापंथी चेले। जभी कहावत बनी कि,

नकटों का काम तो बस खा-पी कर सटकें,
नाकवालों को नसीहत, कि नकटे से ना अटकें!

तो इस तरह नकटापंथी मठ का खात्मा हुआ।

कहानी समझो तो भली, न समझो तो नानी सोने चली।

मूर्ख, महामूर्ख और वज्रमूर्खों की कथा

बहुत दिन हुए, एक गाँव था जिसके सभी लोग मूर्ख थे। जोतवाले किसान मूर्ख, खेत मजूर मूर्ख, बटाईदार मूर्ख, बढ़ई, कुम्हार, सुनार, लोहार, तेली, मंडी में कर्ज के लेन-देनदार और यहाँ तक कि ग्राम पंचायत के सदस्य और सरपंच तक सब मूर्ख थे। अब जबकि सभी लोग मूर्ख थे, तो उनके बीच लम्बी बहस और विवाद भी कम होते थे। सभी अपनी मूर्खता के बीच शान्त, सन्तुष्ट रहते। अपवाद था बस एक घर। उस घर में दो मूर्ख भाई रहते थे। उनके बीच इस बात पर दिन-रात झगड़ा होता रहता था कि उन दोनों में ज्यादा बड़ा मूर्ख कौन है?

एक बार उस गाँव में आँखमार बाबा विजिट पर आए। गाँव में, खासकर महिलाओं में खुशी की लहर दौड़ गई। वह इस करके, कि आँखमार बाबा जिस भी बाँझ या निपूती को आँख मार दे, उसे दसेक महीने के भीतर पुत्र हो जाता था। बाबा ने एक सप्ताह गाँव में बिताया। कई बाँझों, निपूतियों को माँ बनने का कल्प कराया। जब बाबा डेरा उठाकर चलने को थे, तो उनको एक घर से झगड़ने की आवाज आई।

"ये?" उन्होंने गाँववालों से पूछा।

"अरे हैंगे दो झगड़ालू भाई। कोई उनका मुख बन्द नहीं करा सकता।" किसी ने कहा।

"हम देखकर आते हैं।" दयालु बाबा बोले।

जहाँ से झगड़े की आवाजें आती थीं उधर जाकर उनने घर के भीतर भाइयों को जमकर झगड़ते सुना। बड़ा भाई कहता, "मैं इतना बड़ा मूर्ख हूँ, कि पूस के जाड़ों की दुपहरी में दिनभर यह

सोचकर आम के पेड़ के नीचे लेटा रहा कि अब ऊपर से सीधे मेरे मुँह में पका आम टपकेगा।" इस पर छोटे ने तुरुप जड़ी कि "मैं तो उस दिन काले बिल्ले को दूध के पतीले की रखवाली को बिठाकर सो गया। जागा तो पाया कि चौकीदार चोर था और उसी ने सारा दूध पी लिया। अब कह, क्या इससे मेरी मूर्खता तेरी वाली से कहीं बड़ी साबित नहीं होती?"

बड़ा बोला, "जा-जा, उस दिन जब तूने खाना खाकर मुँह नहीं धोया था तो मैंने देखा किस तरह तूने चुपचाप चौकीदार बिल्ले को बुलाकर उससे अपना मुँह साफ करा लिया था। चंट कहीं का!"

चंट पर चाँटे की आवाज आई, फिर दूसरे चाँटे की। अब बाबे से रहा न गया, तुरत भीतर जाकर बोला, "देखो, तुम अपनी-अपनी मूर्खता पर इतना अभिमान न करो। बाहर की दुनिया बहुत बड़ी है जहाँ तुम दोनों से कहीं धाकड़ किसम के मूर्ख बसते हैं। जाओ, चन्द दिन को बाहर गाँव होकर आओ। असल मूर्खता देखोगे तो खुद जान जाओगे कि कितने बीसी सैकड़े होते हैं।"

मूर्खों का क्या? तुरत दोनों ने भीतर जाकर चप्पलें डालीं और चल पड़े।

चलते-चलते दोनों भाई एक ऐसे गाँव में जा पहुँचे जहाँ सारे गाँव के लोग पीठ पर टोकरे लादे-लादे चारों तरफ घूम-घूमकर कोई अदृश्य चीज अपनी मुट्ठियों से पकड़ते हुए उसे टोकरों में डाल रहे थे। फिर कुछ देर बाद वे अपने घर के भीतर जाकर खाली टोकरा उलीचकर बाहर आ जाते और दोबारा वही करने लगते। उनको कुछ देर तक देखने के बाद बड़े मूर्ख भाई ने उनसे पूछा, "भाई, हम तो ठहरे मूरख। यह बताओ कि यह क्या अदृश्य चीज है जिसे तुम इतनी देर से अपने-अपने हाथों से पकड़-पकड़कर टोकरों में भरते हो?"

"और फिर घर के भीतर जाकर काहे उलीच आते हो?" छोटा मूर्ख बोला।

आदमी ने उनको ऊपर से नीचे तक घूरा और बोला, "अरे गाँव में मच्छर बहुत हो रहे थे सो हम आँखमार बाबा से सलाह लेने गए। बाबा ने कहा मच्छरों की आवक बन्द करने के लिए तालाब पाट दो, घरों को कसकर बन्द रखो। उनके आदेश के अनुसार हम दिन भर बाहर ही रहते हैं।

"लेकिन हम खाली नहीं बैठते। खेती-पानी के बाद बाहर से दिन भर धूप और उजाला जमा कर-करके अपने घरों के भीतर उलीचते हैं। पर हमसे पिछले जनम

में कौनो गलती हुई होगी सो दिन-रात की मेहनत के बाद भी हमारे घरों के भीतर घुप्प अँधेरा भरा रहता है।"

मूर्ख भाइयों ने दो-चार घरों के भीतर झाँककर देखा, सचमुच हर घर में गहरा अन्धकार छाया हुआ था। पर थोड़ी देर में उनको एक घर के भीतर किसी क्षीण सी फाँक से आती रोशनी में दिखाई दिया, कि यहाँ के घरों के भीतर खिड़कियाँ और रोशनदान तो हैं, पर वे कसकर बन्द हैं।

उनने बाहर आकर गाँव के प्रधान को धीमी गति से एक खाली टोकरा लिये उजाला बटोरते देखा। ढीला कुरता-पाजामा, चेहरे पर लम्बी दाढ़ी और आधे चेहरे पर लपेटे गमछे तले भी उनकी मनहूसियत छिपाए न छिपती थी।

मूर्खों ने उनसे बात शुरू की तो अपनी नक्की आवाज में उन्होंने मूर्खों को बताया कि ताल पाटने के बाद पानी की गाँव में भारी किल्लत है। लिहाजा गाँव में घरों का खाना-पाखाना सब खुले में ही होता था। शाम गए जब बाहर भी अँधेरा हो जाता तभी वे लोग पेड़ की छाल या तेल में भीगी मशालों से थोड़ी देर को उजाला करते थे।

उजाला न होने से गाँव की पाठशाला बन्द पड़ी थी। बच्चे दिन भर मिट्‌टी- धूल में टापू खेलते थे, पर बाबा का आदेश सर आँखों पर! बच्चे तो पंछी हुए पढ़ें न पढ़ें। प्रधान ने फिर बताया कि किस तरह बाबा की सलाह से एक ग्राम विकास की सरकारी निधि की तहत 'उज्ज्वल गृह योजना' बनी थी। गाँव में सब्सिडी पर दिन के टैम उजाला बटोरने के हेतु प्राकृतिक उज्ज्वलता पूरक टोकरियाँ वितरित कर दी गई हैं। अब विकास का पैसा तो जमा होता जा रहा है। अब जब पहले उज्ज्वला योजना सफलीभूत हो, तब रसोड़े-शौचालय वगैरा बनेंगे।

बड़ा मूर्ख बोला, "नेताजी हमको आप अगर एकमुश्त अभी के अभी अपने गाँव की वह सारी ग्राम विकास निधि का पैसा दिलवा दें तो हम आपके गाँव में नई क्रान्तिकारी घर-घर उजाला योजना से सब घरों का अँधेरा ऐसे मिटा देंगे जैसे गधे के सर से सींग!

दीवारें बोल पड़ेंगी।"

यह तुरत किया गया। चार तगड़े आदमी और कुछ औजार साथ लेकर दोनों मूर्ख भाई घरों में घुसे और उन्होंने धक्के मार-मारकर एक-एक कर सब बन्द खिड़कियाँ

खुलवा दीं। सचमुच उजाला ही उजाला। दीवारें बोल पड़ीं। गाँव नाच उठा। जिन कुछ बहुत पिछड़े घरों में खिड़कियाँ या झरोखे, रोशनदान तक नहीं थे, उनकी दीवारों में भी सब्बल से सूराख बनवाकर मूर्ख भाइयों ने उनमें उजाला भर दिया।

गाँववालों का शत-शत नमन स्वीकार कर विकास निधि का पैसा अंटी में सँभालते दोनों भाई आगे चले। "महामूर्ख लोग" बड़ा भाई बोला।

इस बार उनको एक ऐसा गाँव मिला जहाँ एक औरत अपनी दो भैंसों को जबरन अपने घर की छत से टिकी दो नसेनियों की तरफ खींचे जा रही थी। घर की छत शायद कभी साफ नहीं की गई होगी इसलिए वहाँ काफी रेता-मिट्टी जमा हो गई थी और उस पर काफी हरी घास भी उग आई थी।

मूर्खों ने उस औरत से पूछा कि वह काहे पूँछ मरोड़-मरोड़ कर इतनी भारी जिसम वाली भैंसों को नसेनी पर चढ़वाने को हुश-हुश कर रही है?

औरत बोली, "क्या बताऊँ भाई, बड़ी जिद्दन हैंगी दोनों मरी। इब सारा चारा तो छत पर उगो है, पर भूखी नीचे खड़ी हैंगी। दोनों के लिए दू-दू नसेनी लगा दीं फिर भी टस से मस नहीं हो रहीं। मुझे बड़ी फिकर है। मेरी दुधारू भैंसियाँ बिन हरा-भरा ताजा चारा खाए मर गईं तो क्या होगा?"

मूर्खों को अब तक महामूर्खों की दुनिया की बाबत कुछ-कुछ समझ आ चली थी। बड़ा भाई बोला, "बहन जी, अगर चार पैसे दो तो हम इनको यहीं खड़ी-खड़ी रखकर भरपेट ताजा चारा खिलवा दूँ।"

औरत राजी हो गई। बड़े मूर्ख ने उससे एक दराँती ली और छोटे मूर्ख से बोला कि सीढ़ी चढ़कर वह खूब सारा हरा चारा काटकर नीचे फेंक दे। उसने यह कर दिया और उतर आया तो दोनों मूर्खों ने चारा नाँद के पास लाकर धर दिया। फिर सूखी नाँद भर दी। बस, औरत की भैंसें तुरत हुमककर खाने-पीने लगीं।

मूर्खों ने औरत से कहा, बस इसी तरह तू छत से चारा काट के इनको खिलाया कर। खूब दूध देंगी। भैंसों को चैन से पगुराते देख प्रसन्न औरत ने दोनों मूर्खों को भर हाथ पैसा ही नहीं दिया, अपनी भैंसिया के दूध की बनी स्वादिष्ट गाढ़ी खीर भी खिलाई।

हँसते हुए मूर्ख भाई अब और आगे चले।

अगले गाँव में एक जगह से खूब हल्ला-गुल्ला 'जोर लगा के हइशा!' की

आवाजें आती सुनकर भाई उधर लपके तो क्या देखते हैं, कि एक बड़े परिवार के कई लोग पेड़ का एक बहुत बड़ा तना छोटे से दरवाजे से जबरन अपने घर के भीतर ले जाने की कोशिश में पसीना-पसीना हुए जा रहे हैं।

मूर्ख पास जाकर बोले, "भैया, तुम लोग इतना बड़ा लक्कड़ किसलिए इस तरह भीतर ले जाना चाहते हो?"

परिवारवाले एक-दूजे का चेहरा ताकने लगे। फिर एक बोला, "भैया, बात जे है के कल रात आँधी में यह पेड़ घर के पास के जंगल में गिर पड़ा था। इससे साल भर की जलावन की लकड़ी जमा हो जावेगी हमारे कने। सोई हम उठा लाए। पण अब यह घर के भीतर ही नहीं घुस रहा। क्या करें? हम ठहरे महामूरख। तुम दोनों कुछ कमतर लगते हो, तुम्हीं कोई जुगत बताओ।"

छोटा मूर्ख बोला, "जुगत तो हम बता दें पर पहले तुम हमको एक थैली चाँदी के रुपये दो फिर एक बढ़िया आरी और कुल्हाड़े लाओ। बात की बात में ये सारा पेड़ भीतर पहुँच जाएगा।"

रुपयों और आरी का प्रबन्ध हो गया। दोनों भाइयों ने कुछ ही घंटों में सारे तने को चीर डाला और गाँव वालों को समझाया कि वे टुकड़ा-टुकड़ा काटकर लकड़ी को घर के भीतर ले जाएँ। उन्होंने खुशी-खुशी यह कर डाला। सारा लक्कड़ घर भीतर पहुँचा देखकर गाँव में दोनों मूर्खों की जै-जैकार होने लगी।

"वज्रमूर्ख गाँव!" इस बार छोटा भाई बुदबुदाया।

अपने चारों तरफ के महामूर्खों और वज्रमूर्खों को देखकर घर की तरफ कदम बढ़ाते मूर्ख भाइयों को लगने लगा कि वे नाहक ही खुद को बड़ा मूरख साबित करने के लिए इतने बरस झगड़ते रहे।

अरे इस दुनिया में महामूर्खों, वज्रमूर्खों की कोई कमी है क्या? हर जगह एक से बढ़कर एक नमूने हैं।

दोनों ने तय किया कि अब वे नहीं लड़ेंगे। वे घर जाकर अपनी एक नई- नकोर 'महावज्रमूर्ख पाल्टी' (मवमूण) बनाकर पाँच गाँवों में पंचायत चुनाव लड़ेंगे। चन्दे का क्या? इस यात्रा से भरपूर कमाई हो ही गई थी। तिस पर उन्ने ये भी पाया था कि इलाके में हर कहीं आँखमार बाबा के चेले आँख के अन्धे और गाँठ के पूरे महामूर्ख लोग मौजूद हैं।

बाबा और भाग्य साथ दें, तो अगली बार वे बड़ा चुनाव भी जीत लेंगे और फिर सारे इलाके के मालिक हो जाएँगे। क्यों?

भाइयों ने यही किया। महावज्रमूर्ख पाल्टी यानी मवमूण बना। देखते-देखते दोनों भाई पाँच गाँवों की पंचायत में पूर्ण बहुमत से मुखिया और उपमुखिया बन गए।

फिर जब दो साल बाद बड़े चुनाव आए, तो भाई बाबा से मिले। बाबा बोले कि मूर्खों के देश में जहाँ सौ से ऊपर की गिनती जाननेवाला कोई न था, मतपत्र से नहीं, ध्वनि मत से चुनाव क्यों न कराया जाए? दोनों भाइयों ने इसका समर्थन करके बाबा ने आदेश दिया है, कहा। सुनकर एकमत हुए महामूर्खों की सभा से यह प्रस्ताव भी पारित करा लिया।

चुनाव के दिन आँखमार बाबा को सर्वसम्मति से पर्यवेक्षक बनाकर न्योता गया।

जब शोरशराबा हो रहा था तो बाबा का इशारा पाकर टीले पर चढ़कर छोटा भाई जोर से चीखा, "बाबा पूछेंगे कि तुममें अपने असल बाप का जाया कौन? इस पर जो भी असल बाप का जाया हो, वह हाथ उठाकर तुरत कहे, "हाँ मैं हूँ!"

बाबा ने आँख मारते हुए हँसकर पूछा : "असल बाप का जाया कौन?"

सारे मूर्ख, महामूर्ख और वज्रमूर्ख पाल्टी के प्रचारक एक सुर में चिल्लाए, "हम हूँ बाबा हम हूँ!"

चुनाव सम्पन्न हुए।

बाबा ने दोनों भाइयों को गेंदे के हार पहनाकर बड़ा नेता और छोटा नेता घोषित कर दिया और खुद हँसते आँख मारकर अन्तर्धान हो गए!

तो बच्चो, कुछ देखा, कुछ अनदेखा, कुछ यूँ ही बातों की बात।

कानों सुना पुराना सा कुछ, पढ़ने में कुछ आया हाथ।

कान की कलसी में भर लो बस रस। अब बस। महावज्रमूर्ख पाल्टी की कहानी हुई खतम और महामूर्खों का पैसा हुआ हजम!

अँधेरे देश, कंजे राजा और गंजे महामंत्री की कथा

एक देश था। वहाँ बीस बरस से एक कंजा तथा क्रान्तिकारी विचारों वाला निर्बुद्धि राजा राज करता था। राजा ने सलाह-मशविरा करने और योजनाएँ लागू कराने के वास्ते ऐसा गंजा निर्बुद्धि महामंत्री नियुक्त किया था जो राजा के महँगाई मिटाने और देश-विकास की बाबत क्रान्तिकारी विचारों से हमेशा एकदम सहमत रहे।

कंजे राजा तथा गंजे महामंत्री ने मिलकर मंत्रणा की कि देश में क्रान्तिकारी सुधारों की शुरुआत कहाँ से की जाए?

तय हुआ कि पहले गरीबी को हटाया जाए जो महँगाई से और चीजों के दाम बढ़ने से पैदा होती है। इसलिए अब से देश में हर चीज का दाम ताँबे की एक दमड़ी होगा। जो कहीं भी एक दमड़ी से महँगा सामान बेचता पाया जाएगा, उसकी चमड़ी खींच ली जाएगी।

अंय? सोने से लेकर पत्ते के दोने तक के लिए दमड़ी से अधिक मोल माँगने पर चमड़ी खिंच जाएगी?

बाजार सन्न रह गया। अगले ही दिन से देश में हर जिनिस दमड़ी के भाव बिकने लगी। देश के मूर्ख कोषाध्यक्ष ने राजकोषीय घाटा पूरने के लिए दामों में कुछ तो अन्तर कायम रखने की वकालत की, तो उसको देशनिकाला दे दिया गया। उसकी जगह नया कोषाध्यक्ष बिठाया गया। वह राजा और महामंत्री से सदा सहमत रहता था।

महँगाई कम करने में मिली क्रान्तिकारी सफलता के बाद राजा और महामंत्री में सलाह बनी, कि अब विकास की गति बढ़ाने को भी एक और नया शाही फरमान निकाला जाए।

इस फरमान में प्रजा को सूचित किया गया था, कि अब से सारे राज्य में दिन को रात और रात को दिन माना जाएगा। जो निस्तेज चेहरेवाले युवा बेरोजगार दिन भर निठल्ले गलियों में लटर-सटर फिरते अंड-बंड अफवाहें फैलाते रहते हैं, उनको व्यस्त बनाकर स्वस्थ तन तथा मन से जुड़े रचनात्मक कामों से जोड़ा जाएगा।

अगले ही दिन सभी चौपालों में तेल चुपड़े मल्लखम्भ लग गए। हुकुम हुआ कि सारे युवा बेरोजगार जो रात गए बेवजह बहस और अड्डेबाजी करते थे, वे अब पुलिस निगरानी में रात भर इन मल्लखम्भों पर चढ़ेंगे और उतरेंगे।

राजवैद्य द्वारा जनता को बताया गया कि इससे युवाओं की देशविरोधी गतिविधियाँ कम होंगी और साथ ही रात भर मल्लखम्भ पर चढ़ने-उतरने से उनका स्वास्थ्य भी बेहतर हो जाएगा।

इस तरह 'सबका स्वास्थ्य, सबका विकास' नामक दूसरी क्रान्तिकारी योजना भी लागू कर दी गई। इस बार जिस भी सरकारी कर्मचारी ने बहस करने की कोशिश की, उसको देशनिकाला दे दिया गया। एक नया स्वास्थ्य विभाग बना, जो खाँसी से खसरे तक और कोविड से कैंसर तक के उपचार के लिए आयुर्वेद कहो तो नाना अवलेह और चूरन, होमियोपैथी कहो तो मीठी गोलियाँ और नेचरोपैथी कहो तो करेले, लौकी का रस लिख देता था।

जब जिसका जैसा हुकुम। बाकी रोगी का बचना न बचना तो भगवान के हाथ है, राजवैद्य बोले!

राज्य में अब घर से खेत-खलिहान तक का दिन का कामकाज रात को निबटाया जाने लगा। दिन में सब लोग सिर्फ सोते थे।

गाय-गोरू, कुत्ते-बिल्ली, बकरियाँ और भेड़ें, उन सबमें भी दिन में सोने और रात को खाने अथवा चरने की आदत डाल दी गई। औरतें अब रात होने पर चूल्हे-सिगड़ी सुलगाकर घरवालों के लिए नाश्ता-पानी और जिनावरों के लिए सानी-पानी का काम करतीं। पनिहारियाँ रात को कुएँ पर पानी लेने जातीं। बच्चे पाठशाला और कारीगर कारखाने।

अगर कोई इस कानून को तोड़ता हुआ पकड़ा गया तो उसको तुरत सूली पर चढ़ाने का एक कानून भी नई क्रान्तिकारी योजना के साथ-साथ घोषित हुआ था।

अब मरने से भला कौन नहीं डरता? कोविड कैंसर से बचने को पापड़ या गोबर तक खाने को कहा जाता तो रोगी मान जाते।

इस महान क्रान्तिकारी योजना को भी सफल हुआ देखकर राजा और महामंत्री बड़े खुश हुए।

एक दिन शहर में एक गुरु-चेले का आगमन हुआ। वे क्या देखते हैं? दिन का समय था पर सड़कें, उपवन, चरागाह, खेत सब सूने भाँय-भाँय कर रहे थे। सारे कारखानों, सरकारी, अर्धसरकारी या निजी कार्यालयों पर ताले लगे थे, पाठशालाएँ भी बन्द थीं और शहर वीरान। एक बिल्ली ने भी उनका रास्ता नहीं काटा, न ही किसी गली में उन पर कोई कुत्ता भौंका।

भूखे-प्यासे गुरु-चेला दिन भर शहर में घूमते रहे और हर गली-मुहल्ले में सोता पड़ा देख चकित होते रहे।

अचानक क्या देखते हैं कि जैसे ही सूरज डूबा, शहर जाग गया।

हर कहीं सुबह जैसी चहल-पहल हो गई। गाएँ रँभाने लगीं, कुत्ते भौंकने लगे। बिल्लियाँ दीवारों पर बैठकर खुद को चाटने और मछली बाजार पर नजर रखने लगीं।

घरों के भीतर-बाहर धुआँ उठने लगा। साथ ही पति-पत्नी, माँ-बच्चों के सामान्य दैनिक झगड़ों के सुर उभरने लगे।

रात गहराई। अब तक शहर के सब बाजार सज चुके थे। गाहकों की आवक से भरपूर रौनक थी। हलवाई भट्टियों पर कड़ाह से ताजा कढ़ा दूध जमुहाते, सर खुजाते गाहकों को कुल्हड़ों में दे रहे थे। ताजा पूड़ी-साग और जलेबियाँ भी उपलब्ध थीं। उधर कुँजड़े, फल-फूल, शाक-भाजी लेकर पटरियों पर डटे चिल्ला रहे थे, कि ताजा मौसमी शाक लेते जाओ!

गलियों में दूध-दही के फेरीवाले घूम-घूमकर हाँक लगाते थे—दईं लो दईं, छाछ-छाछ, दूध लो ताजा दूध!

गुरु-चेला दिन भर के भूखे थे। दोनों ने बनिये की दुकान से पकाने का कुछ सामान खरीदा। साथ ही उससे शहर की बाबत थाह भी ली। बनिये और गाहकों ने उनको राजा की क्रान्तिकारी योजनाओं के बारे में बताया जिनके तहत नगरवासी दिन भर सोते और रात भर काम करते हैं। और जब पैसे देने चले तो पता चला कि राजाजी के क्रान्तिकारी हुकुम की तहत इस शहर में हर सामान की कीमत है बस एक

दमड़ी। दमड़ी सेर आटा, दमड़ी सेर दाल, दमड़ी सेर तेल-घी, दमड़ी में हर माल।

खाना पकाते-खाते हुए बुद्धिमान गुरु को लगा कि कुछ तो गड़बड़ है। हाथ- मुँह धोकर गुरु ने चेले से कहा, "चल बच्चा, यह जगह हमको खतरनाक प्रतीत होती है। आगे कहीं चलते हैं जहाँ दिन का मतलब दिन और रात का मतलब रात हो।

"मेरे गुरु कहते थे कि कुटिलाई में सौ पर एक चोर भारी पड़ता है, हजार पर काना, एक लाख पर ऐंचाताना, यानी भेंगा। और ऐंचाताना कहे पुकार, मैं तो गया कंजे से हार।"

"इसलिए एक कंजे तथा झक्की राजा के ऐसे राज में हमारा टिकना उचित नहीं, जहाँ आल्लेडी रात को दिन और दिन को रात बना दिया गया हो। और हर माल का दाम हो बस एक दमड़ी! कुछ तो गड़बड़ है बेटा, और जान ले कि अभी और जाने क्या-क्या अघट घटेगा।"

चेले को यह भाषण नहीं सुहाया। बोला, "गुरुजी, आप नाहक ऐसे शंकालु हो! इतना सस्ता, सुन्दर शहर कहाँ मिलेगा? देखिए न कहीं झगड़ा न बहसबाजी। युवा रात भर बॉडी बनाते हैं। और हम साधुओं को इतने कम में भरपेट खाना मिल गया। गुरुजी, मेरा तो कहीं और जाने को मन नहीं। यहीं टिककर रुका जाए। आराम से दिन भर सोएँगे, शाम को दो-तीन जन से इतनी भिक्षा मिल जाएगी कि रोज सस्ता, सुन्दर, स्वादिष्ट भोजन करेंगे।"

"मूरख," गुरु बोला, "जो भी इतना सुन्दर, इतना सस्ता हो, वह कभी टिकाऊ नहीं होता। शहर के लोगबाग दानी-ज्ञानी नहीं, परम डरपोक और अपनी जमीन-जायदाद के मोह की वजह से यहाँ पड़े हुए हैं। हम मोहमाया से कोसों दूर रमते जोगियों को इस मुरदों का गाँव बन चुकी बस्ती में काहे टिकना? कंजे निर्बुद्धि राजा और गंजे महामंत्री के राज में कल क्या हो, किसने जाना? चल!"

गुरु ने बहुत समझाया पर चेला अड़ा रहा। हारकर गुरु बोला, "ठीक है, तुझे रुकना है तो रुक। मैं तो चला।"

पौ फटते ही गुरु चल दिया, और चेला शहर के लोगों की तरह ही पेड़ तले पसरकर आराम करने लगा।

अगले कुछ दिन चेले ने काफी मस्ती की। उसे केले, घी से महकता भात-दाल बहुत पसन्द था। एक घंटा भिक्षा माँगकर रोजाना छककर भरपेट केले, घी से

महकता भात और दाल खाता। फिर चारेक कुल्हड़ दूध पीकर ऊँघता। होते-होते वह साँड़ सरीखा मुटाता गया। पेड़ तले लेटा-लेटा वह अक्सर सोचता, भला किया जो उसने गुरु की न मानी। वरना वह भी उनकी तरह भूखा-प्यासा थके पैरों से जंगल-पहाड़ नापता होता।

पर सुशासन के चिराग तले भी अँधेरा तो बना रहता ही है। एक दिन भर दोपहरी में जब शहर सोता था, एक चोर नगरसेठ के घर में घुसा। भीतर से भरपूर माल-मत्ता लेकर वह भागने को था कि नगरसेठ के परिसर की पुरानी पत्थर की दीवार ढह गई। और निकलने से पहले ही चोर दीवार के नीचे माल समेत दबकर मर गया।

जब रात हुई और लोग जागे तो शहर में हल्ला मचा कि हाय नगरसेठ की कोठी की मुई दीवार तले पिचकर चोर मर गया।

चोर का बड़ा भाई धड़धड़ाता हुआ राजा के दरबार में न्याय माँगने जा पहुँचा। बोला, "हम खानदानी चोर हैं सर, और चोरी हमारा पारम्परिक धन्धा है हुजूर। एक तो वैसे ही रात के दिन बन जाने से हमारा सेंधमारी का काम मन्दा पड़ रहा था, तिस पर आज हमारा एक हुनरमन्द सरगना नगरसेठ के घर के परिसर में मारा गया है। हमारे बाप-दादों के हुनर बचाइए। मेरे भाई चोर को जिस दीवार ने दबाया है, उसके मालिक को पकड़कर सजा और हमको हमारे भाई की मौत का मुआवजा दिलवाया जाए।"

"समुदाय विशेष की भावनाएँ आहत हो गई हैं," राजा बोले। "बिलकुल," महामंत्री ने कहा।

फिर कंजे राजा तथा गंजे महामंत्री ने चोर को भरोसा दिलाया कि उनकी बिरादरी को जल्द से जल्द न्याय मिलेगा। और चोर की मौत की वजह बनी दीवार के मालिक को कड़ी से कड़ी सजा दी जावेगी।

अब चोर की मौत के आरोपी नगरसेठ को तलब किया गया। सेठ काफी समय से बीमार चल रहा था फिर भी उसे अधमरी दशा में ही चारपाई पर धरकर दरबार में लाया गया।

"जब दीवार गिरी तब तुम कहाँ थे?" राजा ने पूछा।

"दिन का टैम था सर, सबकी तरह मैं भी दवा खाकर सो रहा था। मुझे क्या पता कि दीवार कब, कैसे गिर गई। वैसे सर, यह दीवार बहुत पुरानी, मेरे बाप के

वक्त की है। मेरी बजाय तो जिसने इतनी कमजोर दीवार बनाई उस मिस्तरी को सजा मिलनी चाहिए।"

कंजा राजा, गंजा महामंत्री सहमत हुए। समरथ को नहिं दोष!

अब दीवार चिननेवाले राज मिस्तरी को हाथ-पैर बँधवाकर बुलाया गया। वह अब तक बहुत बूढ़ा हो चुका था। पीठ झुककर कमान बन गई थी। हाथ-पैर काँपते थे।

लरजती आवाज में बूढ़ा गिड़गिड़ाकर जो बोला उसका सार था कि उसे भली तरह याद है जब वह यह दीवार बना रहा था तो उस समय खुद वह बीसेक बरस का बाँका जवान था। गुलाबी जाड़े का मौसम था, और त्योहार से पहले दीवार पूरी करनी थी। पर तभी उसका ध्यान लगातार कुछ भटकने लगा। वजह ये, कि कुछ दिनों से नगर की जानी-मानी वेश्या, बी छमकछल्लो अपना रेशमी लहँगा घुमाती हुई दीवार की साइट के पास से लगातार गुजरने लगी थी।

"अब हुजूर मरद इनसान हूँ। चढ़ती जवानी में हमरे बगल से कोई घाघरा जो घूम्यो, तो आप जानो राजा हो कि राज मिस्तरी, आँख कहीं जाती है, हाथ कहीं जाता है। हो सकता है कि उन घड़ियों में हाथ हिल जाने से चूने-गारे के मिक्स में पानी कमती या बेशी हो गया होगा, जिसकी वजह से चहारदीवारी पुख्ता नहीं बन पाई हो।

"पर हुजूर अगर ईमान से जाँच हो तो मेरा ध्यान भटकाने की गलती तो वेश्या की ही साबित होगी।"

"सही है," राजा बोले, "ऋषि-मुनि हों कि राजा या राज मिस्तरी, सभी किंवदंतियों के अनुसार मरदों की हर गलती की असली वजह हमेशा कोई न कोई औरत ही होती है।"

महामंत्री ने हाँ में हाँ मिलाई, "बिलकुल सही फरमाया, तिस पर वह औरत एक वेश्या हो तब तो कोई शक की गुंजाइश ही नहीं।"

"मामला काफी गहरा है। पता करो कहाँ है वह मोहतरमा? पकड़ बुलाओ उसे।" हुकुम हुआ।

अगले दिन थर-थर काँपती बी छमकछल्लो दरबार में हाजिर की गईं। हाय रे बुढ़ापा! कभी मादक रहा उसका रिझानेवाला भरा-पूरा बदन अब ढल चुका था। कभी हिरनी सी रही पर अब चुँधियाई आँखों में सुरमा भी चमक नहीं लाता था। हर गली के रसिया कभी उसका गाना सुनते न अघाते थे, पर अब शहर के सबसे

सुरीले रहे बी के गले में बुढ़ापे का घुंघरू खनकने लगा था।

"सच-सच कहो," राजा ने कड़ककर कहा, "जब ये मिस्तरी, जो तब एक बाँका नौजवान होता था, नगरसेठ की चहारदीवारी बनाता था, तो तुम जानबूझकर इसके करीब से कुछ दिन तक बार-बार गुजरती रहीं या नहीं?"

"बोलो!" महामंत्री गरजे।

कई पुरानी कहानियाँ बी छमकछल्लो की सुरमेदार किन्तु चुँधियाई आँखों में एक साथ कौंध गईं।

"हाँ हुजूर भली तरह याद है," वह बोली, "पर अन्नदाता, मेरे बार-बार उस गली से गुजरने की वजह भी सुनें। हुआ ये था कि गली के नुक्कड़ पर जो नाथू सुनार बैठा करता था उसको मैंने अपने लिए एक जोड़ी कंगन बनाने की खातिर पाँच तोला सोना दिया था। हुनरमन्द तो था, पर बड़ा ढीला था कमबख्त। जब कभी गहना गढ़ने को दो, तो बार-बार अपनी दुकान के चक्कर कटवाता था हमसे।

"पर त्योहार का बखत था। कमाई का समय। सो हुजूर जाना भी तो जरूरी था न? क्या पता नाप-जोख ठीक से करे न करे? टैम पे दे न दे? अंय?

"सारी गलती उसी मुए सुनार की है। न वो मुझसे इतने चक्कर लगवाता, न इस गरीब मिस्तरी का ध्यान भटकता, न गारे-चूने में पानी कम-बेशी होता, न दीवार गिरती, न चोर दब मरता।"

"मोहतरमा की बात में दम है," राजा महामंत्री से बोले। महामंत्री ने भी सहमति में गोल हंडे जैसा सर हिलाया, "बजा फरमाया हुजूर,अब जाके असली अपराधी की शिनाख्त हुई है।"

आनन-फानन विशेष सिपाही दस्ता जाकर बूढ़े नाथू सुनार को पकड़ लाया।

आरोप सुनकर नाथू रोने लगा : "हुजूर, बी छमकछल्लो मेरी पुरानी गाहक हैं, सो झूठ नहीं कहूँगा कि मुझे उनका गहना गढ़ने में देरी लग गई। पर वजह यह थी कि त्योहार का टैम था और मेरे सबसे बड़े गाहक लंदानी सेठ की रखैल का हार मुझे छमकछल्लो बी के कंगनों से पहले फिनिश करना था।

"बड़ा प्रेशर था हुजूर मुझ गरीब पर। आप तो जानो हो जित्ता बड़ा सेठ उत्ता ही अधीर होता है। और गुस्सा तो उनकी नाक की नोक पर धरा रहता है। अब आपै कहें, त्योहार सर पर हो, तो मुझे अधैर्यवान लेकिन मालदार लंदानी सेठ की रखैल

और छमकछल्लो तवायफ में से प्रायरिटी किसे देना था?"

"अरे नगरसेठ बड़ा आदमी होता है। यह भी कोई पूछने की बात है? पहले उसी का काम होना चाहिए।" राजा बोले।

"मैं होता तो मैं भी पहले सेठ का ही हार बनाता।" महामंत्री बोले।

"लेकिन वह सेठ भला था कौन?" राजा ने पूछा। पता चला वह मौजूदा नगरसेठ का बाप था जो कि अब तक गोलोकवासी हो चुका था। राजा बोला, "मुझे तो एक नजर में तुमको देखते ही पता चल गया था कि हो न हो, उस दरिद्र चोर की हत्या में उसका कोई न कोई हाथ अवश्य होगा।"

"हुजूर अन्तर्यामी हैं।" महामंत्री बोला।

यानी मामला घूम-फिर कर वहीं आ पहुँचा जहाँ से चालू हुआ था। नगरसेठ को दोबारा बुलवाया गया। राजा बोला, "सेठ, अब तक यह तय हो गया है कि गलती तुम्हारे बाप की थी जो अब नहीं रहा। तुम्हारी हालत भी हमको खराब ही लगती है।"

"लीवर का पुराना रोगी हूँ सरकार, अब तो हालत ये है कि छाछ तक नहीं पचती।" सेठ गिड़गिड़ाया। वह सचमुच मरणासन्न था। पर राजा का न्याय अपनी जगह डटा था। "आज तुम गम्भीर रूप से बीमार हो भी तो क्या? जब बाप कर्ज छोड़कर मरते हैं, तो उनको बेटा चुकाता है। तुमने विरासत में बाप की गद्दी हासिल की है, तो उनके अपराध का हिसाब भी तो तुम्हीं को चुकता करना होगा।"

महामंत्री बोले, "धन्य राजा का न्याय!"

न्यायिक फैसला आते ही एक सूली तैयार की गई जिसको समारोह के साथ नगर के चौक पर रखा गया ताकि अपराधी को जनता के सामने फाँसी दी जा सके। महामंत्री ने रातोरात मुनादी भी करा दी कि अमुक दिन नगरसेठ को चोर की मौत के जुर्म में सूली पर टाँगा जाएगा।

ऐन समय अचानक एक दिक्कत पेश आई। वह यह, कि सूली तनिक मोटी बन गई थी जबकि नगरसेठ बड़ा ही दुबला-पतला था। सूली पर चढ़ते ही सूखी तोरई जैसा लटककर मर सकता था। ऐसा हुआ तब तो खेल मिनटों में खतम हो जाएगा और मजा नहीं आएगा न ही पब्लिसिटी होगी। पब्लिक को तो धीमे-धीमे खूनी बनती नाटकीय मौत ही खींचती है।

जनजुड़ाव के लिहाज से राजाजी की मौजूदगी में एक दुबले-मरघिल्ले इनसान

के मरने का चित्र कोई बहुत ध्यानाकर्षक नहीं बनेगा। महामंत्री ने सोचा।

अब?

स्थिति को देखते हुए तय किया गया कि कोई निगरगंड मोटा खोजकर उसे फाँसी दी जाए ताकि जनता रात भर सकून से उसे तड़प-तड़पकर दम तोड़ता देख सके। इससे प्रजा के दिलों में राजा के प्रति भक्ति और प्रेम के रंग और भी गहरे हो जाएँगे।

खोजते-खोजते सिपाहियों को पेड़ तले पसरा मोटा-तगड़ा चेला मिल गया। वे उसे रस्सी से बाँधकर घसीटते हुए ले चले ताकि नगरसेठ की जगह उसे राजाजी द्वारा उद्घाटित सूली पर चढ़ाकर एक न भूलनेवाला नयनाभिराम चित्र जन-मन में बनाया जा सके।

चेले ने अन्त निकट जानकर गुरु को याद किया। "कहाँ हो गुरुजी, अब आप ही मुझे बचा सकते हैं।" वह चीखा।

घट-घट व्यापी दीनदयालु गुरु सारा राग-विराग तजकर चेले को बचाने तुरत उड़ते हुए आकाश मार्ग से उतर आए। चेले ने रो-रो कर उनको सब बताया। गुरु ने उससे कहा कि वह फिकर न करे। वे सीधे वहाँ गए जहाँ राजा और महामंत्री खड़े थे। "महाराज," गुरु बोले, "आज्ञा हो तो मृत्यु से पहले दो क्षण अपने चेले से बात कर लूँ? उसकी अन्तिम इच्छा है।"

आज्ञा मिली। गुरु चेले को कुछ दूर झाड़ियों में ले जाकर बोले, "अकल के दुश्मन, जान बचानी है तो अब मैं जैसा कहूँ तू कर। यहाँ से हम दोनों 'पहले मैं, पहले मैं' कहते हुए लड़ने का नाटक करते हुए निकलेंगे। चल।"

जब झाड़ी के पीछे से गुरु-चेला लड़ते हुए निकले, सब चकित हुए माजरा क्या है? रोने-धोने की बजाय झगड़ा?

राजा बोले, "बात क्या है? क्यों झगड़ते हो?"

गुरु बोले, "महाराज मैं ज्योतिष जानता हूँ। दरअसल मैंने पंचांग में देखा कि आज एक दुर्लभ ग्रहयोग बन रहा है। आज के दिन इस नई पवित्र सूली पर जो पहले मरा, वह अगले जनम में इस देश का राजा बनेगा और दूसरे नम्बर पर सूली चढ़नेवाला उसका महामंत्री। यह मुहूर्त इस सदी में दोबारा नहीं आएगा। इसलिए निवेदन है, कि राजाजी इस मुटल्ले का गुरु होने के कारण पहले मुझे सूली पर चढ़ाएँ, फिर इसे।"

राजा और महामंत्री परे हटकर मंत्रणा करने लगे। ऐसा मुहूर्त दोबारा नहीं आएगा कंजे और गंजे दोनों ने सोचा। तब उसका फायदा ये दो गुरु-चेले काहे ले लें? अंय?

राजा को बीस साल हो गए थे राज करते, महामंत्री को भी पद पर बीस बरस हो गए थे। इस बीच दोनों के बाल पक गए थे, दाँत टूटने लगे थे, गालों पर झुर्रियाँ और आँख तले गढ़े पड़ चुके थे। दोनों की राय हुई कि क्यों न चुस्त नए रूप में शासन का सेकंड टर्म पाने के लिए वे दोनों एक-एक कर सूली पर चढ़ जाएँ? योजना बन गई। जनता से मुखातिब होकर राजा ने वधिकों से कहा, कि अब सूली दोपहर को दी जाएगी और दोनों अभियुक्तों को मुखौटा पहनाकर भेजा जाएगा।

सुबह हुई। जनता सोई हुई थी। राजा और महामंत्री मुखौटा पहनकर निकले और सिपाहियों से घिरे-घिराए हँसते हुए सूली चढ़ गए। कुछ घंटों बाद जब अपराधी राजवैद्य द्वारा मृत घोषित कर दिए गए तो पता चला कि ये तो कंजे राजाजी और गंजे महामंत्री जी थे।

अब अचानक सबको लगा कि राजा तथा महामंत्री दोबारा जनम लेकर वयस्क हों इस सब में तो बीस साल निकल जाएँगे। तब तक देश कौन चलाएगा? सबने हाथ खड़े कर दिए। निर्बुद्धि राजा के रहते सारी प्रजा निर्बुद्धि बन चुकी थी। ज्ञान तो बस गुरु-चेले में ही बचा था।

तब कुछ सयाने लोग गुरु-चेले के पास राजकाज सँभालने का अनुरोध करने को भागे गए। पहले तो दोनों ने काफी ना-नुकर की, फिर जनहित के नाम पर राजकाज हाथ में लेने को राजी हो ही गए। पुराने राजा और महामंत्री की देही नगर के बाहर कौवों-कुत्तों के खाने को फिंकवा दी गई और गुरु-राजा और चेला महामंत्री बनकर दरबार की शोभा बढ़ाने लगे।

पहली घोषणा की गई। दिन फिर से दिन हो गए, रात दोबारा रात। दूसरी घोषणा कि दमड़ी का चलन बन्द। दामों की तालिका बनाकर सबको दे दी गई। भूल-चूक लेनी-देनी।

जैसे उस राज के दिन बहुरे। तैसे सबके बहुरें।

मेढक और चींटी की कथा

यह बड़ी पुरानी कहानी कई भाषाओं के लोकसाहित्य में मिलेगी। शायद वजह यह, कि इसमें दुनिया के एक क्षुद्रतम जीव की, अपने बच्चों को बचाने के लिए खुद से कहीं बड़ी और छोटों से मुँह फेरनेवाली व्यवस्था से कड़ी दर कड़ी जूझते हुए अपने जीवट से छोटों की दुनिया को बचा लेने की कथा है। कुछ कथाओं में चींटी की बजाय कथा की नायिका अपने छोटे भूखे बच्चों का दाना बचाने को लड़नेवाली नन्ही सी गौरैया मिलेगी, तो कहीं कोई चुहिया। यह अनायास नहीं, कि ऐसी कथाओं को सुनानेवाले खुद भी अक्सर परिवारों के सबसे कमजोर सदस्य : बूढ़ी औरतें या पुराने टहलुए या चौपाल में बैठे किस्सागो और उनको सुननेवाले होते हैं समाज के सबसे निष्कवच सदस्य, नन्हे बच्चे। शायद इसीलिए ऐसी कथाएँ कभी मरती नहीं, नए-नए अवतार लेती आई हैं।

तो भाई एक बार की बात है कि एक चींटी अपने छोटे-छोटे बच्चों सहित तालाब के किनारे दाना खोजने को निकली। उसका सबसे छोटा बच्चा किनारे पर फिसलकर छपाक् से तालाब में जा गिरा। बच्चे को पानी में छटपटाते देखकर माँ चींटी ने इधर- उधर सहारा तलाशने को निगाह दौड़ाई तो देखा कि एक मोटा सा मेढक मजे से कमल के पत्ते पर लेटा-लेटा आसमान की तरफ मुख करके 'पात्रा-पात्रा' टर्रा रहा था।

"भाई मेरी मदद कर दो। तुम तो जलचर हो, मेरा नन्हा बच्चा तालाब में गिर पड़ा है, उसको निकाल दो।" चींटी गिड़गिड़ाई।

मेढक ने मुस्कुराकर एक लम्बी जीभ निकाली, और चट से

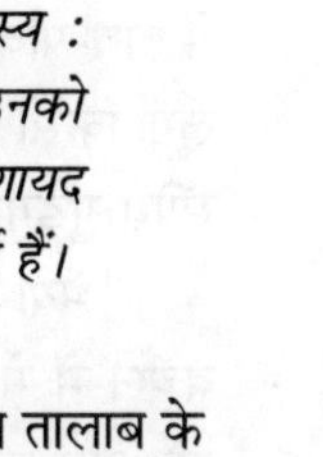

पास उड़ते भुनगे को निगलकर बोला, "चल भाग! मुझे क्या पड़ी है पानी में कूदने की? देखती नहीं मैं धूप में लेटा लगातार टर्राने में कितना व्यस्त हूँ? चले आते हैं जाने कहाँ-कहाँ से!"

"देखना तेरा घमंडी टर्राना एक दिन तुझको बड़ा भारी पड़ेगा," कहती हुई चींटी भागी साँप के बिल की तरफ। मोटा सा साँप बिल के आधा भीतर आधा बाहर, धूप खा रहा था।

"कौन?" वह फुंकारा।

चींटी के पास डरने का बखत नहीं था। "साँप भैया मेरी मदद करो। जाकर उस मेढक को निगल जाओ वह मेरे तालाब में डूबते बच्चे को नहीं बचा रहा और मेरी कतई नहीं सुनता।" रोती-हाँफती चींटी बोली।

"मुझे क्या पड़ी है बेवजह टर्रानेवाले मेढक से पंगा लेने की? वैसे भी मैंने अभी एक खरगोश को खाया है। मुझे भूख नहीं है," साँप रुखाई से बोला और फिर सो गया।

चींटी के पास तकरार को रुकने का समय न था, जबकि उसका बच्चा पानी में हाथ-पाँव मार रहा था। फिर भी जाते-जाते, "ठहर रे दुष्ट, आगे तेरी भी खबर लूँगी किसी दिन," कहती हुई अम्मा चींटी अब लपकी सँपेरे की झोंपड़ी की तरफ। सँपेरा गुड़गुड़ी पीता हुआ धूप में बिछी खटिया पर बैठा हुआ था।

"भैया सँपेरे उस कोने में एक बहुत दुष्ट साँप रहता है, जो मेरे डूबते बच्चे को बचाने में मेरी मदद से इनकार करता है। उसे बीन बजाकर बिल से बाहर खींच लो, और कमबख्त के जहर के दाढ़ उखाड़कर उसे पिटारे में बन्द कर दो!" रोती चींटी ने सँपेरे से कहा।

पर सँपेरा उठने को कतई तैयार न था। "मुझे क्या पड़ी है कि चींटी के बच्चे को बचाने के लिए मैं जहरीले साँप और पात्रा-पात्रा टर्रानेवाले मेढक से जा भिड़ूँ? भाग! अभी गुड़गुड़ी पी रहा हूँ। इस दम तो साँप छोड़ कोई केंचुआ न पकड़ूँ मैं।" सँपेरा बोला।

"वैसे भी मेरे पास अभी जरूरत लायक काफी साँप हैं। और राजमहल की अप्सरा उर्वशी मैडम का हम सँपेरों को हुकुम है कि जरूरत से अधिक वन्य जीवों को मत पकड़ो वरना सीधे नरक भेज दिए जाओगे।"

"बड़ा आया अप्सरा का गुलाम, लबार कहीं का!" दाँत किटकिटाकर चींटी आलसी सँपेरे से बोली। "देख, किसी दिन तुझसे और तेरी उस अप्सरा से हिसाब-किताब करती हूँ," जंगल की तरफ जाती हुई चींटी ने कहा।

जंगल में घुसते ही चींटी को एक इतराता हुआ मोर दिखाई दिया। "अरे मोर भाई मेरी मदद करो। मेरा बच्चा तालाब में गिर गया है। तुम तनिक बाहर निकलकर उस बिल में से एक दुष्ट साँप को पकड़ो जो पात्रा-पात्रा टर्राते हुए उस मेढक को नहीं डरा रहा, जो मेरे डूबते बच्चे को बचाने से मनै कर रहा है।" बिलखती चींटी मोर से बोली।

मोर ने दुम फैलाकर आत्ममुग्ध होते हुए चकरी ली। बोला, "देख री चींटी, तू ठहरी क्षुद्रतम जीव। पर मैं एक प्रसिद्ध राजपक्षी हूँ। मुझे क्या पड़ी है कि तेरे बच्चे को बचाने के लिए साँप को जा पकड़ूँ, जो पात्रापात्रा टर्रानेवाले मेढक को नहीं डराता? तुझे पता नहीं कि इन दिनों खुद महाराज अपने उपवन में आकर अपनी हथेली पर दाना धरकर मुझको चुगाते हैं। सारे देश में मेरी छवियाँ दिखाई जाती हैं। और यह सुन्दर मित्र मेढक पात्रा-पात्रा करते हुए सारे तालाब की मछलियों को मेरी यशगाथा सुनाता रहता है। अपनी छवि मलिन करने को उससे काहे वैर मोल लूँ, वह भी एक चींटी के कहने से? चल भाग।"

निराश चींटी अब महाराज के उपवन जा पहुँची। महाराज तो भीतर योगाभ्यास कर रहे थे, बाहर उनका खतरनाक जरमन कुत्ता बैठा था। "भाई रॉटवेलर! तुमको हिटलर की आन, जरा महाराज से कहो कि वे मोर, साँप, सँपेरे, मेढक को आज्ञा दें। वे मेरे डूबते बच्चे को बचाने को आगे आने से इनकार कर रहे हैं।" चींटी रोकर बोली।

रॉटवेलर गुर्राया, "मुझे क्या पड़ी है कि साहिब को योगाभ्यास के बीच तेरा सन्देसा दूँ? मोर वैसे भी उनका बड़ा चहेता है। भला चाहती है तो यह दोषारोपण बन्द कर। दफा हो अब वरना ..."

चींटी खिसक ली। जाते-जाते उसे महाराज की मुँहलगी अप्सरा उर्वशी की बिल्ली दिखी। "बिल्ली मौसी, बिल्ली मौसी," चींटी गिड़गिड़ाई, "तुम तो महाराज की प्रिय उर्वशी नर्तकी की मुँहलगी हो। तनिक उनसे कहो कि वे रॉटवेलर भैया को महाराजा से पिटवाकर उससे मेरे डूबते बच्चे को बचाने की मेरी अपील निकलवा

दें, जिसे वह निगोड़ा अपने भखार जैसे पेट में हजम किए बैठा है।"

बिल्ली रानी पहले तनी। पोर-पोर खींचकर अँगड़ाई लेकर उसने धनुष की तरह देह को ताना, फिर जीभ से पंजा, पंजे से मूँछें साफ करती हुई बोली, "मुझे तेरे बच्चे का क्या मोह? बड़ी बेवकूफ है तू! तुझे राजमहल के कायदे का कोई पता नहीं, कि यहाँ किसके पेट से कौन, कैसे, किसका भेद निकलवाता या नहीं निकलवाता। चल भाग।"

अँगड़ाई लेकर नर्तकी की बिल्ली पेड़ पर जा चढ़ी।

निराश चींटी को तभी महल के बाहरी कोने में रखा एक डंडा नजर आया। बड़े जीवों से तो उसकी आस टूट चुकी थी, अब वह डंडे के पास गई और बोली, "भाई डंडे, तू भी काटकर अपनी वृक्ष माता से जबरन अलग किया गया, फिर तुझे छीला गया, तुझ पर रंदा चला, तुझको तो पता है हम गरीबों पर कैसी बीतती है। मुझ दुखियारी, बच्चे से बिछड़ी गरीबनी को तेरी मदद चाहिए। देगा?"

"देख भैण, मैं तो ठहरा बिलकुल लट्ठ गँवार। न मेरी आल ना औलाद। पर माँ की याद तो हिये में है ही। तू भी उसकी तरैयाँ अपने बच्चे से जुदा हुई, सो तेरी इतनी भर मदद कर सकता हूँ कि तू जिसे कहे उसे पीट दूँ। पर मुझे कोई दोनों हाथों से चलानेवाला होना चाहिए।"

"जीता रह मेरे भाई," चींटी बोली, "सच कहते हैं, जब किसी की न चले तो फिर अन्त में लट्ठ ही बोलता है। खोजती हूँ कोई छोटा गरीब बन्दा।"

चींटी की नजर बगीचे में तितली पकड़ते एक अनाथ बच्चे पर गई। वह उसके पास जाकर बोली, "बच्चा, मेरा बेटा तालाब में डूब रहा है। लट्ठ मदद को राजी है पर मैं इन हाथों से लट्ठ किस तरह चलाऊँ? मुझे यह लट्ठ चलाने को तेरी मदद चाहिए।"

लड़के का बाप मशहूर लठैत था पर उसे अभी लट्ठ चलाना नहीं सिखा पाया था कि एक बार लड़ाई के दौरान मारा गया था। माँ थी नहीं, खुले में सोना, माँगे का खाना। महाराज-फहाराज से वह न डरता था। उसका क्या कर लेंगे?

लड़का तो बस यह सोच के खुश हुआ कि आखिरकार उसे लट्ठ भँजाई का मौका मिल रहा था। तुरत लट्ठ को उठा लाया और बोला, "चल मौसी।"

"चल मेरे साथ तुझे बताती हूँ किसे डराना है।" खुश-खुश चींटी बोली।

चींटी और बाल लट्ठमार और लट्ठ संग-संग चले।

जैसे ही चींटी को पेड़ तले धूप में पसरी बिल्ली दिखी, उसने आँख से इशारा किया। लठैत बिल्ली के पीछे पड़ा तो बिल्ली भागी राजनर्तकी की ओर, कहती हुई कि "उर्वशी जी, तुरत महाराज के रॉटवेलर से कहला दें कि वह महल के भीतर जाकर चींटी का सन्देसा उनको दे दे, वरना यह लट्ठ मुझे मार डालेगा।"

अपनी प्रिय बिल्ली को बचाने के लिए नर्तकी ने भागकर वैसा ही किया।

अब लठ पड़ा रॉटवेलर के पीछे। वह भी 'त्राहिमाम्' करता सन्देसा देने भीतर भागा महाराज, बचाइए।

महाराजा ने अपने अंगरक्षक और विश्वस्त कुत्ते को बचाने के लिए मंत्री जी से मोर को हुकुम भेजने को कहा, कि समय कम था। इसलिए मोर से साँप को डरवाने की बजाय सीधे महाराज का नाम लेकर उस पात्रा-पात्रा टर्रानेवाले मेढक को डरवाया जाए। और कहा जाए कि बहुकुम महाराज वह सारा काम छोड़कर चींटी के डूबते बच्चे को तुरत पानी से निकालकर उसकी जान बचाए।

साहिब कहें सौ सुजान! तुरत-फुरत ऐसा ही किया गया।

हुकुम पाते ही मेढक ने तुरत इतराना बन्द किया और तुरत पानी में कूदकर चींटी के बच्चे को बाहर ले आया। चींटी ने नन्हे लठैत और लट्ठ का बहुत-बहुत शुक्रिया अदा किया, और बच्चों को घेरकर घर ले चली।

पर चींटी भूली न थी कि उसके दुश्मनों में अब भी बच रहे थे साँप और सँपेरा।

अपने सुरक्षित बच्चों को बिल में ले जाने के बाद उनको खिला-पिला सुलाकर चींटी उनको सबक सिखाने वापिस आई।

पहले वह गई सँपेरे की कुटिया में। वह सर पर हाथ धरे बैठा था। उसकी पिटारी खुली थी। गुड़गुड़ी का मसालेदार तम्बाकू पीते हुए तनिक आँख लग गई तो साला साँप निकल ही भागा। उसको दिखाकर, नचाकर होनेवाली मेरी तो कमाई अब बहुत कम हो जाएगी। वह अपने बीबी-बच्चों से कह रहा था।

चींटी जाकर बोली, "देख रे सँपेरे, तूने मुसीबत में मेरी मदद नहीं की, पर मैं माँ हूँ। सो तेरे बीबी-बच्चों का सूखा मुँह देखकर तुझे मदद के लिए बताती हूँ। मुझे एक बांबी का पता है जिसमें एक बड़ा-सा नाग घुसा हुआ है। तू बीन लेकर मेरे साथ चल और उसे बाहर निकालकर पकड़ ला।"

अन्धा क्या माँगे? दो आँखें! सँपेरा तुरत झोली और बीन लेकर चींटी के संग हो लिया।

बीन सुनकर साँप झूमता हुआ बाहर आया तो चतुर सँपेरे ने उसे दुम से पकड़कर झोली में बन्द कर लिया। "अब घर जाकर इसके जहर के दाँत उखाड़ दूँगा। देखना चाहे तो तू भी चल," वह चींटी से बोला। चींटी संग-संग चली। साँप को छटपटाते देखकर उसको बहुत सुख हुआ। सँपेरे की बीबी ने उसको, उसके बच्चों के लिए ढेर सारा चून (गेहूँ का पिसा आटा) दिया।

चींटी रानी खुश-खुश घर को वापिस आई।
बिना डरे बड़ों से लड़कर एक नन्ही चींटी ने फतह पाई।
तुम भी पाओ, सोने जाओ, नानी की खाली करो रजाई।

बहुरुपिये राक्षस और दो भाइयों की कथा

क्या लोककथाओं से राज-समाज को बदला जा सकता है? यह सवाल पूछनेवालों को मालूम हो कि लोककथाएँ कोई एक जन नहीं बनाता। वे एक लम्बे मिले-जुले जातीय इतिहास की पैदावार होती हैं। उनमें हर अच्छा कथावाचक कुछ-कुछ अपना जोड़ता चलता है। इसलिए श्रोता-पाठकों को कई बार लोककथाओं में छुपे ज्ञान, संयम, अहिंसा और अनासक्ति के सन्देश बिना लागलपेट के मिल जाते हैं। 2000 बरस पहले कुछ इसी तरह की कथाएँ बुद्ध और महावीर ने पहचानकर उनको बोधि ज्ञान से जोड़ा और एक हिंसक, उजड्ड और जातिवादी राज-समाज का मन बदल दिया। बाद में उनके शिष्यों ने इन तमाम बोध-कथाओं को लिखकर संकलित किया। इस बार की कथा जैन ग्रंथों में संकलित लोककथाओं के ऐसे ही एक संकलन (नायाधम्म कथा-9) की है। थोड़े फेरबदल के साथ यही कहानी बौद्ध ग्रंथों (दिव्यावदान और वलाहस्स जातक) में भी मौजूद है।

बहुत पहले चम्पानगर में माकंदी नाम का एक बड़ा व्यापारी रहता था। उसके दो बेटे थे : जिनरक्षित और जिनपालित। दोनों चतुर और साहसी थे और बचपन से अपने पिता के जहाजों में लवण के समन्दर में नावों में माल लादकर विदेशी वणिज व्यापार से भरपूर धन कमाते रहे थे।

जब घर में बहुत धन आ गया तो कुछ दिन व्यापार का काम छोड़ माकंदी के परिवार ने सुख से कुछ साल बिताए। पर जवानी दीवानी तो होती ही है।

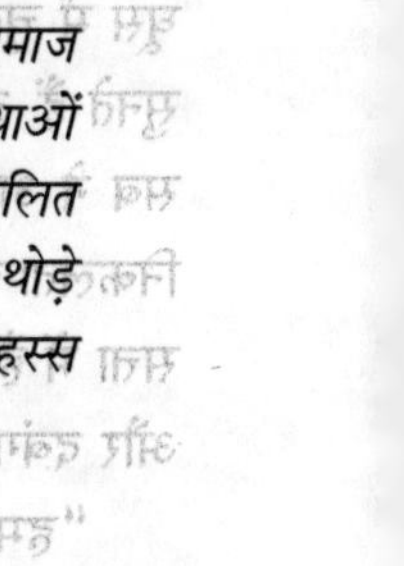

एक दिन लेटे-लेटे दोनों भाई उबासी ले रहे थे। बड़ा जिनरक्षित बोला, "यार, बहुत दिन हुए यात्रा पर नहीं निकले। यह भी क्या दिन भर खाना, गप्प मारना, रात को उबासी लेते हुए छपरखट पर सो जाना?"

"सही कहा दादा," जिनपालित बोला। मैं भी इस सबसे उकता चुका हूँ। चलो माता-पिता से पूछकर हम दोनों फिर से नया माल लदवाना शुरू करें और एक चक्कर और परदेस का लगा आएँ।"

माता-पिता को कई और माता-पिताओं की तरह भाइयों का यह विचार बिलकुल पसन्द नहीं आया।

पिता ने कहा, "बेटा, यह नादानी है। इतना कमा चुके हो, अब तुमको और क्या कमाना? आराम से घर पर रहो, अपनी उम्रवालों के साथ जमकर कुछ दिन मौज-मस्ती करो।

"आजकल आयात-निर्यात का पर्यावरण पहले की तरह नहीं रहा। समुद्री तूफान तो बढ़ ही गए हैं, तिस पर पहले परदेस के हर द्वीप का मालिक लम्बे समय तक कोई एक होता था। उनमें से कुछ से दोस्ती करके, कुछ को माल का कुछ हिस्सा घूस में चुकाकर और कुछ को चकमा देकर हम अपना काम साधते रहे। पर अब सुनते हैं अधिकतर द्वीपों में कई-कई डाकू और लुटेरे शासक राज करते हैं। उन सब ने अपने अलग-अलग गठजोड़ बना लिए हैं। कभी किसी गठजोड़ का राज निकलता है, तो कभी दूसरे दल का। कल जो व्यापारिक संधि की थी उसे आज जो सत्ता में हैं, वे नहीं मानते। बस हरेक नए गठबन्धन में व्यापारियों के प्रति लालच और दबंगई दुगुने होते जाते हैं।

"हम वणिकों का तो समुद्र की यात्रा से कुशलतापूर्वक लौटना कठिन हो रहा है। ऐसे में इस यात्रा का विचार तो छोड़ ही दो।"

माता बेटों से रोती हुई बोली, "क्यों नाहक नमक के समन्दर में यात्रा कर रहे हो? इतना बड़ा घर है। हर तरह की सुख-सुविधा है। शहर में तुम दोनों के इतने हमउम्र दोस्त हैं। सबको छोड़-छाड़कर खतरनाक यात्रा का फितूर कैसा? कुछेक बरस में दो अच्छी लड़कियाँ देखकर तुम्हारी शादी कर देंगे, फिर अपनी-अपनी गिरस्ती चलाना आराम से। ठीक है?"

"नहीं," जिनरक्षित और जिनपालित बोले।

अगले ही दिन अपनी नाव में बहुत सारा माल लदवाकर दोनों भाई दूसरे व्यापारियों के साथ विदेश-यात्रा को निकल गए।

उनकी नाव कुछ ही दूर पहुँची थी कि हाय, जोरदार समुद्री अंधड़ शुरू हो गया। सर पर कड़कते बादल, कौंधती बिजलियाँ, मूसलाधार पानी, और पैर तले हवा के प्रचंड प्रहार से पछाड़ें खाता नमक का समन्दर! नाव गेंद की तरह ऊपर-नीचे उछलने लगी। लहरों के थपेड़ों से नाव की कीलें निकल आईं, जोड़ खुल गए, तख्ते टूटकर गिरने लगे। जब रस्सियाँ, पाल, पतवारें, मस्तूल एक-एक कर समुद्र में समाने लगे तो क्या यात्री, क्या अनुभवी मल्लाह सब घबरा उठे। फिर एक हवा का बड़ा-सा झोंका आया और नाव एक बड़ी समुद्री चट्टान से टकराकर टुकड़े-टुकड़े बन गई। सारा माल डूब गया और जिनपालित और जिनरक्षित को छोड़कर बाकी सब जाने कहाँ गए पता न चला।

सौभाग्य से दोनों भाइयों के हाथ दो लकड़ी के तख्ते लग गए थे। उनकी मदद से वे तैरते हुए पास के एक हरे-भरे द्वीप में आ लगे। जाने कितनी देर तकरीबन बेहोश दोनों भाई तट की बालू में चिम पड़े रहे। फिर उठकर चलने लगे। तूफान जैसे उठा था, वैसे ही बिला चुका था। खिली धूप में नीले आसमान के नीचे फैला द्वीप बड़ा ही सुन्दर दिखता था। दूर पेड़ों के झुरमुट से घिरा एक बगीचा और महल भी दिखाई दिया। नारियल के पेड़ों तले दोनों भाइयों ने एक मीठे झरने का पानी पिया, कुछ फल खाए, नारियल के तेल से अपने बदन की मालिश की और महल की तरफ बात करते हुए चले कि उनके साथ घर छोड़ने के बाद क्या कुछ हुआ था।

महल के सामने वे खड़े हुए ही थे कि भगवा रंग के महल की मालिक लाल साड़ी पहने बहुत सुन्दर नेत्रों वाली एक देवी त्रिशूल लिये बाहर आई और कहने लगी, "ओ सुन्दर युवाओ, चलो तुम दोनों अब मेरे साथ मेरे महल में मेरे बनकर रहो। मेरे साथ रहोगे तो ऐश करोगे। वरना इसी त्रिशूल से अभी तुम्हारे पेट फाड़ देती हूँ।"

दोनों भाई डर से काँपते हुए महल के भीतर जा घुसे, और देवी का दिया भगवा पट्टा गले में डालकर उसके दल के सदस्य बनकर उसके महल में बारी- बारी से उसे सुख देते हुए रहने लगे।

एक दिन देवी बोली, "मुझे खबर मिली है कि समुद्र बहुत गन्दा हो गया है

और वह तमाम सारी गन्दगी तट पर छोड़ रहा है। मैं समुद्र तट स्वच्छता अभियान के लिए जा रही हूँ, कुछ दिन में वापिस आऊँगी। तुम लोग यहीं रहना।

"यह सारा द्वीप हमारा ही है, सो मन ऊबने लगे तो तुम बीच में सदा बरखा-बहार के मौसम वाली फूलों से भरी पूर्व दिशा में जा सकते हो। वहाँ से ऊब गए तो उत्तर दिशा को निकल जाना, जहाँ हिम से भरे पर्वतों के बीच घाटियों में हमेशा शरद और हेमन्त का सुगंधित मौसम रहता है। और कहीं जाना चाहो तो पश्चिम के वन में भी सैर-सपाटे को जा सकते हो। वहाँ हमेशा वसन्त और ग्रीष्म ऋतु रहती है और तैराकी के साथ तरह-तरह के आम, जामुन जैसे फलों का आनन्द लिया जा सकता है। इस तरह कुछ दिन मन बहलाकर फिर महल में वापिस आ जाना।

"पर खबरदार दक्षिण की तरफ बिलकुल न जाना। वहाँ का पर्यावरण बिगड़ चुका है। वजह यह, कि वहाँ एक बड़ा जहरीला अजगर रहता है। वह हमारे दल के कई आज्ञा न माननेवालों की तरह तुमको भी देखते ही मार डालेगा।"

"जी," दोनों भाई बोले।

देवी के जाने के बाद दोनों भाइयों ने थोड़ा समय तो भगवा महल में बिताया, फिर बाहर निकल गए। कई दिनों से महल में रहकर उकता गए थे, सो पूर्वी और उत्तरी वन की सैर कर पश्चिमी जंगल तक भी घूम आए।

फिर उन्होंने सोचा, भला इतनी निरापद जगह में भी देवी ने हमको दक्षिण की तरफ जाने को मना काहे किया होगा?

अब दोनों भाई दक्षिणी वन की तरफ चल पड़े।

कुछ पास जाने पर उनको दुर्गंध आई। और पास गए, तो किसी की हल्की कराहने की आवाज भी कानों में पड़ने लगी। नाक को अपने भगवा पटके से लपेटकर वे उस तरफ चले। जो देखा वह बड़ा डरावना था। एक वधस्थान था जहाँ चारों तरफ चबाई-अधखाई हड्डियों और चमड़े की ढेरियाँ थीं, उनके बीच एक बुरी तरह घायल उनकी ही आयु का आदमी करुण स्वर में कराहता था।

जिनपालित और जिनरक्षित डरते हुए उस पुरुष के पास पहुँचे। मालूम हुआ कि वह सुन्दरी तो देवी नहीं, एक मांसभक्षी राक्षस है। देवी के रूप में वह पहले राह भटकों को आकर्षित कर पहले अपने भगवा महल ले जाकर जबरन अपने दल की सदस्यता की शपथ दिला देता है। पर फिर मन भर गया, तो कोई छोटा-मोटा

अपराध निकालकर रात को अपने शिकार को अपना असली रूप दिखाते हुए यहाँ ला पटकता है। और उसका कलेजा निकालकर बलि दे देता है।

"मैं काकंदी का व्यापारी हूँ," पुरुष बोला, "नाव पर काफी माल लदवाकर परदेस को निकला था, कि द्वीप के पास भारी तूफान आया और मेरी नाव समुद्र में डूब गई। एक तख्ते के सहारे तीन दिन तक बहता हुआ मैं इस द्वीप में आ लगा। भगवा महल की यही सुन्दरी मुझे भी अपने महल में ले गई और यही भगवा पटका पहनाकर मुझे अपना आदमी बना लिया। फिर कुछ दिन बाद एक साधारण से अपराध हो जाने की कहते हुए उसने रात को राक्षस रूप दिखाया और खींचते हुए मुझको यहाँ लाकर मेरा जिगर नोच खाया। हाय, अब न बचूँगा। पर तुम दोनों बच सको तो भाग जाओ।"

दोनों भाई यह कथा सुनकर डर से काँपते हुए बोले, "हम तो ठहरे महल के कैदी परदेसी, मरने से पहले तू ही हमको बचने की कोई राह बता जा।"

कराहता व्यापारी बोला, "देखो, पूर्व के वन में हर चतुर्दशी, अष्टमी, अमावस्या और पूर्णिमा को अश्वक नाम का एक बचावनहार यक्ष आसमान से उतरता है और समुद्र के पास से चिल्लाकर वह पूछता है, 'किसको बचाना है? किसको पार उतारना है?' तुम दोनों भाई दौड़कर उसके पास जाना और हाथ जोड़कर विनती करना कि 'भैये हमको किसी तरह इस स्त्री-पुरुष—इस वन राक्षस से बचाओ। हम दल की सदस्यता छोड़ आए हैं। इस अपराध में वह तो भगवा महल लौटने पर हमको अब जीता न छोड़ेगा।' विनयपूर्वक कहना, 'हे यक्ष, हम पर कृपा कर, हमारी रक्षा कर'।"

इतना कहकर पुरुष ने अन्तिम साँस ले ली और दोनों भाई तेजी से पूर्वी वन की तरफ़ भागे।

पूर्वी वन जाकर दोनों ने सरोवर में नहाया और कमल के फूल हाथ में लेकर तट पर खड़े डर से काँपते हुए बचावनहार यक्ष का इन्तजार करने लगे। गरुड़ के पंखों जैसी फटफटाहट के साथ यथासमय यक्ष उतरा। विशाल शरीर, लाल-लाल आँखें। भाइयों ने उसको कमल के फूल चढ़ाए और प्रार्थना करने लगे कि उनको इस सुन्दरी रूपधारी राक्षस से बचाए।

यक्ष बोला, "देखो माकंदीपुत्रो, मैं तुमको बचा सकता हूँ, लेकिन एक चेतावनी

है। जब तुमको अपनी पीठ पर बिठाकर मैं उड़ता होऊँगा, वह देवी के रूपवाला राक्षस नीचे से तुमको काफी डराएगा, तरह-तरह के लालच भी दिखाएगा। पर तुम न डरना, न लालच में पलटकर उधर देखना। तुम तनिक भी विचलित हुए तो मैं तुमको सीधे नीचे फेंक दूँगा, जैसे तुम्हारे देस के एक हाथी ने अपनी पीठ पर योगासन करते एक ढोंगी बाबा को पटक दिया था। फिर भगवा देवी तुम्हारी भारी जो दुरगत करेगी, उसका दोष मुझे मत देना। क्या समझे?"

माकंदीपुत्रों ने यक्ष की बात मान ली। अब यक्ष एक पंखों वाला घोड़ा बनकर दोनों भाइयों को पीठ पर बिठा उनके देश को ले उड़ा।

उधर कामरूप कामेच्छा के इन्द्रजाल की मदद से देवी बना राक्षस महल लौटा, तो समझ गया कि दोनों भाई फरार हो गए हैं। वह तट पर देवी रूप में त्रिशूल तथा सोने के सिक्कों की पोटली बारी-बारी से लहराते हुए मधुरता से कहने लगा, "हे माकंदीपुत्रो, तुम भगवा महल की सदस्यता छोड़कर इस भद्दे से यक्ष की पाल्टी में शामिल काहे हो गए? इतने सारे राज सुख त्यागकर कहाँ उड़े जा रहे हो? वापिस आओ तो इससे दूना धन पाओगे। जो माँगोगे वही मिलेगा।"

फिर भी बात न बनती देखी तो राक्षस ने फटाक से सुन्दरी देवी का बाना छोड़ा और एक गंजा और भयानक मोटे गले से चिल्लानेवाला राक्षस बन गया। त्रिशूल लहराता हुआ अब वह जोर-जोर से चीखने लगा, "साले दलबदलू माकंदी की औलादो! तुम दोनों ने दुश्मनों से हमारे बारे में अफवाहें सुन-सुनकर दल बदल लिया, बुरा किया, पर वणिक होकर भी सोने का मोह छोड़कर दूसरे दल में शामिल हो गए, और भी बुरा किया!"

राक्षस को सुनकर छोटे जिनपालित को बड़ी उत्सुकता हुई कि वह देख तो ले, कि राक्षस की थैली है कितनी बड़ी?

देख तो लें, उसने जिनरक्षित से कहा। पर वह बोला, "सुना नहीं कि यक्ष ने क्या कहा? खबरदार, जो तू तनिक भी हिला।"

"यार दादा, तुम रहे बुद्धू के बुद्धू ही," जिनपालित बोला, "माल तो गया पानी में सोना लेकर फिर भाग चलेंगे।" यह कहकर उसने अपनी गर्दन मोड़ी। पर यह होते ही घोड़े रूपी यक्ष ने पीठ झटककर उसको नीचे समुद्र में गिरा दिया।

बस अब देवी का बाना बदलकर राक्षस तुरत जिनपालित पर झपटा और

अट्टहास करते हुए उसने तुरत उसका सर धड़ से अलग कर उसकी देह के टुकड़े-टुकड़े कर दिए।

भाई की चीखें सुनकर भी जिनरक्षित बिन हिले-डुले यक्ष की पीठ पर सवार रहा। छोटे भाई के गिरने और चिल्लाने की आवाज सुनकर भी उसने कोई हरकत नहीं की।

राक्षस अगले समुद्री हादसे के शिकार की प्रतीक्षा में अपने भगवा महल वापिस लौट गया।

जान बची तो लाखों पाएँ, लौट के बुद्धू घर को आएँ।
चतुर सयाने दल बदल-बदल के अन्त में गच्चा खाएँ॥

कवि चोर के लव जिहाद की कथा

कथाकार जन्मजात उठाईगीरे होते हैं। जहाँ रसवंत किस्सा दिखा, तोते की तरह लोभ संवरण न कर सके, तुरत उसे कुतर लिया। फलों की बगीची की ही तरह कथाओं के बाग से कुछ पुराने गल्पों (गप्पों?) में चोंच मारने को पुराने समय के संस्कृत मीमांसाकारों ने चोरी नहीं स्वीकरण कहा है। यानी मूल को पचाकर उसकी नए सिरे से पुनर्रचना। अस्तु।

प्रेम की इस कथा का स्वीकरण 8वीं सदी की एक लघु प्रेमकथा चौरपंचाशिका और उत्तराखंड के लम्बे लोकगीतों को एक साथ कथारस में घोलते हुए बना है। चौरपंचाशिका वसन्ततिलका छंद के पचास श्लोकों में एक कवि हृदय चोर और राजकुमारी के बीच के निषिद्ध प्रेम की आत्मकथा कहता है। धारणा है कि यह दुखान्त प्रेमकथा काश्मीरी कवि बिल्हण ने रची।

पर धारणा का क्या?

सवा अरब के देश की सवा अरब धारणाओं पर क्या बिचारे नीति आयोग? प्रमुख कह बैठे कि भारत में लोकतंत्र कुछ अधिक ही है!

उनकी जो गत बनी सो बनी, पर सरकार बहादुर के कई बड़ों की राय में लव जिहाद यानी वर्जित प्रेम जो है सो इस्लाम की फतह के साथ ही भारत में घुसा। हम असहमत हैं।

वसन्ततिलका छंद में कही गई चौरपंचाशिकी ठोस सबूत है कि 8वीं सदी के म्लेच्छ विहीन अतीत में भी दो अलग-अलग जाति-कबीलों के बीच निषिद्ध प्रेम का बिरवा अकारण, अनायास ही उपज जाया करता था और उनका अन्त भी सदा भला नहीं होता था।

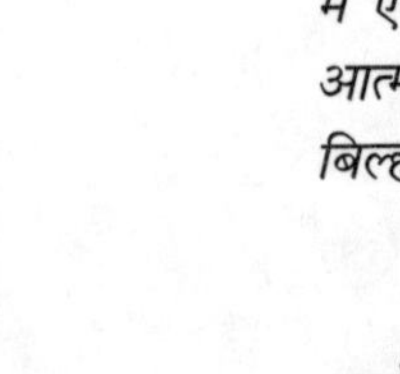

चौरपंचाशिका के तीन पाठ काश्मीर, वाराणसी और दक्षिण भारत से मिलते हैं। क्या इसे इस बात का प्रमाण माना जाए कि सामाजिक तौर से वर्जित प्रेम हमेशा से एक अखिल भारतीय रुचि और युवा प्रयोगधर्मिता का विषय रहा है। लिहाजा कुल जमा यह, कि हमारे पूर्वज भी यह गुनाह बार-बार करते रहे हैं और उनके कबीलों-बापों का रिएक्शन भी पीढ़ी-दर-पीढ़ी बदला नहीं है।

शायद हम सभी रोमांटिकों की तरह चौरपंचाशिका सरीखी कविता के प्रेमियों को उम्मीद थी, कि जब तक जिहादी कवि सूली तक पहुँचेगा, कला प्रेमी राजा उसकी कविता से पिघल चुका होगा। और उसे प्राणदान देकर शायद राजकन्या का हाथ भी उसे थमा देगा। पर हा हंत, इस पर भी मतभेद है।

करुणा से पिघलकर अपने चुगे फलों से हमने इस कथा में सुदूर उत्तराखंड से सुनी निषिद्ध प्रेम की अमर कथा मालूशाही को भी ला जोड़ा जिसे घुमन्तू गायक गाते आए हैं। द्रोणगिरि पर्वत की छाया में अलग कबीलों : तिब्बती सीमांत के अमीर शौका व्यापारी सुनपति की बिटिया राजुला और बैराठ के क्षत्रिय राजा के बेटे का प्रेम प्यूणी के फूल सा स्वयमेव उपजा, फिर सुनजै (सोनजुही) की लतर सा परवान चढ़ गया। राजुला मालूशाही की कथा अलकनन्दा की तरह साथ-साथ बहती आई अनेक उमगती, उच्छृंखल प्रेमकथाओं को भी ले आई। अब उन सबके संगम से बनी इस प्रेम सुरसरि को जो लेखक जगह न दे, उसकी लेखनी को सराप न लगता? सो भूल-चूक लेनी-देनी सहित हम शुरू करते हैं राजकुमारी यामिनी पूर्णतिलका और चोर कवि के लव जिहाद की कथा।

एक राजा था। उसकी दुलारी बेटी यामिनी पूर्णतिलका ने एक दिन अपनी सहेलियों से कहा : "हम छोरियों ने जनम से अब तक महलों के भीतर बूढ़ियों की चौकीदारी तले उनकी बासी कथाएँ और प्रवचन सुन-सुनकर अपनी मूँड़ी महलों में ही छिपाए रखी। आज तक उनकी ही आँखों से हमने जितनी उन्ने दिखाई बस उतनी दुनिया देखी। चलो आज जब वे दिन में खर्राटे भर-भरकर लार चुआती हुई सोती होंगी, हम चुपचाप जाकर स्वयं बाहर की दुनिया भी देख आएँ।"

छोकरियाँ तो छोकरियाँ। बूढ़ियों को चरका देकर बाहर भागना सबको सुहाया। सब राजी हो गईं। तुरत।

गर्मी की दोपहर में जब रनिवास से गेट पर तैनात सब बूढ़ी कुटनियाँ और खोजासरा फसाफस सोते थे, छोकरियों की चिड़ियों सी टोली बाग के रास्ते फुर्र हुई। पास जाकर वहीं किसी झुरमुट में कोई बड़ी मीठी बंसी बजती सुनी। छोरियाँ राजकुमारी के साथ-साथ उधर को चल दीं।

जाकर क्या देखती हैं कि एक साँवली-सलोनी बोतल सी सुती जवान मरद की जाँघ, पेड़ की पत्तियों के बीच लटक रही है। पत्तियों में छुपा उसका अनदिखता मालिक बाँसुरी से उनको कुछ-कुछ चिढ़ाता-सा ऐसे टेर रहा है, जैसे उसे अटल भरोसा है वे खिंची चली आएँगी।

शैतान राजकुमारी ने पेड़ को झकझोरा।

अचानक कूदकर एक रूपवान बलिष्ठ युवक पेड़ से निकलकर धम्म से राजकुमारी के ऐन सामने आन खड़ा हुआ।

"मुझे पीने को पानी दे दो!" वह राजकुमारी की आँखों में आँखें डालकर बोला।

राजदुलारी राजकुमारी ने नहीं दिया। क्यों देती? पानी खींचना तो दूर, वह जो दसियों को अपने लिए एक गिलास पानी लाने को कह सकती थी इस ढीठ लंगर को पानी काहे देती?

"क्यों दूँ तुझे पानी? तू मेरा कौन?" राजकुमारी हँस पड़ी। उसके गालों पर दो गढ़े। युवक को लगा वह उनका ही रस पीकर तृप्त हो सकता है।

राजकुमारी हँसी तो उसकी सब सहेलियों को भी हँसी का दौरा सा पड़ गया।

झनकारो, झनकारो, झनकारो,
गोरी प्यारो लगै है तेरो झनकारो।

"तुम हो कौन?" यामिनी रत्नतिलका ने पूछा।

"मैं मनुष्य हूँ और अपनी माँ के पेट से निकलकर आया हूँ।"

बात सुनकर हँसी की एक और लहर छोरियों को हिला गई।

"तुम्हारे साथ ब्याह कर लूँ तो भी पानी नहीं दोगी?"

"तेरे जैसा पति हुआ तो उससे तो मैं सौ घड़े पानी भरवाऊँगी।" इतना कहकर

नटखट छोरियों की वह इठलाती टोली पैंजनियाँ बजाती महल को चल दी।

मृगी सी चितवनवाली, कनकचम्पा की रंगतवाली राजकुमारी जाने क्यों मुड़-मुड़कर बाँसुरीवाले युवक देखती रही।

बजेली झाँवर छमाछम ओ हो, ठमाठम चले जब
पीछे देखके आगे-आगे जानेवाली...

मन सोचता रहा और पैर लौट चले। पैरों के लौटने से क्या? मन सोचता रहा, बजेली तेरी झाँवर छमाछम ओ हो!

पानी पिलाओगी मुझे?

बाहर एक बाँसुरी है जो बन्द भी हो जाती है। पर भीतर की यह कैसी बाँसुरी है जो बन्द नहीं होती। फिर अपने-अपने ठौर में दाखिल होकर दोनों मन बाहर से दूर भीतरघुसरू हो गए।

एक-दूसरे से अपनी-अपनी दूरियाँ तय कीं, पर मन पीछे जाता, पैर आगे।

राजकुमारी ने खाना न खाया।

चोर ने कमन्द नहीं फेंकी।

हुँह, शादी करेगा मुझसे!

मुझसे?

रात, रात, रात। किसी अनजान नदी के कल-कल जल की सी स्वच्छ हँसी पीछा करती। अकेला कवि उठता, पानी पीता, नींद फिर भी नहीं आती। हाय रे किस घड़ी में सामना हुआ राजा की उस कनकवर्णी कन्या से। और क्या जाने वह मृगनयनी कि देश का सबसे शातिर चोर और कवि, जिसे दस सालों से उसके पिता की सारी गुप्तचर सेना खोजती थी, उसके गाल के गढ़ों में डूब चुका, ठगा-लुटा अँधेरे में खुल गई खिड़की से छला खड़ा था।

तू कहीं खोजी नहीं जा सकती थी, युवक ने नदी पर झुकते हुए सोचा। तू दरअसल कहीं है ही नहीं, न इस वन के अँधेरे में, न किसी राजमहल की बगीची में। न तू बाँसुरी में है, न मेरे होंठों की उस फूँक में जो उसमें सुरों के परान भरकर तेरे परान मुझ तक खींच लाती है। तू सिर्फ मेरी आँख की पुतली में बन्द अपना ही रूप है।

कवि मन भ्रमर समान भटकता फिरता रहा जब तक वह चेहरा आँख से ओझल न हुआ। फिर उसने आँखें बन्द कर लीं, और सब कुछ अँधेरा हो गया। फिर वह अपनी कमन्द से घड़ा भरने लगा।

उसी की तरह आधी रात को हिमालय की घाटी में बैराठ का राजकुमार मालूसाही भी जागता था।

उसकी माँ पूछती : बेटा, क्या द्वार पर कोई भूखा खड़ा है? या कि तेरा चरुआ बैल गोठ में नहीं? या तू किसी के प्रेम में पड़ गया है? तू मेरा इकलौता, फिर भी तुझ के भीतर कितनी दुख हैं? बोल, माँ से कैसी शरम जिसने तुझसे भी पहले तुझको नंगा देखा है।

"माँ," मालू गोद में सर छुपाकर बोला, "तुझसे क्या छुपा है? यहाँ तो हाय सुवा रात ढली, कि आँख बन्द करते ही मखमली अँगिया पहिरे सुनपति शौक की नाजों पली राजुला दिखती है। पुन्यू के चन्दा (पूर्णचन्द्र) जैसी, बुरुंश के फूल जैसी, फेरे हुए पान जैसी। उसे देखा नहीं, कि मुझे 'खुद' लग जाती (अनकही व्यथा व्याप जाती) है। सब कुछ अलोना, अनमना।"

बेटा तो जी हल्का करके गोद में सो गया। डरी माँ रात भर जागती रही, हाय इसके बाप राजा को पता चला तो? उसके बाप सुनपति शौक को पता चला तो?

माँ को भी सोचते-सोचते 'खुद' लग जाती।

राजकुमारी यामिनी पूर्णतिलका को भी रात भर करवटें बदलते कभी वंशी की धुन सुनाई देती, कभी हरे-भरे नए चिकने पत्तों के बीच सोने की गदा सी जाँघ अचानक कूदकर एक बाँके युवक में बदल जाती। तिरभंगी खड़ा होकर भारी मेघ जैसा एक कंठ हँसकर पूछता, "पानी पिलाओगी मुझे?"

प्रेम में पराया हुआ मन अपने ही लिए परदेस। न ही दिन-दिन पान के पत्ते सी कुम्हलाती बेटी का बाप कुछ समझ पाता।

बस माँओं को 'खुद' लग जाती जो सब समझ रही होतीं।

हे देवा कैलास परबत के जोगी-दक्ष परजापति की राजलली, छौनों की रक्षा करना। तुम जनों ने भी तो अपने मन से एक-दूसरे का हाथ थामा था?

पर दक्ष का कोप? बबू! सगे दामाद को भी नहीं न्योता जज्ञ में। बेटी जल मरी। दामाद पगला गया। क्या मिला किसी को?

माँओं को 'खुद' फिर लग जाती।

तू बाँसुरी क्यों बजाता है? गुस्से से सोचती यामिनी पूर्णतिलका की नजर गई, अरे! यह क्या? उसकी खिड़की के नीचे सौ घड़ों में पानी भरा रखा था।

जंगली बिल्ले की फुर्ती से वह उसके पीछे से आया और फुसफुसाकर बोला, "ले आया तेरे लिए सौ घड़े जल के! अब तो पानी पिला!"

पानी पीने लगा तो तृप्त ही न हो। न वह, न यह। युग-युग की प्यास।

हर दिन जलाभिषेक।

आखिरकार कवि का वही हुआ जो होना था। राजकुमारी के शयनकक्ष से पेड़ पर छलाँग लगाता वह धरा गया।

'तेरी यह मजाल' कहते हुए उसे बाँधा गया। पीटा गया। फिर उसे सूली पर चढ़ाए जाने का शाही फरमान जारी हो गया। राजा के घर में सेंध?

भैंस की प्यास और क्षत्री के कोप की कोई सीमा नहीं होती। दरबार में बेड़ियों में जकड़े चोर कवि को देखते ही दूध के उफान सा क्रोध राजा के सर चढ़ उफना गया। पर कहता क्या? वह चोर जिसे दस बरस से राज की सारी सेना खोजती थी, उसे शयनकक्ष में पनाह देती उसकी अपनी लड़की को भी तो बाप के मान का ध्यान न रहा!

"दंड दो इसे कठोरतम दंड।" हुकुम हुआ।

महामंत्री ने हाथ जोड़ दिए, "महामना, आपके कलाप्रेम से देश परिचित है। मातृभाषा के पुजारी विमल सरस्वती के दास हो आप! और यह दुष्ट सरस्वती का वरदपुत्र कवि! राष्ट्रहित में मेरा अनुरोध है सूली तक ले जानेवाली पचास सीढ़ियाँ चढ़ते-चढ़ते इस अभागे के मुख से उसकी अन्तिम पचास कविताएँ सुन ली जाएँ।

प्रार्थना मंजूर हुई।

सूली वाले दिन काव्यप्रेमियों और साहित्य-संगीत से शून्य किन्तु अपनी ही धृष्ट सन्तान से छले गए माता-पिता और जबरन अनचाहे विवाहों में डाले गए नागरिकों की भारी भीड़ जुट गई।

कवि चोर जंजीरों में बँधा सीढ़ियाँ एक-एक कर चढ़ने लगा। ढिठाई से मुस्कुराता हुआ वह सीढ़ी-दर-सीढ़ी एक-एक अद्‍भुत श्लोक में अपने विगत प्यार की कथा कहता चला। उसका लक्ष्य राजा नहीं, जो यामिनी पूर्णतिलका का बाप था। मंत्री

भी नहीं, जो उसकी कविता अपने नाम से छपाकर उसे स्वर्णमुद्राएँ भेजता रहा था। वह भीड़ भी नहीं, जो अपने विनष्ट सपनों की सजा उसे भुगतते हुए देखने का पर उत्पीड़न सुख लेने आई थी।

उसकी कविताएँ सिर्फ उन भयभीत मृगी जैसे नयनों को सम्बोधित थीं, जिनकी स्वामिनी खम्भे के पीछे छिपी खड़ी उसको सुनती थी।

आज फिर देखता हूँ मन की आँखों से
सपनों के भँवर तिरते उन आँखों में,
जब-जब शरीरों ने हमको आनन्द में गोता लगाने को पुकारा
जब हम मछुआरे धीरज की डोर सहित मछलियों के बीच सानन्द डूबते थे,
हमारे ऊपर उड़ती चिड़ियों की डार की छाया सी
बन गई थी दुनिया राजा-रानी प्रजा और चोरों कवियों समेत।
माया हमको भँवर में घूमते दारु खंडों सा घुमाती रही...
आज जब प्राण कंठागत हैं
उस अनावृत रूप छुरी का स्पर्श
फिर जबरन खोल देता है उजली खिड़की,
कुछ दूर तक नदी, पहाड़, फिर भँवर, बस भँवर में आनन्द से डूबता मन।

इधर चोर की निष्प्राण देही झूली, उधर राजकुमारी पछाड़ खाकर गिरी फिर न कभी उठी।

आग ने दोनों को दाग दिया। नदी ने दोनों को बहा दिया।

कुछ लोग कहते हैं, राजा ने चोर को माफ करके राजकुमारी का हाथ उसे पकड़ा दिया था।

कुछ का कहना है कि एक झिलमिल करता रथ उतरा आकाश से और सहसा सबका जी फीका हो गया। प्राण अकुला उठे और इसी बीच इन्द्र की परियाँ आकर राजकुमारी और चौर कवि की अँगूठे बरोबर आत्मा को गाती हुई देवलोक ले गईं।

कुछ से हमने यह भी सुना कि कवि ने मरते-मरते अपनी मृत प्रेमिका को अपने प्रिय धनुष की सारी आभा दे दी। लड़की मरकर बादलों की ओट हो गई तो लड़के

की आत्मा उसके गिर्द का इन्द्रधनुष बन गई। जब जब इन्द्रधनुष उगता है, तब तब मोरों के जोड़े केहाँ-केहाँ कर नाचने लगते हैं। उनका आनन्द देखकर आसमान से टप-टप बादलों से जल गिरता है।

भोले लोग उसे कहते हैं वर्षा!

अब किसी को कैसे पता कि क्या हुआ। जो हुआ सो ठीक नहीं हुआ यह सब जानते हैं।

हमने जितना सुना उतना कहा। बाकी तुम जानो, तुम्हारा काम!

सदेई और सदेऊ की कथा

मूल कथा गढ़वाल की लोकगाथा है, पर मायके से दूर बेटियों के सहोदर भाई के लिए मूक लगाव और अपने पितृवंश के लिए अखंड स्वामिभक्ति की ऐसी उदास कहानियाँ हर प्रान्त में पंछियों सी उड़ती मिल जाएँगी। कहते हैं चैत मास उतपतिया हो रामा! पहाड़ों में चैत मास आने पर जब बर्फीली ठंड से सिकुड़ी प्रकृति जागने लगी, तो वनों में घुघुती (फाख्ता) ऋतुरैण के सुर पुकारने लगते हैं, बिलगाई बाछी जैसी बेटियों को मायके न्योतने, और जो न आ सकें उनके लिए माँओं की पकाई भिटौली भाई के हाथ उन तक भिजवाने के लिए। अहा हमारे लिए तू आज भी नानी दाणी नारिंग (छोटी नारंगी) के दाने जैसी है। सपनोन में तेरी मुखड़ी देखी तो 'खुद' (व्यथा) व्याप जाती है।

बिन भाई की बहनों की व्यथा चैत में अन्य सुर भी उठा देती है। "री घुघुती," चैत का गीत कहता है, "मेरे मायके के वन में मती बोलियो, मेरी पुत्रहीन माँ सुनेगी तो रो पड़ेगी।"

घर-घर चैती गाकर दक्षिणा बटोरनेवाले पारम्परिक गायक औजी लोगों की बहार हो रहती है। उनसे ही सुनी ठहरी हमने सदेई-सदेऊ की यह अजब-गजब कहानी।

बहुत समय हुआ एक छोटा-सा परिवार पहाड़ के एक सुदूर गाँव में रहता : माँ-बाप और उनकी इकलौती बेटी सदेई। लड़कों के सौ-सौ निहोरे करो तो भी देही चीड़ का छिलुका (नन्ही छीलन), पर बिन सेवा-टहल के भी लड़कियाँ तो सिसूण की झाँप जैसी बढ़ती जाती हैं, सदेई की माँ ने उसके बाप से कहा। बस। अच्छे घर-वर की तलाश शुरू। अगले

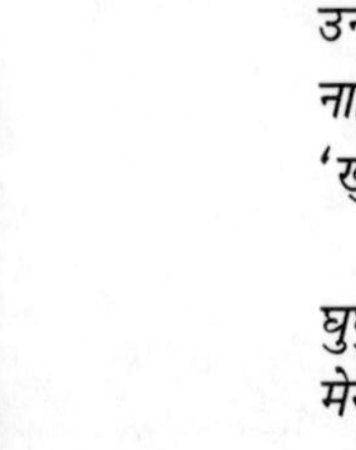

ही बरस लड़ैती गुड़िया खेलणिया, दुधवा पिलनिया, छाजा (छज्जे) बैठणिया, अँगना खेलनिया, नौ बरस की सदेई ब्याह दी गई, दूर गाँव।

यही रिवाज था तब बड़ों का बनाया। उसको कौन तोड़े?

बिन भाई की सदेई विदा हो गई दूर गाँव के लिए। यही रिवाज हुआ हवे (अरी), धी बेटी किसके घर टिकी है आज तक बूढ़ियों ने माँ को समझाया। महाज्ञानी राजा जनक तक यह जुआ नहीं हार आए थे क्या?

रामीचन्द-लछिमन जुवरा जीति लाए, जनक जुवरा हारि आए।
बाग न हारे बगीचा न हारे पिया, मेरी धी काहे हार आए हो?

बरसों बीत गए सदेई को दो-दो बेटे भी हो गए। पर उसके मायके से लेने या तीज-त्योहार पर माँ के पकाए व्यंजनों की भेंट का टोकरा देने कोई नहीं आया। आता कैसे? माँ-बाप बुढ़ा रहे थे। रिवाज के अनुसार वे लड़की के ससुराल का तो पानी भी नहीं पी सकते थे। तिस पर घर के गोरू-बाछी पड़ोसियों के भरोसे छोड़ भी दें, पर चार दिन ऊँचे-नीचे पर्वतों के बीच बिना पुल की नदियों और घने जंगलों के बीच से पैदल जात्रा करने दोनों बूढ़े जनी कैसे जाते?

सास भली न चून की। चैत लगा तो सास भी कभी सदेई को एक ताना जैसा मार देती : "इसका भाई हुआ नहीं, साथ की बहुओं के जैसे, घुघुती और दही की हाँड़ी लाए कौन इसके हेत? हमारे वंश हेत इसने दो-दो बेटे जने, पर उनके लिए भी मालाकोट (ननिहाल) से छूचक कौन लाता? हा री बिन भाई की बहन!"

घर से दूर जानलेवा ढलानों पर भैंस के लिए घास छीलती सदेई कभी कुलदेवी भवानी को उलाहना देती और कभी पहाड़ों को सुनाकर अपना दुख कहती थी :

हो उच्ची डांड्यो, तुम नीसी हो जावा, घनी कुलाडियो तुम छांटी हो जावा,
मैं तईं लागी खुद्द मैतुडा की... बाबा जी को देश देखण देवा...

अरे ऊँची चोटियो, थोड़ी-सी झुक ही जाओ, मुझे बाबा का देस देखने दो।

ओ चीड़ के घने पेड़ो तुम तनिक छोटे नहीं होगे क्या? मेरे भीतर मायके की 'खुद' जग रही है।

गाँव की और बहुओं को भागीरथी के पानी सी चंचल खुश-खुश अपने भाइयों

के साथ मैके जाती देखती सदेई, तो हाँड़ी में उबलते चावल के दाने सी खुद भी मायके जाने को छटपटाती।

अहा आज मेरा भी कोई भाई होता, वह भी दीदी-दीदी कहता मुझे लेने आता। फिर बचपन की यादों पर चुहल करते हम दोनों का गाँव तक का रास्ता बातों-बातों में ही कट जाता।

आखिरकार सदेई ने जंगल एक चौंरी बना ली, और उसमें एक शिलंग का पेड़ रोप दिया। उस पौधे को वह कहती, 'मेरे मायके का पौधा' और घास-लकड़ी के बहाने हर दिन थोड़ी देर उसकी टहल को रुकती।

धीमे-धीमे सदेई का पौधा बढ़ा, उसमें टहनियाँ फूटीं और वह जवान हुआ। सदेई बदस्तूर उसके मजबूत तने पर पीठ टिकाए मेहनत से खुरदरे हाथों से उसको सहलाती, धूप का सेंक करती, अपने सब सुख-दुख उससे कहती रहती।

शिलंग के साथ सुख-दुख कहकर नियम से सदेई भवानी के मन्दिर जाती और भाई के लिए प्रार्थना करती।

आहा रे माया! पानी में फूल डाल पड़ी भँवर ने धँसाई। कहाँ की धी कहाँ बह गई, माया ने घुमाई।

धी तेरा घर कहाँ हो? सब छाया-माया।

शायद कभी देवी को दया आ गई होगी, उसके मायके में भाई जनमा। इससे बेखबर सदेई ने शिलंग के पेड़ को बताया, "जानता है भुला (छोटा भाई), कल रात मुझको सपने में आकर देवी भवानी ने कहा, जा तेरे भी एक भाई होगा। तुझे भेंटने आएगा।"

"मैंने शीश नवाकर उसको कहा, हे देवी, ऐसा हो गया, तब तो तेरे लिए मैं चार-चार पाठों की बलि चढ़ाऊँगी।"

भवानी की लीला। सदेई की माँ को बेटा हुआ यह खबर देने कौन जाता? बस नामकरण के दिन माँ ने आँख में जल भरकर बेटी की याद में पुरोहित से सदेई के भाई का नाम सदेऊ (सहदेव) रखा दिया।

याद तेरी इतनी आई कि मन उजाड़ हो गया मेरी नन्ही नारंगी। बहता पानी थम भी जाए, माँ की छाती जो क्या थमती है?

छोरा भी बहन ही जैसा चेहरा-मोहरा लेके जनमा था हूबहू। बहन के बारे में

पता चला तो उससे मिलने को भागेगा बिन सोचे कि राह कठिन है खतरे इतने।

डर से माँ ने सदेऊ को सदेई की बाबत कुछ नहीं बताया।

समय बीता। शिलंग के पेड़ जैसा मजबूत कद-काठीवाला सहदेव जब-जब चैत में और भाइयों को बहनों के लिए सर पर भिटौली का टोकरा लिये जाते देखता, नि:श्वास छोड़कर सोचता, अहा मेरी भी कोई दीदी होती, जिसे बुलाने मैं उड़कर चला जाता। फिर उसकी गोद में सर रखकर मैं भी घाम तापते हुए उससे सारे चैत भर लम्बी-लम्बी बात करता।

सोचते-सोचते उसे एक दिन सपना आ गया कि सामने दूर पहाड़ की चोटी पर एक शिलंग के पेड़ के नीचे बैठी ऐन-मैन उसके जैसे चेहरेवाली एक लड़की भुला (छोटे भाई) कहके उसे पुकार रही है।

उसने सपना माँ को बताया तो उसका चेहरा फक पड़ गया। स्नेह दुर्बल मन काँप उठा।

"यह तुझे किसने भरमाया बेटा सदेऊ?"

"नहीं माँ, सच-सच बता। तेरी आँख से शिव थान की गगरी जैसे पानी क्यों टपकने लगा?"

माँ बोली, "तू कहाँ जाएगा रे बहन से मिलने जिसे तेरे बाबू ने चार पहाड़ पार ब्याह रखा है। उसकी ससुराल की राह में भयंकर जंगल हैं, जंगलों में खूँखार जानवर हैं, अगल-बगल कई-कई बिना पुल की नदियाँ हैं। तुझे राह कौन दिखाएगा? खाई-खड्ड, नदियाँ कौन पार कराएगा?"

"मेरी आँखें रास्ता दिखाएँगी। हाथ नदी-नाले तैराकर पार करा देंगे। मेरी शिलंग की डगाल जैसी भुजाएँ हमलावर जानवरों को मार डालेंगी; हमारे कुलदेवता मेरी रक्षा करेंगे।"

इतना कहकर माँ की सारी चिरौरी अनसुनी करके सदेऊ बहन को भेंटने चल दिया तो बस चल दिया।

सदेऊ जब जैसे-तैसे अपने सपने में देखे शिलंग के पेड़ के पास पहुँच गया, तो वहाँ खड़ा होकर पास दीखते गाँव को देखने लगा। दीदी ने देखा नहीं पछाणेगी कैसे उसे?

पास की हर पगडंडी, चोटी पर चील जैसी निगाह रखनेवाले गाँव के लोगों

ने, चारा लाने गईं घसियारिनों ने गाँव जाकर सदेई से कहा, "री एक बिलकुल तेरे जैसे चेहरेवाला सजीला लड़का तेरे लगाए शिलंग के पेड़ तले खड़ा है। तेरा भाई तो नहीं?"

"मेरा कैसा भाई री?" सदेई की आँखें भर आईं। मजाक मत करो।

आखिर गाँववाले सदेऊ को बुला लाए। शकल इतनी मिलती थी बहन से कि शक की गुंजाइश ही न थी।

"ले, ये रहा तेरा भाई।" सहेली घसियारिनों ने सदेई से कहा।

भाई ने बहन से कहा, "तू मुझे सपने में शिलंग के पेड़ के नीचे खड़ी भुला करके पुकारती दिखी थी। बस चाह उठी और मैं चार वन, पाँच नदी पार कर चला आया तुझे भेंटने।"

"देवी भवानी दाहिने हुई हैं," रोती हुई भाई को गले लगाती बहन बोली।

"गाँववालो, मेरी मनोकामना पूरी हुई। जाओ सबको कह दो, कल ही अनुष्ठान करा के कुलदेवी को मैं चार तगड़े बकरों की बलि चढ़ाऊँगी।" फिर भीतर जाकर उसने अपने बेटों को बुलाकर कहा, "देखो, ये रहे तुम्हारे मामा। बड़ी मुश्किल से हमारे पाहुन बनकर आए हैं। घर ले चलो इनको। पति को सदेई ने तुरत चार बढ़िया से बढ़िया बकरे लाने को दौड़ा दिया।

मामा-भानजे जल्द ही घुल-मिल गए।

अगले दिन अनुष्ठान की तैयारी पूरी हुई। जग्य की आग जगी। खांडा लिये पुरोहित ने कहा—बलि पशु लाओ। चार बकरे गले में फूलहार डाले लाए गए।

तभी आकाशवाणी हुई, मुझे पशुबलि नहीं, नरबलि चाहिए।

सब भौचक्के रह गए। सदेई का मुँह भी उतर गया पर वह बात की पक्की थी। बोली, "पतिकुल को मैंने दो-दो बंसधर दे दिए, मेरा काम तमाम हुआ। मैं अब खुद अपनी बलि दे दूँगी।"

"नहीं," आवाज आई, "स्त्री बलि वर्जित है। तू अपने इस भाई की बलि दे।"

भाई की बलि? सदेई का शरीर काँपने लगा। "नहीं-नहीं, अपने निरपराध माता-पिता को निरबंसिया नहीं बना सकती मैं। कोख का बेटा मिल जाता है, पीठ का भाई नहीं। फिर छोटा भाई तो मेरा अतिथि है। मैं अतिथि हत्या नहीं करूँगी।"

आकाशवाणी हुई, "तो अपने बेटों की बलि दे।"

पछाड़ खाकर सदेई अग्निहोत्र के पास गिर पड़ी, "अपनी कोख को कैसे सूनी कर दूँ देवी भवानी?"

"रहने दे," आकाशवाणी हुई, "मनुखों की तरह तू भी कह दे तूने झूठमूठ प्रतिज्ञा करी थी। क्षमा कर दो।"

काम पूरा हो गया तो सब यही करते हैं।

सदेई का सोया सत्त्व जागा। दृढ़ सुर में बोली, "मैं सदेई हूँ। आनवाली हूँ। सारा गाँव जानता है मैंने कभी छल-कपट नहीं किया। ठीक है, वचन रखने को मैं अपने हाथों खड्ग से बेटों की बलि देती हूँ।"

गाँववालों के चेहरों पर करुणा छा गई। सदेई की सहेलियाँ बुजुर्ग औरतें बिलख पड़ीं, बच्चों के दोस्त भी बिलबिला उठे पर सदेई पर तो चंडी सवार थी। घर भीतर जाकर बच्चों से बोली, "चलो खेल के वस्त्र उतारो। तुम्हारा मामा नए कपड़े लाया है, वह पहनाती हूँ।"

बच्चों को नए कपड़े पहनाकर उसने दोनों का माथा चूमा और एक-एक वार से दोनों के सर धड़ से जुदा कर दिए।

माँ तो माँ। सोचा एक बार इनका मुँह फिर दुलरा लूँगी। सो उसने सरों को तो एक नरम ओढ़नी में लपेटकर धर दिया और खून से लथपथ दोनों धड़ उठाए बाहर निकली।

उसका बाहर आना था कि फिर आकाशवाणी हुई, नहीं, "बिन सर के बलि स्वीकार नहीं होती। सरों को भी लाओ!"

सदेई सन्न रह गई। फिर उसने कहा, जैसी तुम्हारी माया।

पर भीतर घुसी तो क्या देखती है कि दोनों बालक हँसी-खुशी नए कपड़े पहने खेलते हैं।

बाहर आकर सदेई ने मूर्ति को हाथ जोड़े, "माँ, तूने परीक्षा लेकर मुझे भाई और बच्चे दोनों दे दिए। अब मुझे कुछ चाहना न रही।"

मनुख मर जाते हैं, बस ऐसी सत्त कहानी बच जाती है।

आज भी चैत के महीने में औजी लोग घर-घर घूमकर भाई-बहन सदेई और सदेऊ के सच्चे पिरेम की गाथा गाते हैं।

मरना तो सबने है। फिर भी जीते जी देवी-देवता सुरग से जो क्या उतरकर

किसी का हाथ पकड़ने को आते हैं कि तूने अपनी बात को क्यों झुठलाया? पर मनुख का अपना सत्त भी तो है।

हे देवी, दूध का दूध पानी का पानी करनेवाली, हम सबको सदेई जैसा निडर, अपने कहे पर कायम रहने और बात की लाज रखनेवाला बना।

डरने लगो तो झूठे को सत्त की छाया भी डराती है, डर जाओ तो मतिनाश होता है, मतिनाश हुआ तो अँधेरे मन में छल-कपट धुएँ जैसा पनप जाता है।

न डरो, तो सत्त की दीये की जोत जैसी जागी रहेगी, उस जोत का उजाला अनहोनी को होनी बना देगा। जैसा सदेई के साथ हुआ।

नानी यह कहानी कहते तेरी आँखों से आँसू क्यों बह चले?

नहीं रे, कुछ पड़ गया था। जाओ, सोने जाओ। रात बहुत हुई।

प्रेम की ड्योढ़ी का सन्तरी

हिन्दी में बेहतरीन प्रेमकथाएँ क्यूँ नहीं लिखी जातीं? सालों पहले एक परदेसी समालोचक (गॉर्डन रोडरमल) ने पूछा था। बाद को सुना उसने आत्महत्या कर ली। प्रेम पर पहरा देनेवाला सन्तरी अपनी प्रेत आँख से झील से उगता, अस्त होता समय कुछ अलग तरह से देखने लग पड़ता है। हर नया दिन, नया मृत्युदंड।

हिन्दी की प्रेमकथा बेबस औरत की तरह सूनी चौखट पर खड़ी सहृदय का इन्तजार करती रहती है : न पूरी तरह कथा के भीतर, न बाहर।

जनम भर माँ-बाप से तुम उससे शादी नहीं करोगे जिसे तुम चाहते हो, बल्कि उससे जिसे हम चाहते हैं, सुनता आया औसत हिन्दी लेखक आदि-मध्य-अन्त की ज्यामिति पढ़ा है। तमाम ताखों, दरीचों वाली धूल-धूसरित पुरानी कथा के भूलभुलैये में भटकता कथावाचक प्रेतकथा की खामोश रहियो कि जइयो, चितवन का के करे? कहानी का पिछला छोर खोजे, तो उसे आगे खड़ा पाता है। आगे नकेल थामने भागा गया तो ऐसी दुलत्ती पड़ती है कि सालों पीछे उछलकर जा गिरता है।

कथा अनबनती बनी तिरछी चितवन से धूल झाड़ते उसे फिर भी टकटकी लगाए जोहती रहती है।

हाय गॉर्डन तुम न समझे हो न समझोगे एगो बात। दे और उसको दिल जो न दे तुझको जुबाँ और...

इस बार की कथा कुछ ऐसी ही है। झील के किनारे पेड़ों के झुरमुट में धोबनवाली दरगाह नाम की लगभग ओझल इमारत से सूखे पत्ते की तरह उड़कर बमुश्किल बाहर आई।

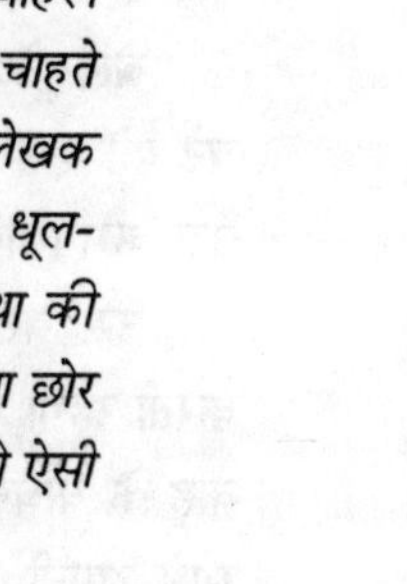

मूल कथाकार था उस दरगाह का फटेहाल एक स्वयंभू चौकीदार। याद सँभालने के बाद से वह हमेशा से इस जगह का रखवाला था।

कोई जनमदाता रहा होगा भी, तो उसका के पतो बीबी?

वह और उसी की तरह पुराने मजार की इमारत में जने कब आ गईं दो बिल्लियाँ हाते में बने एक बिना खिड़कीवाले तंग कमरे में या सहन में पड़ी रहती थीं। उसका काम था दरगाह में झाड़ू देना, जुमे को लोबान जला देना, क्यारी में पानी देना। खा-पीकर सो रहना। अउ का?

हर मजार की कहानी के दस रास्ते। दस दरवाजे।

किसी दरवाजे से घुसकर सीधे चलो तो कहानी नौ दो ग्यारह।

एक दरवाजा खुला।

कहते हैं यह किसी साहँसाह के धोबन के इकलौते बेटे का मजार था।

माँ साहँसाह के हरम से ला-लाकर बेटे की मदद से झील के पानी में साही बेगमात के कपड़े धोती थी। कपड़ों में साहँसाह की इकलौती साहजादी के भी हुआ करै थे कपड़े। नफीस।

बेलबूटेदार, अतर से महकते वैसे कपड़े उसी के तो हो सकते थे, धोबन ने बेटे को एक पोशाक की सुगंध से चकराते देखकर कहा। तौ बेटी बस समझो कि उस कमनसीब के लिए मौत का फरमान लिखवा दिया।

उस बखत उसे के मालूम? यही खराब बात होती है माँओं में। बक-बक करती रहेंगी बगैर जाने कि कितने कान चौकन्ने होकर सुनते हैं हर पल। सो इत्ता कह के धोबन तो नाँद में नील घोलने चल दी, पर धोबन का बेटा उसके बाद दम साधे अपनी अम्मा के साही महल से धुलने के कपड़ों की गठरी लेकर घर आने का इंतिजार करै।

झील किनारे धुलाई का दिन तय था। उस रोज आगे-आगे गठरी लिये धोबन, पीछे-पीछे बेटा। गठरी खुली नहीं, कि सबसे पेशतर वो सूँघ-सूँघ के साहजादी के ही कपड़े गठरी से निकालकर अलग रखता जाता। फिर सबसे बाद को खुद उनको खास अहतियात से धोता। उसकी उँगलियों के दस पोर, दस आँखें बन जाते। जोड़े की आस्तीनें उँगलियों से रगड़ता तो उसे लगने लगता एक नाजुक सा हाथ थामे है हाथ में।

लड़का अपने ही धागों में लिपटा मकड़ा बनने लगा। उसके कान, उसका दिल सब पत्थर पर पछीटे जाते दूसरे कपड़ों से दूर नरमाई से पोशाकों की एक- एक सलवट सफा करता। गन्दगी का नामोनिशान नहीं। अजी बहुत नफीस तबीयत होंगी पहननेवाली साहबा!

तौ बिटिया जानो के जैसे ही साहजादी के कपड़े जल में डलते, हवा में खुशबुएँ तैरने लगतीं। बादल नीचे झुक जाते, आसमान तो पानी में ही उतर आतो। धोबन का बेटा बादल और आसमान की परछाइयों से कहता, हटो, जानते नहीं ये किसकी देही पर डलते हैं?

जल में बड़ी नरमाई से धोबन के बेटे की उँगलियाँ ढाके की मलमल, चीन का रेशम, जरदोजी का काम सबको सहला-सहलाकर एक-एक रेशा साफ करती जातीं, तब तक जब तक जोड़ा ऐसा न खिल उट्ठे जैसे कि पूनम का चन्दा।

फिर बारी आती सुखाने की। जुगान के और साही कपड़े तौ बीबी, सुखाने के लिए पेड़ों पर बँधी रस्सियों पर डाले जाते। लेकिन मजाल जो धोबन का लौंडा साहजादी के कपड़े उस जलमुँही मूँज की खुरदरी रस्सी पर डलने दे।

वह साहजादी के जोड़ों और ओढ़नियों को बहुत हलके हाथों सुखाता। हवा में लहरा-लहरा के पालदार नाव जैसे वह हवा की लहरों पे देर तक साहजादी संग उड़ता सरसर करता। आपस में साहजादी के कपड़े और वह करते बात। संगम पर मिले दरिया की तरह उमड़-घुमड़ के।

कपड़े सूख गए तो फिर धोबन का बेटा उनको उतने ही जतन से तहाता। जोड़ की जगह जोड़, दामन पर चुटकी दर चुटकी हल्की सी लहरियादार चुन्नटें डालता। दुपट्टों पर कलफ संग अबरक छिड़की जाती। सबसे अखीर में बिटिया जानो वो लड़का खुद तोड़ी और छाँव में सुखाई हुई चमेली की कलियाँ पोशाकों की सलवटों के भीतर प्यार से डालकर उनकी तही बनाता।

धोबन हर हफ्ते तैयार कपड़ों की गठरियाँ माथे पर धरे साही महल जाती। दरवज्जे पर खड़ी वह गिन-गिनकर कपड़े खोजासरा को सौंप देती। न एक कम न एक बेशी। चिक के पीछे सुरीली आवाज पूछती गिन लिए न?

"जी," खोजासरा कहता। धोबन सलाम कर घर वापिस।

पर धीमे-धीमे धोबन के मन में बेटे की दसा पे सक हो चलो। के हो चलो?

सक।

हऊ। वजै ये कि उसका बेटा अब पहले की तरैयाँ माँ से न बोलै न चालै। बस दरवज्जे पर खड़ा कपड़न का इन्तजार करै। गठरिया में वापिस धरन तक साहजादी को एक-एक कपड़ा माँ को छूने तक न दे। फिर सीधे झील के किनारे जुगनू-मच्छरों के बीच देर तक काँस के पौधन को ताके।

दरगाह गई तो सूफी ने साँस खींच के कहा, "री घर जा। ये मामिला सीधे साही महलन तक जानेवाला है। हमसे कुच्छ ना हो सकेगो। इसक की आँधी पे किसका बस? जब अकल हो जाए हवा तो किसकी दवा? कैसी दवा? तू पूछेगी तो तुझसे कुच्छ कह भी दे, अब वह तुझसे पराया हुआ जान!"

माँ रोती रही, "हाय बादसा को पता चल ग्यो तो के होवेगो? सीधे मेरे बच्चे को सर कलम कराय देगो।"

निराश होकर लौटी माँ का खाना-पीना छूटने लगा। हर दिन करवट बदलती आँखों-आँखों में रात काटती।

आखिरकार एक दिन वाने बेटे से कह ही तो दयो कि "देख बेटा, साहजादी के सपने मत पाल! साहँसाह को तनिक भनक पड़ गई तो तू जान से जायगो। तेरो सर कटा के भुईं धर जाएँगे वाके जल्लाद!"

"डरियो ना। उससे पहले मैं खुदै न सर भुईं पर धर न दूँगा? ये घर पिरेम के खाला का घर नांय!"

मजार के चौकीदार को खाँसी छिड़ गई।

खाँसने लगा जैसे साँस ही उखड़ जाएगी।

तो बेटी धोबन से उसके बेटे ने हँसकर कहा कि "अम्मा इब तौ हाथ के पोर-पोर में वही साहजादी पैठ गई है। अब उसी की नींद सोता हूँ, उसी की जागता हूँ।"

अगली सुबह कहते हैं उसकी लहास झील में मिली। गला यहाँ से वहाँ काट लयो थो नामुराद ने। माँ पछाड़ खाकर गिर पड़ी।

गरीबनी को कैसा दफन, कफन? चुपचाप अपने हाथों मिट्टी की कबर बनाय के दफनाय दयो।

पेट का गढ़ा। चल बन्दी काम पर।

हफ्ते भर बाद भारी कदमों से साही गठरिया लेके बदस्तूर महलन चल दी।

"ये कैसे कपड़े धुले हैं इस बार?" गठरी खुलने पर साहजादी ने पूछा।

अजी साहजादी थी। जोड़ा छूते ही उसे लग गया कि इस बार कपड़ों में प्यार की न खुशबू, न किसी हाथ की चमेली जइसन छुअन।

"ये कपड़े किसने धोये हैं? पुरानेवाले हाथों ने नहीं? ये तो कोई नए हाथ लगते हैं।" वह कपड़े दूर फेंककर चीखी जिसे आज तक काहू ने जोर से बोलना तक ना सुना था। क्या?

किसी ने जोर से बोलते ना सुना था।

हाँ, सो घबराई धाय ने खोजासरा से कहा, खोजासरा ने दरबान भेजकर धोबन को बुलवा भेजा।

हफ्ते भर में दस बरस बुढ़ाय गई महतारी नंगे सर नंगे पाँव हवन्नक जैसा चेहरा लिए आई।

चिक के पीछे से आवाज आई कि जे कपड़न को का कर दयो तूने ऐ नामुराद?

तो धोबन ने हाथ जोड़ के साहजादी से कहा, "हजूरेवाली मैं तौ आपजी के कपड़न को हाथ ना लगावै थी, वो तो मेरा नामुराद बेटा..."

इतना कहकर वह हिचकारी भर-भरकर रोवै जाय। रोवै जाय।

धाय ने इशारों-इशारों में उसकी कोख सूनी होने की खबर साहजादी को सुनाय दई।

कुछ देर सुन्न रही साहजादी फिन बिन पलक झपके बोली, "हम उसकी मजार पर जावेंगे।"

हाय! जिसकी परछाईं महलन के बाहर सुरुज-चाँद को ना दिक्खे वो पातसा की इकलौती झील किनारे धोबन के बेटे की कब्र पर जाएगी?

श्श...धाय ने कुछ इसारा किया।

जी कहकर खोजासरा बाहर गया।

उस रात डोली में चुपचाप तलवार लिये खोजासरा के संगै साहजादी और उसकी धाय महलों से निकले और बाहिर खड़ी धोबन संग झील किनारे उसके बेटे की मजार पर गए।

"कैसा आशिक था रे तू," शाहजादी बोली, " इतने प्यार से पहिराने-ओढ़ाने के बाद जिसकी खातिर जान दी उसका मुखड़ा देखे बिना, उसे अपना मुखड़ा दिखाए बिना चल दिया रे? ये कैसी आगी लगाई?

" मुझसे पूछा तो होता? अब तौ मुझको ही आना पड़ैगो तेरे पास... "

और बीबी कहते हैं, साहजादी के कहते के साथै धरती जो थी सो फट गई और साहजादी जब मजार में समाय गई तौ खुद ब खुद जमीन जो थी सो बन्द हो गई।

पातसा सुनते हैं हादसे के बाद बहुत कलपे। बड़े आदमी की बड़ी बात। सलतनत का कामकाज।

बस इत्ता किया कि बेटी की याद में ये छोटी सी इमारत गढ़वाय दई।

सच हो कि नहीं, कानोकान चली आई बस इतनी सी कहानी है इस मजार की, कहते हैं जोगी बना के किसी न किसी सन्तरी को पकड़ लेती है ये टहल-चाकरी के लाने। मौत उसे ले गई तो दूसरा।

अब देखो भटके पात जैसो आन पहुँचो इधर जब मुझसे पहलेवालो जा चुका। उसके बाद तौ जब तक साँस चलती है, इतैं बैठ के दूर उतैं के वा लोगन की बाबत सोचना इहै को भोग लिखो है नसीब में।

फूटी आँख वाला काना भी तो उधर ही जियादा देखता है जिधर अँधेरा हैगा। इधर का अँधेरा तो दिखता ही रहता है।

बाघ, बन्दर और दढ़ियल खाड़ू (मेढ़े) की कथा

गढ़वाल की यह लोककथा मूल रूप में हमको 19वीं सदी के घुमन्तू रूसी भारतविद् इवान पावलोविच मिनाएव के उत्तराखंड के दलित वर्ग की लोककथाओं के एक दुर्लभ संकलन में मिली। अपनी तरफ से छौंक हमने इसमें लगाई जागर संगीत की गाथाओं की जिनको नाथपंथी दलित गायक-वादक आज भी गा-गाकर सुनाते हैं। निजी या इलाकाई अनहोनी के निवारण के लिए नाथपंथी दलित टोली से 'जागर' लगवाना आम है। ढोल-थाली बजाकर औतरिया की देह में उतरने को लोकदेवताओं को गा-गाकर न्योता जाता है : परथमे गुरु गोरख राऊ, सिव संभो, गौरा, हनुमान फिर लोकदेवता : ऐड़ी, सैम, हरू, खेतरपाल, कालू, आँछरी-माछरी और योद्धा मुसलमान पीर : मैमन्दा (महमूद) जो घुमन्तू नाथपंथी जोगी बन घूमते हुए उत्तराखंड आए और यहीं रमकर लोकदेवताओं में शामिल हो गए। मैमन्दा पीर का नाम और कथा तो जोशीमठ से मिले नाथपंथी ग्रंथ 'गुरु पादुका' में भी है। कहते हैं, वे नाथपंथी पीरों-साधुओं की एक अलबेली जोद्धा फौज में लँगड़े तैमूर की सेना के खिलाफ भी लड़े थे। जागर गायक उनको बावन पीरों का पीर और वीरों का वीर बताते हैं। उनका कोई मन्दिर नहीं, पर परसादी में इनके नाम सवा सेर आटे का रोट, सवा सेर सिन्नी और पान तथा बीड़ी चढ़ाने का विधान है। तो कथा शुरू करें...

बहुत दिन हुए एक था सियार और एक थी उसकी पत्नी। पत्नी गर्भवती हुई। जब बच्चे पैदा होने का समय पास आया तो सियारनी

सियार से बोली जल्दी से कोई गढ़ा खोजो। सियार ने गढ़ा खोजा जहाँ सियारनी ने सियार जैसी ही शकल के कई बच्चे जने। बच्चे माँ का दूध पी-पीकर मुटाने लगे। पहले का समय होता तो शायद बाघ एक को भी न छोड़ता। पर इन दिनों बन का हाल अजब था। बच्चों की चिल्ल-पिल्ल सुनकर भी अब तक कोई बाघ गढ़े के पास नहीं आया।

अब ऐसा तो नहीं हो सकता कि जंगल में राजा बाघ ही न हो। पर हुआ ये कि बन के राजा को एक बनैले हाथी ने मार डाला था। तब से विचलित बाघिन और उसका बच्चा एकदम से सुन्न और अपनी गुफा के कोने में ही समय बिताने लगे थे। बाघिन कभी कहे कि जा बेटा कोने से निकल, बाहर जाकर गरज, शिकार कर, पर वह गुफा में ही रहता। बाघिन खुद ही कभी शिकार को बाहर जाती तो एकाध मृग मारकर आहार लाती।

होते-होते जंगल के पशु-पक्षी बाघिन के बेटे को कुण बाघ (कोने में रहनेवाला बाघ) कहने लगे।

बाघिन को बड़ी फिकर जैसी लग गई। अभी तो मैं सर पर हूँ, लेकिन आगे इस छोरे और हमारे इस हरे-भरे जंगल का क्या होगा?

"जरा देख तो बेटा किसके छौने जनमे हैं? कुन-कुन जैसी सुनती हूँ।" माँ के कहने पर उत्सुकतावश गुफा से निकलकर कुण बाघ उस गढ़े के पास जा खड़ा हुआ जहाँ सियार-सियारनी और उनके बच्चे थे। बाघ आया देखकर सियारनी घबरा गई। सियार चतुर था। उसने फुसफुसाकर बीबी से कुछ कहा और दूसरी तरफ से निकलकर खुद पहाड़ पर चढ़ गया।

कुण बाघ को गोलमटोल बच्चों का भोला खेल भला लग रहा था। वह उन पर झपट्टा मारने की बजाय चुपचाप उनको खेलता हुआ देखने लगा।

इधर पहाड़ की चोटी से सियार का इशारा मिला तो अब अचानक सियारनी ने अपने पंजों से बच्चों को खुजलाना शुरू कर दिया। किलकते बच्चे अब जोर-जोर से रोने लगे। इस पर पहाड़ की चोटी पर खड़े सियार ने जोर से पूछा, "ये बच्चे ऐसी कलकलाट काहे करते हैं री?" तो सियारनी बोली, "ये गड्ढे पर खड़ा बाघ देख के जिद कर रहे हैं कि ये तुम्हारा कल का मारा बाघ नहीं खाना चाहते। इनको ताजा बाघ का मांस खाना है।"

बाघ को लगा कि ये तो शायद मुझे भी मेरे बाप की तरह मार न डालें। ये मुझे मारेंगे तो बाहर आकर मेरी महतारी इनको नहीं छोड़ेगी। सो बच्चों को बचाने को वह निकल लिया।

उसे वापिस जाते देखकर पेड़ पर पत्तों के बीच से बकबकुआ बन्दर ने कहा, "यार बलवान बाघ की औलाद होकर भी तुम सियार की बात से डरकर भाग रहे हो? अरे गड्ढे में सियारनी ही तो है भला वह तुमको खा सकती है?"

"मुझे तो उसके बच्चों की फिकर है।" इतना कहकर बाघ जाकर अपनी गुफा में घुस गया।

बकबकुआ बन्दर तो महा खुराफाती हुआ। पेट में कोई बात ना पचै। कतई। जंगल से बाहर जो चरागाह था, वहाँ जाकर उसने सब घास चरनेवालों को कहना शुरू कर दिया कि "रे, जंगल का छोटा बाघ तो मन्ने बड़ा ही शाकाहारी टैप कुण बाघ लागे है। सामने चिचियाते सियार के चेंचड़े भी नहीं छूता।"

पास चरता महाघमंडी नाम का खाड़ू बोला, "लगता है इब तो वन में वैजिटेरियन दोस्तों की फौज करेगी मौज! जो चाहे बच्चों समेत सीधे जंगल के भीतर भी चरने को घुस आए। अंय?"

हो गया। घमंडीलाल था तो मेढ़ा, पर बन के बाहर के इलाके में अपने आप जैसा किसी को नहीं गिनता था। अहा मेरे जैसे घुमावदार सींग, अहा मेरी जैसी दाढ़ी किसकी? दिन-रात मैं-मैं करनेवाला खाड़ू घमंडी लाल सोचता था। मन में दबे अरमान ठहरे बाघों जैसा बनने के।

बकबकुआ बन्दर की बात सुन उसने मुड़िया उठाकर मैं-मैं का नारा लगाया तो भेड़ें भागी आईं।

"क्यों? इस घनी दाढ़ी के साथ दो बड़े-बड़े सींगों का मुकुट धारे हुए मैं कैसा दिखता हूँ?" भेड़ों के झुंड से उसने पूछा। अब भेड़ की तो भेड़चाल! सब एक-दूसरे का मुख ताकें, कि अगली जो कहे सो ही मैं कहूँ।

खाड़ू उनको चुप देखकर बोला, "जंगल का राजा कहलाने लायक ना?"

एक सुर में भेड़ें बोलीं, "बिलकुल!"

"तुम मेरा साथ दो तो मैं जंगल का राजा बनकर क्रान्ति ला दूँ। बाघों से मुक्त वन बना दूँ जहाँ बस भेड़ जात काबिज होगी। हाथी-भालू तो हमारे ही जैसे शाक-

पात खानेवाले हुए, उनको अपनी टोली में ले आऊँगा। बाकी मांस खानेवालों को सींग मार-मार के मैं इस वन से भगा दूँगा।" महाघमंडी खाड़ू ने कहा।

भेड़चाल शुरू हो गई।

महाघमंडी के पीछे हर रोज बेशर्मी से भेड़ों के जत्थे के जत्थे 'खाड़ू राजा का नमो-नमो,' करते वन में घुसकर उलट-पुलट करने लगे। साथ में चिपककर चली आई बकरियों की मुफत में मौज।

एक से एक सुन्दर झाड़ियाँ सरोवर किनारे की दूब वनौषधियाँ मिटने लगीं। बकरियाँ टीलों पर लगे बबूल और बेरी तक चट करने लगीं।

इस बात की चर्चा बाघिन के कानों में पड़ी तो उसे चिन्ता हुई। बिनु भय होय न प्रीति! पर उसका छोरा जीवों का शिकार करने या किसी पर गरजने में कतई यकीन ना करै। बैठा रहे गुफा में। ज्यादे कहो तो कह दे कि अम्मा, खूनखराबा करने से क्या? सत्यमेव जयते।

अब जोगी जती बन के तौ यू राजकाज ना चलैगो, वह सोचती। जंगल में भेड़-बकरियों का राज हुआ तब तौ जंगल के जंगल उजड़ते देरी ना होवेगी।

आखिर चतुर बाघिन ने अपने मैके सन्देस भेजा। के करूँ? आज जंगल की सीमा पर भेड़ें हैं, पर नजर उनकी मेरी गुफा पर है। छोरे से कहूँ तो हँसकर टाल दे। अकेली मैं के करूँ?

जवाब आया देर मती कर। आज भाड़ की लकड़ी जलती है, तो टाल पर धरी हँसती है, बिन जाने कि कल उसकी बारी। तेरे छोरे पर तो लगता है बैरियों ने मन्तर डाल दिया है। तेरा भाई आ रहा है जागर लगवाने डंगरिया समेत।

तू जागर की तैयारी कर। डंगरिया के बदन में उतरे देवता-पीर फकीरों से पूछ कि छोरे का भरम और महाघमंडी बेशरम कैसे निपटै?"

यथासमय जागर लगा। औजी ने बजाना शुरू किया ढोल।

जै हंकारो, तल धरती सर अकास, सिद्ध करियै कामना, डम्म-डम्म,
परथमै जनता, जनता से उपज्ये सन्ता, सन्ता कलुआ पीर,
तू बैरियों सूँ धका धैं धैं, बैरियाँ मन कंपण धैं धैं ...तुमरो ही आधार...

डंगरिया का बदन काँपते देख गाना और जोर से होने लगा :

'ओम नमो गुरु को आदेश, परथम सुमिरों बटुकनाथ, गुरु गोरख राई, चंडिका माई, नृसिंग, पिंगला माई, गोरख राई, लोहे का कोटा, ताँबे को पात्रा, निकलो बाहिर मैमन्दा पीर मसाण...पठाण का नाती, बाबा वीर मैमन्दा तू कैसो आयो? हामहाम करतो आयो, छामछाम करतो आयो,धरती अगास फिरंतो रे बाबा पीर मैमन्ता!'

बाबा मैमन्ता का डंगरिया पर आना था कि सीधा वो गया बाघ के सामने जो बाघिन की बगल में बैठा था : "सद्गुरु, सद्गुरु," बाघिन का भाई बाघ का मामा बोला, "इस पिंड पर पड़ो छल हर लो गुरु, समसाणवाला है तो लाल कपड़ा टाँग देंगे, खाड़ू का भेजा है तो सवा सेर गोश्त का कलिया देंगे। जै जस दे धरती माता, जस दे भूमि का भूम्याल देवा, जै जस दे खितरपाल, इस पिंड का छल करी, छिद्र करी, भूत-पिरेत की बाधा, हर ले साईं, गुरु को आदेश!"

बाद को खुराफाती बकबकुआ बन्दर ने खाड़ू को बताया कि इतना कहकर अचांचक्क एक जोत सी फूटी और कलियाने पीर का जोद्धा मैमन्दा डंगरिया से निकलकर सीधे बाघ के भीतर समा गया।

जोत का समाना था कि चुपचाप बैठा बाघ का बघेरा अचानक उठ खड़ा हुआ। बाजे बजने लगे, "धका धैं धका धैं! रणसाज सजावा धका धैं धैं! टीका लगावा, धका धैं धैं!"

बकबकुआ की बात सुनकर खाड़ू महाघमंडी जोर से हँसा। साथ की सारी भेड़ें हँसीं। बिना जाने कि काहे हँसती हैं। सबसे देर तक हँसा गंजा सियार जो खाड़ू का सबसे भरोसेमन्द सलाहकार बन गया था। हट बुद्धू ऐसा भी होता है कहीं?

"आप क्रोनोलॉजी समझिए!" आखिरकार हँसी रुकने पर सियार जंगल के पशुओं से बोला, "ये सब नाटक है। इनके पास न सेना है, न ही लड़ने के लिए तेज जैसा हमारे खाड़ू जी में है। अभी ये कुछ न करेंगे, पण अब हम और महाघमंडी जी पूँछ में पूँछ बाँधकर एक साथ कल रण में उतरेंगे और इस बाघ-बाघिन की हमेशा के लिए छुट्टी कराएँगे। हुँह धका धैं धैं!"

खाड़ू हँसा, गंजा सियार हँसा, भेड़ें देर तक हँसती रहीं, "धका धैं धैं!"

सुबह हुई। धरती जगी। अक्कास जगा। बाँके बन में बाघ जागता था। "लोहे को लोहा काटता है," उसके कान में मैमन्दा बोला।

बाघ बाहर आया। उस गड्ढे के पास गया जहाँ सियार के बच्चे थे। सियार

टीले पर जा पहुँचा था। बाघ ने देखा वहाँ उसके साथ दाढ़ी वाला महाघमंडी खाड़ू भी खड़ा था। दोनों मित्रों ने एक रस्सी बँटकर अपनी पूँछें आपस में बाँध रखी थीं। बाघ को देखकर खाड़ू और सियार हमले को तैयार हुए। तभी बाघ के गले से एक भयंकर हुंकार गर्जना फूटी जिसे सुनकर सियारिन तो बेहोश हो गई और घबराकर सियार लड़खड़ाकर चोटी से ऐसा फिसला कि हुम-हुम करते खाड़ू को भी जबर्दस्ती अपने साथ नीचे गहरी खाई में खींच ले गया। बघेरे ने चोटी पर जाकर देखा दोनों तलहटी में एक-दूसरे की पूँछ से बँधे मरे पड़े थे।

"सिखाई हुई अकल और घमंड में दूसरे जीव की नकल अन्त में ऐसा ही घात कराती है," मैमन्दा पीर ने बाघ के भीतर से बाहर निकलकर कहा, "अब तू सुधर, वन को सुधार। भेड़-बकरियों की चिन्ता किए बिना सियारिन और उसके चेंचड़ों को गड्ढे में पड़ा रहने दे।

"सबसे भला शासक वह, जिसका होना न होना परजा न जाणै। और जब कुछ भी अच्छा होवे, परजा को लगे यह उसका अपना किया है।"

यह कहकर मैमन्दा पीर बावन पीरों का पीर, बावन वीरों का वीर अलोप हो गया।

बहुरुपिया गुरु और चतुर चेले की कथा

यह कथा प्रसिद्ध विद्वान् ए.के. रामानुजन के द्वारा संकलित अंग्रेजी में अनूदित कर्नाटक की 77 मौखिक लोककथाओं से एक पर आधारित है। यह उनको अक्कारतंगेला गाँव के किन्हीं अरेरा बालप्पा ने 1968 में सुनाई।

कर्नाटक हर जाति की भारतीय संस्कृति और भाषाओं की खिचड़ी का बड़ा ही विचित्र संगम रहा है। लम्बे समय तक यह वेद को न माननेवाली जाति और कर्मकांड विरोधी जैन धर्म के साथ वेदाध्यायी ब्राह्मणों का भी सर्वमान्य ज्ञानकेन्द्र रहा। 19वीं सदी में मायसोर महाराजाओं की दूरदर्शिता से यह सार्वजनिक नई अंग्रेजी शिक्षा की भी धुरी बना। दक्षिण के साथ ही उत्तर भारत के शास्त्रीय संगीत को भी इसने अपनी गोद में पाला।

ऐसा देस बहुभाषाभाषी तो होगा ही होगा। हम नहीं जानते कि खुद संकलनकार ने मूल कथा किस भाषा में सुनी थी। वजह यह, कि यहाँ की मुख्य भाषा कन्नड़ है, पर उत्तर में तुलू, और कोंकणी भी बोली जाती है और पहाड़ी इलाकों में कोदागु। अब घुमन्तू तीर्थयात्रियों, गुरुओं और संगीतकारों की सभी प्रजातियाँ विंध्य के आर-पार तरह-तरह के कहानी-किस्सों की लेन-देन सहज करती रही हैं। इसलिए इस कथा के कई प्रसंग अक्सर उत्तर भारत के सुधी पाठकों, कथावाचकों को अपनी लोककथाओं में भी झलक दिखा जाएँ तो अचम्भा नहीं।

प्रेमविहीन इस युग में गुरुडम, ज्ञान, धोखा और दुनियावी पिरेम की इस अद्भुत लोककथा में ऐसे ही एक युद्धोन्मादी वक्त के सूफी कवि जायसी का रचना संसार भी सहज झलका तो कुछ उनके सबद भी मिला लिए।

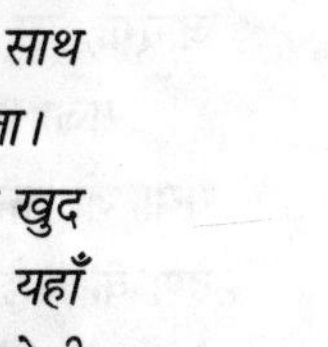

बहरहाल हमको तो मीठा फल खाना है, पेड़ गिनने से क्या?
कथा शुरू करें...

एक महाप्रतापी पर निस्सन्तान राजा था। एक दिन उसे लगा कि वह बूढ़ा हो चला है, बेऔलाद मर गया तो उसका राज्य नष्ट न हो जाए। अब उसने भारी यज्ञ, पूजा-पाठ, व्रत-उपवास का सिलसिला शुरू कर दिया। यथासमय भगवत्कृपा से उसके एक के बाद दो—तीन बरस के भीतर दो बेटे हो भी गए।

बुढ़ापे की औलाद पालना जाड़े का मेह बटोरने जैसा दुष्कर। राजा का ध्यान बच्चों में उलझा देख पड़ोसी राजाओं ने मौके का फायदा लेते हुए राज्य पर बार-बार हमले कर फतह हासिल कर ली।

राजा ने इज्जत बचाने को चुपचाप अपनी रानी और दो नन्हे बेटों को लिए- दिए राजभवन त्यागा और दूर देश जा बसा।

कभी महाप्रतापी राजा और उसकी रानी अब भीख पर गुजर-बसर करने लगे। पर जब लड़के सात और आठ बरस के हो गए रानी बोली, "अजी हमारी तो कट जाएगी, पर राजपुत्रों को शिक्षा तो मिलनी ही चाहिए न?"

राजा लोकलाज छोड़ अब एक नामी-गिरामी शिक्षा प्रचारक के दरवज्जे पर गया जो कठोर अनुशासनपसन्द गुरु होने की वजह से 'लौह पुरुष' कहलाते थे। देश के बड़े-बड़े राजपुरुष पंडित उन्ने तराशे थे। मनुख से लेकर हाथी-घोड़े तक के जाने-माने पारखी भी वो।

फटेहाल राजा ने गुरुजी से अनुरोध किया कि वह बुरे दिनों से गुजर रहे हैं, और भीख पर जीते हैं। लेकिन चाहते हैं कि गुरुजी उनके बुढ़ापे की औलादों को अपने आश्रम में रखकर चाहे जो काम करावें, और शिक्षा खतम हो जाए तो वे दोनों में से किसी एक को गुरुजी को सेवकाई के लिए दे देंगे। बस लौहपुरुष उनको जथाजोगी शिक्षादान दे दें, ताकि बड़े होकर बच्चे सड़क पर भीख तो न माँगें।

फटे कपड़ों में भी उस आदमी की बातचीत के लहजे और हाव-भाव और उसके बेटों की चमकीली आँखों को देखकर लौहपुरुष को लगा, कि ये लोग जरूर कोई उजड़े खानदानी रईस हैं। इनकी गुदड़ी में जरूर लाल मिल जाएँगे यह सोचकर वे बच्चों को उनकी क्षमतानुसार पढ़ाने को राजी हो गए।

बेटों को गुरु को सौंपकर राजा निश्चिन्त होकर वापिस भीख माँगने चला गया।

शिक्षण शुरू करते ही गुरु ने ताड़ लिया कि बड़ा बेटा तो सामान्य छात्र निकलेगा, पर छोटे में असाधारण प्रतिभा छुपी है। सो उन्होंने बड़े को गाय-गोठ के काम में लगा दिया। वह दिन भर गायें चराता और इवनिंग क्लास में सामान्य छात्रों के साथ गणित और भाषा आदि की शिक्षा पाता।

मेधावी छोटे को अलबत्ता गुरु ने अठारह प्रकार की पौराणिक कथाएँ, छह प्रकार के विज्ञान और चारों वेद सिखाना शुरू किया और वह ऐसे फटाफट सीख गया जैसे माता के पेट से ही पढ़कर निकला हो। जैसे भी हो, इसे तो मैं ही रखूँगा चतुर गुरु ने तय कर लिया।

अब गुरु ने अपने इस शिष्य को किताबों के परे ले जाकर तरह-तरह की गुप्त साधनाएँ सिखाना शुरू किया। सम्मोहन, उच्चाटन और परकाय परवेश की मुश्किल विद्याएँ सिखाना जो वे गुदड़ी के रतन की तरह छुपाकर रखते थे सब छोकरे ने हँसते-खेलते सीख लीं। अन्त में उन्होंने छोटे को यह सिद्धि भी दे दी कि किस तरह ध्यान साधकर वह जब जिसे चाहे अपनी तीसरी आँख से देख सकता है।

सिद्धि पाकर एक दिन जब छोटे ने ध्यान साधा और माँ-बाप को याद किया तो पाया कि वे दोनों अकेले मनई गरीबी में अधपेट खाकर भीख पर ही जी रहे हैं। उसका दिल भर आया। दो-दो बेटे होते हुए भी अपने बूढ़े माता-पिता का इस तरह झिड़कियाँ खाते हुए चलती सड़क पर भिक्षा माँगना उसे बहुत खला।

पर लड़के को तभी याद आया कि उसके पिता ने शिक्षा के बदले एक पुत्र को गुरुजी को देने का वादा किया था। वह समझ गया कि गुरुजी ने उसके बड़े भाई को तो मामूली शिक्षा के साथ जंगल जाने और गोरू-बाछी चराने-दुहने का काम दे दिया, पर उसे अपना उत्तराधिकारी और आजीवन सेवक बनाने के लिए वे उसी को इतनी लगन से सिखा-पढ़ा रहे हैं।

अगर मुझे इस गुरुघंटाल ने अपना बनाकर रख लिया तब तो मेरे माँ-बाप शायद मरते दम तक भिखारी ही बने रहेंगे, यह सोचता लड़का उठ खड़ा हुआ। तुरत अपनी विद्या के बल से उसने तोते का रूप धरा और जा पहुँचा महतारी-बाप की कुटिया में।

अहा रे बच्चा! उसने पैर छुए तो दोनों बूढ़ों की आँखों से आँसुओं की झड़ी

लग गई। बार-बार उसे सहलाते, चूमते, उसके बालों पर हाथ फिराते।

राजा बोला, "बेटा, आज अचानक यहाँ कैसे? आश्रम में सब ठीक तो है?"

"हाँ बाबा," लड़का बोला, "पर हमारी विद्या पूरी होने को है। हमने तो यथासम्भव गुरुजी की हर तरह से सेवा की, उनकी मार-पीट, दंड सब सहा, पर बाबा, बड़े भाई को उन्होंने मामूली विद्या देकर गोरू-बाछी के धन्धे में लगा दिया है। वह दिन भर जंगल में पशु चराता है, शाम गए जमुहाई लेते हुए थोड़ा-बहुत ही पढ़ पाता है। मुझको अलबत्ता उन्होंने अपनी सारी सिद्ध विद्याएँ सिखा दी हैं।

"बाबा, हो न हो वे मुझे अपना बँधुआ चेला बनाने की सोच रहे हैं। पर मेरी इच्छा है कि मेरे ज्ञान का फायदा आपको मिले। मुझे पता है कि वादे के मुताबिक आपको हममें से एक को उनको देना होगा। पर आप यह करें कि जब आप आश्रम आवें तो गुरुजी बड़े की जितनी भी तारीफ करें, आप उनसे मुझे ही अपने लिए माँगें। बाकी मैं सँभाल लूँगा।" यह कहकर लड़के ने माता-पिता के पैर छुए और तोता बनकर वापिस फुर्र हो गया।

जब उनके माता-पिता के आश्रम आने का वक्त आया तो गुरु ने बड़े भाई को भली तरह नहला-धुला कर, तिलक-चन्दन लगाया, रेशमी कपड़े पहनाए और अपने पास बिठा लिया। छोटे को उस दिन फटे कपड़े पहनाकर मलिन हाथ-पैर सहित बुद्धू लड़कों के साथ पीछे की कतार में बिठा दिया गया।

जब माता-पिता पहुँचे तो गुरु ने बड़े बेटे की तारीफ गाना शुरू किया, "यह तुम्हारा बड़का तो बहुत मेधावी हर तरह से सुयोग्य लड़का है। यह भारी विद्वान बनकर तुम्हारे खानदान का नाम चारों दिशाओं में फैलाएगा। अफसोस, तुम्हारा छोटावाला बेटा एकदम ठस्स दिमाग है, दिन भर जंगल में गाय-बाछी के बीच घूमना ही उसे सुहाता है। पढ़ाई-लिखाई में कोई रुचि ही नहीं रखता। मेरी मानो, तुम इस बुद्धिमान आज्ञाकारी बड़े को बुढ़ापे में सेवा के लिए साथ ले जाओ, छोटे को मेरे पास ही छोड़ दो। ठोंक-पीटकर इसे मैं थोड़ा बेहतर बना लूँगा। बाकी बाप तुम ठहरे, सो चुनाव तुम्हारा।"

पिता को याद था कि तोते के रूप में उनसे मिलने आया छोटा गुरुघंटाल की बाबत उनसे क्या कह गया था। वह उतनी ही मधुर आवाज में बोला, "हे गुरुजी,

आपने तो मेरे लोहे को घिस-घिस कर सोना बना दिया। अब उसका उपभोग आप ही करें यही न्यायोचित होगा।

"आपके यहाँ सारी दुनिया से विद्वान् आते हैं, उनकी सेवा करने लायक सभा में आपका आसन बिछाने, तकिया लगानेवाला सुयोग्य छात्र तो मेरा यह बड़का है। इसे छोड़े जाता हूँ। और नालायक छोटे को साथ ले जाता हूँ। वह हमारी गरीबी के सीधे-सादे जीवन में ठीक से फिट भी हो जाएगा।"

निराश होकर गुरु ने छोटे को माता-पिता के सुपुर्द कर दिया।

घर पहुँचकर लड़के ने बताया कि वह सुबह से भूखा था, पर घर में एक मुट्ठी चावल भी मुश्किल से निकला। माँ ने किसी तरह वही हरी भाजी के साथ पकाकर सबको खिला दिया।

खा-पीकर लड़का कुछ सोचता हुआ बाहर निकला। इस गरीबी से माता-पिता को छुड़ाना ही होगा उसने अपने आप से कहा। जभी उसने भीड़ के आगे राजमहल के ढिंढोरची को अगले सप्ताह राजमहल में मुर्गों की लड़ाई की घोषणा करते सुना। भीड़ से कोई बोला, पर राजा के पास कोई बढ़िया मुर्गा तो हो। हर बार की तरह इस बार भी मरियल चूजों की लड़ाई हुई तो उसमें कैसा रस? कई लोगों ने हामी भर दी।

उनको सुनकर लड़के ने तुरत एक योजना बनाई। ढोलची से ढोल उधार लेकर अब वह उसे बजा-बजाकर घोषणा करने लगा, "है कोई जो राजमहल के मुर्गे से लड़ने योग्य मुर्गा ला सके? उसे भारी इनाम दिया जाएगा।" फिर वह घर को भागा। घर आकर लड़के ने बाप से कहा, "बापू मैं मुर्गा बन जाता हूँ, आप मुझे राजभवन में हजार रुपये में बेचकर आएँ, बाकी मैं सँभाल लूँगा।" यह कहकर लड़का अपने गुरु की सिखाई विद्या से एक मोटा-ताजा कलगीदार मुर्गा बन गया।

बाप ने वही किया जैसा बेटे ने कहा था। बढ़िया मुर्गा तुरत खरीद लिया गया और खुश-खुश बाप हजार रुपया लेकर घर आ गया। राजा ने इस कीमती मुर्गे को खूब मेवा खिलाया, फिर बाग में लोहे की मजबूत जाली से ढकवाकर सुरक्षित रखवा दिया।

रात होते ही लड़का अपने विद्याबल से एक लोमड़ी बन गया और पिंजड़े के नीचे सुरंग खोदकर घर वापिस आ गया। आने से पहले उसने अपने कुछ पंख नोचकर सुरंग के पास डाल दिए।

सुबह मुर्गे की खोज मची। सबने उसे पिंजड़े में देखा था। कहाँ गया? चौकीदार ने इत्तला दी कि लगता है रात को कोई लोमड़ी नीचे-नीचे गड्ढा खोदकर उसे घसीट ले गई। पंख देखकर राजा बोला, "हा हंत, मेरा मुर्गा तो गया!"

राजा को गुस्सा आया। बोला, "बाप-दादा के जमाने का मेरा यह राजमहल साला अब पुराना हो गया है। भीतर से एकदम जीर्ण-शीर्ण है। इसको तोड़कर हमारे वास्ते नया महल बने!"

राजा तो राजा। हुकुम तो हुकुम! खजाने में पैसा कम था फिर भी नया महल बनाने को पुरानी इमारत तोड़कर निर्माण का काम शुरू कर दिया गया। ठेका महामंत्री के साले खाटा बाबू को मिल गया, फिर कोई क्या कहता? सारी खुदाई एक तरफ जोरू का भाई यानी खाटा बाबू एक तरफ!

उधर जब हजार रुपये खतम होने को आए तो राजा ने कहा, "बेटा अब?"

बेटा बोला, "देखिए बाबा, राजा तो भीतरखाने कंगाल है, पर खजाने की चाभी रखनेवाले महामंत्री का साला खाटा बाबू दिनोदिन मालामाल है। सुना उसे घोड़ों का बड़ा शौक है और उसका दुलारा नैनोसुख घोड़ा कुछ ही समय पहले गुजर गया है। सो मैं ऐसा करता हूँ कि इस बार एक बढ़िया घोड़ा बन जाता हूँ। आप मुझे खाटा बाबू को बेचकर बढ़िया दाम बटोर लीजिए। बाकी मैं सँभाल लूँगा।"

बाप ने वही किया।

खाटा बाबू घोड़ों के पारखी थे। पास जाकर उनने घोड़े के कान, दाँत, सर के बालों का भँवर सबका मुआयना किया, "फिर बोले, जनावर तो बढ़िया है, पर हजारिया दाम चुकाने से पहले अपने पारखी गुरु लौहपुरुष से भी इसे एक बार जँचवा लूँ।"

गुरुजी पधारे। उनको भाँपने में देर नहीं लगी कि यह घोड़ा और कोई नहीं, उनका वही चतुर सुजान शिष्य छोटू है।

उन्होंने दोबारा घोड़े की परीक्षा शुरू की। कुछ देर बाद बोले, "उहुँक, खाटा बाबू यह विशुद्ध नस्ल का नहीं लगता। सर पर बालों का भँवर भी सही नहीं, अयाल में भी कमियाँ हैं। अश्वविद्या के हिसाब से तो ऐसा घोड़ा मालिक को मार देगा। इस पर सिर्फ संन्यासी ही चढ़ सकते हैं। ऐसा करो, इस आदमी से हजार रुपये में घोड़ा खरीदकर मुझे दान कर दो। मुझ ब्राह्मण को दान देने से मैं तुमको अमोघ असीस दूँगा कि तुम्हारे इस नए महल की इमारत का वास्तु कभी खराब नहीं हो।"

खाटा बाबू तो ठेकेदार आदमी। रुपयों की कमी न थी और नया राजमहल बनवाने का ठेका भी बड़ा भारी-भरकम था। उसने तुरत सकपकाए व्यापारी को उस घोड़े की हजार रुपये की कीमत चुकाई और घोड़ा सादर गुरुजी के हवाले कर दिया।

घोड़े पर बैठकर लौहपुरुष ने कसकर उसे ऐंड़ मारी और चल निकले। खूब दौड़ाया, राह में कई नदी-नाले, खाई-खंदक सब पार करवाए। फिर आश्रम के पास पसीने से तरबतर घोड़े की पीठ से एक छोटे से नाले के पास गुरुजी उतरे।

छोटू गुरु को पहचानता था। जानता था कि उनका शातिर दिमाग क्या कुछ सोच रहा है। वह भी कम न था। गुरु के उतरते ही उसने खुद को एक छोटी सी मछली बनाया और जल में जा कूदा। यह होते देख गुरु ने शिष्यों को पुकारकर कहा कि तुरत नाले के पानी में जहर डाल दें।

जब तक छात्र जहर की शीशी लेकर आते, छोटू ने इधर-उधर देखा तो उसे हाथ में तेज धार का चाकू थामे हुए मरी भैंस का चमड़ा छीलने को तैयार एक आदमी नजर आया। वह तुरत मछली का चोला छोड़कर भैंस के भीतर जा घुसा और भैंसा बनकर दूसरी तरफ भागने लगा। डर से काँपता कसाई बचाओ! बचाओ! चिल्लाता हुआ भागा। गुरु दिखे तो चिल्लाया, "गुरु महाराज, कोई दुष्टात्मा उस मरी भैंसिया के भीतर परवेश कर गई है करके।"

गुरु एक नजर में ताड़ गए कि असिल मामिला के है। उनने उस आदमी को रोका और उससे कहा, "बे कायर ऐसे भागा तो वह बरमराक्षस तुझे चबा जाएगा। मैं अपने शिष्यों के साथ उसे पकड़कर पेड़ से बाँधता हूँ, तू तुरत उसके कलेजे में चाकू भोंककर उसे मार डाल!"

गुरु-शिष्यों ने मिलकर भैंसे को पकड़ लिया और एक मोटे पेड़ के तने से जा बाँधा। छोटू ने इधर-उधर ताका कहाँ जाए? तभी उसकी नजर पेड़ के तने में एक खोखल में मरे पड़े रंगीन तोते पर गई। वह तुरत उसकी देही में घुसकर अक्कास को जा उड़ा। गुरुजी अब खुद एक राज चील बनकर उसका पीछा करने लगे। चील की देही भारी होती है यह जानकर तोते ने खूब ऊँची उड़ान काट ली। गुरु उसे पकड़ न पाए।

उड़ते-उड़ते तोता थकान से चूर एक राजमहल की अटारी पर जा उतरा। सुस्ताते हुए क्या देखता है कि भीतर कमरे में एक अपरूप सुन्दर राजकुमारी है जो अभी-अभी नहाकर भीगे बाल झटकारती छज्जे की तरफ निकल रही है। 'पिरेम पियाला

पंथ लखावा, आप चाखि सोहि बूँद चखावा।' पिरेम पियाला पिये हुए रसिक तोता सीधा उड़ा और उसके कन्धे पर जा बैठा।

"उई!" हँसती हुई राजकुमारी बोली, "कित्ता सुन्दर तोता है!"

दासियाँ खिलखिलाईं।

तोता, जिसे चौंसठ कलाओं के धनी उसके गुरु भी किसी तरह न पकड़ पाए, एक हँसी पर लट्टू होकर राजकुमारी का दासानुदास बन गया। हा मरद की जात!

राजकुमारी बड़े जतन से तोते की देखभाल करने लगी। दिन-रात साथ रखती कभी पलक भर को दूर न होने देती। रात को शाही मेहमान बना उसका तोता एक सोने के पिंजड़े में उसकी पलंग के पास सोता।

आपुहि धरती आपु अकासा आपुहि स्वामी आपुहि दासा।

रात जब चमेली की सुगंध मधुमालती के साथ मिलकर चन्द्रमा की किरणों से सोती राजकुमारी का मुँह धोती थी, तोते की नजर बस अटककर रह गई।

सोने जैसा डह-डह कुँवारी का रूप।

निर्मल बदन चन्द कै ज्योती, सब क सरीर दिपै ज्यों मोती।

उसने चुपचाप अपना भेस बदला और मरद बनकर राजकुमारी की सुगंधित देही से सटा और अठखेलियाँ करती किरणों के साथ उससे लिपट गया। उँह कहकर राजकुमारी नींद में कुनमुनाई, फिर हँसी और सोती रही।

आपुहि पंडत आपुहि ज्ञानी, आपुहि राजा आपुहि रानी।

सुबह दासियों ने पलंग की सलवटें देखीं, राजकुमारी की देह पर मरद की परिमल गंध भाँपी तो आँखों-आँखों से पूछने लगीं, आखिर रात को कौन आया?

"कौन? अरी बाहर तो तुम सोती थीं न? यहाँ तो तोते और मेरे अलावा परिंदा भी पर ना मार सकता।"

"सही है," सब बोलीं। पर जब उसे उबटन लगाकर नहलाया जा रहा था, उसकी देही हाथों से पूछती रही, वह वाला हाथ कहाँ गया री?

बिहँसी सुनि-सुनि कै सब बाता, निसचय तूँ मोरे संग राता।

हाथों के आँख नहीं, कानों के जुबान नहीं, जुबान के न हाथ न कान। कवि के अलावा जवाब कौन दे?

हर रात राजकुमारी जागती हुई सोने का नाटक करै। आधी रात को पिंजरा खटकै और फिर वही हाथ उसकी जलती देही पर आन पड़ै! एक दिन तड़पकर राजकुमारी पलटी।

सामने गबरू जवान राजकुँवर जैसा कोई! न्योछावरि गई आप हौं, तन-मन जोबन जीउ...जनु कंचन महुँ मिला सोहागा...

"तू कौन? मैं जागती हैं कि सोती हूँ?"

"जागती है री।"

धीमे-धीमे तोता प्रेमी ने राजकुमारी को सारी कथा कह सुनाई। यह भी कि कुटिल गुरु ने उसका पीछा छोड़ा नहीं है। ज्यों ही मौका मिला उसे बाज की तरह उठा ले जाएगा।

"मैंने अपनी तीसरी आँख से देख लिया है कि वह इस बार मदारी बनकर महलों में आएगा। फिर तमाम तरह की कलाओं से तेरे पिता को इतना खुश कर देगा कि वो कहेंगे माँग जो माँगता है। और तब वह कहेगा उसे तेरा हीरामन तोता चाहिए।"

राजकुमारी रोने लगी, "तुझे तो मैं ना दूँहूँ काहू को!"

"तो सुन पगली। तू साफ नट जइयो। कहियो इस मदारी को देने से पेश्तर तो मैं खुदै इसकी गरदन मरोड़ के इसे मार दूँ। तब तू मेरी गरदन मरोड़ दीजो। मैं मरूँगा नहीं यह गुरु जानता है सो वह कहेगा कि अच्छा तू अपने गले का सुच्चे मोतियन का हार मेरे कूँ दे दे। तू उतारते में हार की डोरी तोड़ दीजो। बस फिर मैं सब सँभाल लूँगा।"

अगले दिन ठीक जैसा छोटू ने बताया था, वैसा ही नाटक हुआ। जब राजकुमारी का हार टूटा और मोती संगमरमर के फर्श पर तारे जैसे छिटक गए तो अचानक सब क्या देखते हैं कि मोती छोटे-छोटे कीड़े बन चले हैं और मदारी अचानक मुर्गा बनकर उनको चुगने लगा है। उन कीड़ों में से एक छोटू भी था। जैसे ही मुर्गा उसके पास आया, कीड़े की देही त्यागकर वह बागड़बिल्ला बन गया और उसने मुर्गे का रूप धारण किए गुरु को धर दबोचा।

"अइयो!" गुरु बिलबिलाया, "मैं हार गया रे तुझसे! पर मत भूल मैं तेरा गुरु हूँ। गुरुहत्या महापाप है।"

बागड़बिल्ला गुर्राया, "कैसा पाप? तूने हम भाइयों के साथ जो-जो किया वह पुन्याई थी? तुझे तो मैं छोड़ूँगा नहीं, वरना तू मेरा और मेरे प्रियजनों का रहना मुहाल करता रहेगा। तुझे मैं जानता नहीं क्या?"

इस सारे हड़कंप के बीच अचानक राजकुमारी के पिता का स्वर गूँजा, "रुको! हमको कुछ समझ में नहीं आने का! पहले हमको बताओ कि माजरा क्या है?"

"पूछिए इस बागड़बिल्ले से," मुर्गा चिचियाया।

बागड़बिल्ले ने चरण-दर-चरण सारी कथा राजा और उसके दरबारियों को कह सुनाई।

"हूँ," सब सुनकर राजा बोले, "अन्याय तो गुरु ने किया, पर बेटा गुरु तो गुरु ही होता है न? अगर मैं तुझे कहूँ कि तुझे राजकुमारी का हाथ इसी शर्त पर दूँगा कि तू गुरुहत्या का पापी विचार छोड़ देगा तो?"

"तो? व्हाट चॉयस, डू यू लीव मी डैड?"

राजा ने ताली बजाकर हुकुम दिया तुरत इस बागड़बिल्ले यानी जो भी यह है, इसके माता-पिता, बड़े भाई के लिए तीन पालकियाँ रवाना कर दी जाएँ और शाही शादी की तैयारी शुरू हो।"

तालियाँ, शंख, घंट, घड़ियाल सब बजे। और कूल मैन! कहकर बागड़बिल्ला और उसका गुरु मुर्गा, यथावत रूप में लौट आए।

चाँद के हाथ दीन्ह जयमाला... सूरज लीन्ह चाँद पहराई...

शादी के मन्तर पढ़ने से पहले चेले ने आग को साक्षी मानकर वादा किया कि वह गुरु को आजन्म मार्गदर्शक बनाकर रखेगा।

उधर गुरु ने भी इसके बाद अगिन को साच्छी मानकर कहा कि उन्ने माना कि उनका चेला उससे कहीं आगे निकल गया। किन्तु साथै यह भी जोड़ दिया कि शास्त्रानुसार बेटे या बेटे समान चेले का खुद से बीस पड़ जाना पिता या गुरु के लिए क्रोध नहीं हर्ष का विषय होता है।

कहावत बनी :

मारगदर्शक गुरु गुड़ रहा, चेला बना बतासा,
दुनिया में चेला पुजता है देखें गुरु तमासा!

मुद्दन्ना किसान और कुएँ की कथा

लोककथाओं की घुमावदार गति समय काल के फ्रेम में नहीं अँटती। वे हमारे लिए अपनी ही लय से बाट-बाट में घाट-घाट का पानी पीती कई- कई पीढ़ियों के मुखों से गुजरती हुई एक रोचक बारहदरी बनाती हैं। और उस भूलभुलैया में भटकते-भटकते अचानक कथाकार के समय की कई अन्तर्कथाएँ भी उनसे टकरा जाती हैं।

मनमौजी कहानियों का क्या ठिकाना? आज यहाँ, कल वहाँ।

इस बार गलियारों में जा टकराए एक बहुत पुरानी तमिल लोककथा से : मुद्दन्ना किसान और एक विचित्र कुआँ।

कैसे?

सो ऐसे भैया, कि सुबह अचानक पढ़ा कि चंपारण जिले में मोतिहारी के एक कुएँ से जाने-माने कथाकार बिरादर जॉर्ज ऑरवेल की प्रतिमा निकाली गई है जो अज्ञात बदमाश उसमें फेंक गए थे। ऑरवेल की जनमस्थली थी जिल्ला मोतिहारी में, बाद को बढ़े-पढ़े ब्रिटेन में, और कहानियाँ उनकी आज पढ़ी जाती हैं दुनिया भर में। लेकिन जनम तौ हमारे मोतिहारी जिल्ला का था न?

बदमाश पकड़े न गए। होंगे रसूखदार। लगा कि सदी पहिले एकदम सही कह गए हो 'एनिमल फार्म' के घाघ कथाकार, कि ई ससुर कहने को ई दुनिया के अजायबघर में सब सूअर एक समान हैं, पर कुछ सूअर दूसरों से हमेशा ज्यादा समान माने जाते हैं।

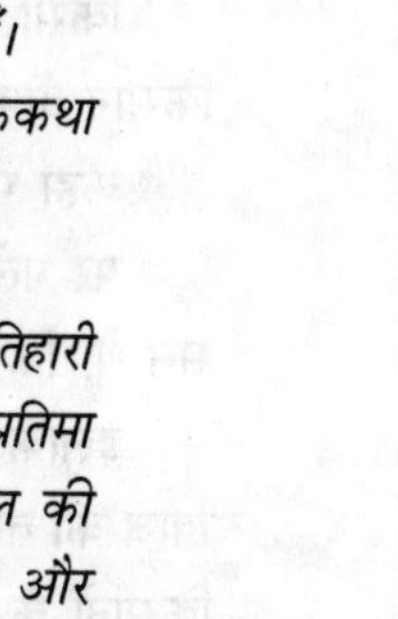

जभी कुछ सूअर आए और ऑरवेल कुएँ में गुड़ुप्प!

इस खबर के साथ ही जिसे कहते हैं, इस कथाकार की लौ जा मिली काफी पहले सुनी तमिलनाडु के किसान मुद्दन्ना की जमीन की उपजी व्यथा-कथा से, जिसमें आत्महत्या को निकले किसान को अचानक एक विचित्र कुएँ की तली में पड़े सदियों पुराने तरह-तरह के जीव-जन्तु दिखाई दिए!

कट टु आवर टाइम।

आजकल न्यूज स्टोरीज में कुएँ-बावड़ियाँ जभी आते हैं जब कोई उनमें गिर जाए, जानबूझकर डूब मरे या किसी पुरानी मूर्ति सरीखा कोई अजूबा निकाल लाए। कुआँ खुद सदा चुप रहता है। पर कुएँ जो हैं सो अपने पेट में बड़े गहरे राज रखते हैं। सूख भी चुका हो तो क्या? गहरे और पुराने कुओं के भीतर आज भी जाने कैसे-कैसे भाँड़े और ठठरियाँ छुपी हैं।

निकालनेवाला चाहिए।

बस। खैर, बहुत पहेलियाँ बुझाने से कोई फायदा नहीं। चुप्पे से सुनो कहानी।

किसी गाँव में मुद्दन्ना नाम का आठ-आठ हलों का स्वामी एक खुशहाल किसान अपनी पत्नी और इकलौते बेटे के साथ रहता था।

कहा भी है कि, दस हल राव, बीस हल राणा, आठ हले कर भला किसाना!

पर भले किसान मुद्दन्ना के घर में भले जमीन, सोना, गोरू, आठ जोड़ी बैल सब थे, किस्मत का क्या?

इलाके में भारी अकाल पड़ा, बीज जो रखे थे सड़ गए। इसी बीच कोढ़ में खाज की तरह राजा के कफनखसोट कारिंदे लगान लेने यमदूत बनकर आ धमके। किसानों के सोना-चाँदी, गोरू-बाछी जो भी मिले खोलकर ले गए। मुद्दन्ना की चतुर बीबी उसके एक जोड़ी प्रिय बैलों को पहले ही जंगल में छुपा आई थी सो वे बच गए। बाकी को राजा के आदमी खोल ले गए।

दूसरी दिक्कत सुनो। राजा के कारिंदे पानी लूटने लगे, तो गाँव की नदी सरक कर मुद्दन्ना के बैलों की तरह जंगल में जा छुपी। गुस्से में कारिंदे जो ताल-सरोवरों, कुओं का बचा पानी था उसमें नमक घोल गए। खेती के नाम बचा अंडा। अब कहो!

आपै कहो राजा जो करै, किसान आदमी न बाप-दादों की जमीन छोड़ सकै न अपने बैल या बीबी या बेटा किसी को भूखा-पियासा धर सकै।

साल भर में नौबत यहाँ तक आ गई, कि परिवार तथा बैलों की जोड़ी का पेट

भरने के लिए कभी गले में सोलह बानी सोने का मंगलसूत्र और भर हाथ चूड़ियों से दमकती रही मुद्दन्ना की पत्नी शिवकामी, नजरों से बचकर रोज फटे कपड़ों में गाँव से बाहर जाकर भीख माँगने को मजबूर हुई।

एक दिन जब शिवकामी थककर लौटी और उसने घर पर भूखे-प्यासे पति, बेटे और बैलों को खाने का इंतजार करते देखा तो उसे बड़ा गुस्सा आया।

गरीब की जोरू के कर्कश बचन। वह बोली, "अरे, कुछ तो शरम करो! मैं भीख माँगकर कितने दिन तुम सबके पेट के गढ़े भर सकूँगी? कल से बैलों को ले जाओ, जितना भी खेत बचा है, उस पर हल चलाओ। धरती की कोख गहरी है, मेहनत करोगे तो कुछ न कुछ तो पैदा हो ही जाएगा।"

पिता ने पूत को देखा, फिर दोनों ने बैलों की गोई को।

अगले दिन मुद्दन्ना ने अपने दोनों बैलों : राम और लक्ष्मण को जोता और बेटे के साथ चल दिया खेत की ओर। दोपहर तक दोनों ने कंजूस के दिल जैसी कठोर जमीन की जुताई की और जब तनिक पसीना सुखाने को पेड़ तले बैठे ही थे, तभी स्वामी जी के भेस में भगवान आन पहुँचे। बोले, "बच्चा भूखा हूँ, कुछ खाने को दो!"

किसान का सर लज्जा से झुक गया। "स्वामी जी, यहाँ तो जमीन सूखी पड़ी है। बड़ी दिक्कत से बस आधा खेत भर जोत पाया हूँ। जब बारिश होगी तब बुआई करूँगा फिर जाकर अन्न उपजेगा। अभी तो सब भगवान भरोसे है।"

जभी मुद्दन्ना की बीबी भीख में मिले उबले आटे के तीन बड़े पिंड भीतर से लेकर आई। उसने पति से कहा, "किसान के घर से भूखा संन्यासी जाए इससे कुएँ में डूब मरना भला। लो, ये तीन पिंड हैं। ऐसा करो, आज तुम और मैं आधा-आधा पिंड खा लेते हैं, एक-एक पिंड स्वामी जी और बबुआ को दे दो।"

ऐसा ही किया गया।

खाकर स्वामी जी बोले, "अव्वा, मुझे तो पानी भी पीना है।"

"अइयो बाबा, इधर तो अकाल पड़ा हुआ है। ताल-बावड़ी सब सूख चुके हैं।" मुद्दन्ना ने कहा।

पेट पर हाथ फिराते बाबा बोले कि अगर मुद्दन्ना का बेटा या उसकी पत्नी अमुक दिशा में जाकर एक रेत का टीला खोदेंगे तो उनको मात्र हाथ भर नीचे साफ निर्मल जल का सोता मिल जाएगा।

ऐसा ही किया गया। बाबा का वचन खाली कैसे जाता?

पर जैसे ही शिवकामी और बेटे की पीठ फिरी तो बाबा मुद्दन्ना के पास सरककर उससे चुपचाप बोले, "देख, ये तो तेरे दुर्भाग्य की शुरुआत है। आगे जाकर कुछ ही देर बाद तेरी बीबी अचानक गिर जाएगी और उसके प्राण-पखेरू जो हैं सो उड़ जाएँगे। तुरत। इससे विचलित तेरा बेटा खाना-पीना छोड़ देगा और महतारी की तेरहवीं तक वह भी चल बसेगा। उसे दाग देकर वापिस आओगे तब तक तुम्हारे दोनों बैल भी मर चुके होंगे।"

पानी आया। पीकर काली जीभ वाले बाबा चलते बने।

मुद्दन्ना चुपचाप सर झुकाए हुए अपने मैले बिवाई फटे पैरों को देखता बैठा रहा। उसकी इज्जत उसके पैरों की ही तरह नंगी-मैली हो चुकी थी।

यह सब कौन कर या करवा रहा है? मेरे पूर्व करम या राजा? भूखे वाल्मीकि डाकू बन गए थे। पर हर कोई डाकू काहे बने?

उसकी कर्कशा बीबी ने जोर से पूछा कि घर नहीं चलना है क्या?

नि:श्वास छोड़कर मुद्दन्ना उठा और बैलों के कन्धे से हल का जुआ उतारकर अपने कन्धे पर धर लिया। फिर बैलों को पुचकारता उसका बेटा और पानी की गगरी लिये उसकी पत्नी आगे-आगे, मुद्दन्ना पीछे-पीछे।

बाबा का वचन खाली कैसे जाता? ठीक जैसा कह गए थे वैसा ही सब होता चला गया।

दुख से पथराए मुद्दन्ना ने बीबी-बच्चा, अपने राम-लक्ष्मण बैलों की जोड़ी, सबको जैसे-तैसे एक के बाद एक ठिकाने लगाया। अब इसके बाद उसको लगा अब जीने का लाभ ही क्या?

सो जंगल जाकर मुद्दन्ना ने पहाड़ की एक ऊँची चोटी से नीचे छलाँग लगा दी। पर अचम्भा देखो, उसका बाल भी बाँका न हुआ। पैरों में कोई काँटा तक न चुभा।

लम्बी साँस भरकर मुद्दन्ना ने सोचा, साला मेरे पुराने करमों का कुछ भोग अभी भी बाकी है शायद। कैसे छुटकारा मिले? थककर उसने सोचा, चलो डूब मरने का ट्राई कर ले। साफ-सुथरी हवादार नदी तो कब की जंगल बीच कहीं जमीन के भीतर जा छिपी थी, पर पानी गन्दा भी हो तो क्या? उसे तो बस डूब मरने लायक जल चाहिए। यह सोचता मुद्दन्ना आसपास कोई गहरा कुआँ या बावड़ी खोजने लगा।

चलते-चलते उसे एक फलों से लदे अमरूद के गाछ तले एक बारह सीढ़ियोंवाला कुआँ दिखाई दिया। इस मनहूस कुएँ के बारे में मशहूर था कि इसके रसीले फलों को तोड़ने की उतावली में त्रेता युग में माथे के भीतर हीरा धारण किए एक सात फुट लम्बा बाघ, एक सात फण वाला नाग और महाबली कपिराज और द्वापर युग में आधे मनुष्य आधे शेर के शरीरवाले उग्र नृसिंह, पेड़ चढ़ते हुए फिसलकर इसमें जा गिरे थे। कुएँ के सड़े हुए जल ने उनकी ताकत इस तरह धो दी थी, कि वे तब से बाहर न आ सके।

चलो इन द्वापर-त्रेतावालों के संग मैं कलियुगवाला भी इसी में डूब जाता हूँ। इस दुनिया में बचा ही के है? यह सोचकर मुद्दन्ना कुएँ के पास पहुँचा ही था कि उसे भीतर से उग्र नृसिंह की क्षीण आवाज सुनाई दी, "अप्पा (बड़े भाई), तुम भले मानस दिखते हो, तुम्हारे पैर अभी भी धरती पर जमे हुए हैं, तुम मुझे कुएँ से बाहर निकाल दो तो मैं जब-जैसी जरूरत हो, तुम्हारी मदद करने का वादा करता हूँ।"

मुद्दन्ना बोला, "मैं तो इस समय एक दुखी-गरीब किसान हूँ महाराज, मरने निकला था। अगर तुम मरने में मेरी मदद करो तो मैं तुमको खींच निकालूँ।"

उग्र नृसिंह बोले, "अय्यो अप्पा, जो मुझे इस नरक से बाहर निकाले उसका वध मैं कैसे कर सकता हूँ भला? सीधे नरक न जाऊँगा? पर मैं वचन देता हूँ कि बाहर आकर मैं आपको जब कभी किसी तरह की मदद चाहिए, याद करते ही तुरत आपकी हर तरह से मदद करने पहुँच जाऊँगा। बस अप्पा, इस बास मारते पानी की कैद से मुझे बाहर निकाल दो।"

मुद्दन्ना ने मन में सोचा कि शायद पिछले जनम में कुकर्म करने से इस जनम में इतना दुख पाया। अब जाते-जाते कुछ पुन्याई ही कमा लूँ तो अगला जनम बेहतर कटेगा। यह सोचकर उसने उग्र नृसिंह को खींच निकाला। बाहर आते ही वह अदृश्य होकर गोलोकवासी हुए।

अब कान लगाकर यह बातचीत सुन चुका माथे के भीतर मुट्ठी जितना हीरा रखनेवाला सात फुट लम्बा बाघ गिड़गिड़ाकर कुएँ के भीतर से बाहर निकाले जाने की याचना करै लगा। बोला, "तू मरना चाहता है न रे मुद्दन्ना? फिकर न कर। मैं बाहर आते ही तेरा गला फाड़ दूँगा। यकीन मान, मैं सैकड़ों तेरे जैसों को खा चुका हूँ। बस मेरा उद्धार कर!"

पण बाहिर आकर बाघ भी उग्र नृसिंह की तरह ही नट गया। जिसने नया जीवनदान दिया उसका खून कैसे कर सकता है कोई भी मरजादावान बाघ? पर बोला, "जब कभी जरूरत के वक्त याद करोगे, तुरतै आन पहुँचूँगा तुमको मदद करने।" इतना कहकर बाघ भी यह जा, वह जा।

सब साले नरक से डरनेवाले मेरे पल्ले पड़ गए लगता है, मुद्दन्ना ने क्रोध से सोचा।

बड़ी मुसकिल बाबा बड़ी मुसकिल!

अचानक मुद्दन्ना को याद आया कि दंतकथा के अनुसार द्वापर युग से एक सात फण वाला बहुत जहरीला नाग भी यहाँ पड़ा है। और कोई नहीं तो साँप तो आदतानुसार निकलते ही उसे काट खाएगा। और मशहूर था भी कि उस नाग का काटा पानी भी नहीं माँगता।

"क्यों रे, तुझे बाहर आना है?" कुएँ की मुँडेर से मुद्दन्ना चिल्लाया। जवाब मिला, "हिस्स, हाँ! हिस्स, हाँ!" उसे भी निकाला, पर इस बार भी मामला नहीं जमा। बाहर आ कर साँप भी वही बोला, "तू हमारे लिए किसान यानी धरती का राजा। तू हमारा तारणहार जिसके खेत के चूहे खा-खा कर हमारी पीढ़ियाँ पली हैं। मैं पुराना साँप हूँ। राजा के कारिंदों की तरह कसाई नहीं कि अकाल में भी तुमको अकारण काट खाऊँ। फिर तुमने तो मुझे जीवनदान दिया है। जरूरत पड़े तो पुकार लेना। तुरत हाजिर हो जाऊँगा।"

इतना कह नाग भी सर्र से सरक लिया। मुद्दन्ना फिर जस का तस!

बच रहे कुएँ की गहराई में खड़े महाबली कपिराज। उसे लगा वे खामोशी से अपनी आशा भरी आँखों में उससे बिन कुछ कहे, बाहर निकाले जाने का अनुरोध कर रहे हैं। 'चल महाबली, तेरा रब राखा', बुदबुदाते हुए उसने बाँह गहकर उनको भी बाहर निकाल दिया। बड़े स्नेह से उसका माथा छूकर वे अलोप हुए।

थककर मुद्दन्ना ने सोचा कि सैकड़ों सदियों से कुएँ में पड़ा बाघ हीरा माथे से उतारकर अपनी माँद में आराम करता होगा। इस समय उसको जाकर छेड़ूँ तो शायद मुझ पर झपटकर मुझे मार दे?

वह बाघ की गुफा में जा घुसा।

बाघ उसके चरणों पर जा गिरा। "अहोभाग्य मेरे अप्पा! मैं आपको यह भेंट

देने को आ ही रहा था," यह कहकर बाघ ने अपना माथा पटककर दो फाड़ कर दिया। उससे निकलकर एक अमरूद जितना बड़ा हीरा सीधे मुद्दन्ना के चरणों में!

बाघ की निर्जीव देह को छोड़कर हाथ में बेशकीमती हीरा लिये मुद्दन्ना अब उग्र नृसिंह की खोज में गया। हीरा देखकर शायद उनका मन बदल जाए।

उग्र नृसिंह गोद में अपने बेटे को दुलरा रहे थे। मुद्दन्ना को देख वे उठ खड़े हुए और बड़ी आवभगत से मुद्दन्ना को आसन दिया। उनका बेटा कुतूहल से मुद्दन्ना के हाथ में थमा हीरा देखने लगा था तो मुद्दन्ना ने उसको थमा दिया। उसे क्या करना अब हीरे-वीरे का?

तभी नृसिंह ने बच्चे को हुकुम दिया कि वह खेल छोड़े और भागकर तुरत बाजार जाकर पाहुन जी को खिलाने के लिए केले के पात ले आए।

हीरे को गेंद की तरह उछालता बच्चा बाजार चल दिया।

अब संजोग ऐसा कि उस देश की राजकुमारी ने उसी दिन मुनादी पिटवाई थी कि जो भी वीर पुरुष कुएँ में पड़े शेर के सर से निकला हीरा उसे लाकर देगा उससे वह शादी करेगी। ज्यों ही शहर में घूम रहे राजा के सिपाहियों की नजर उस दिव्य हीरे पर पड़ी वे बाज की तरह झपटे और लड़के की मुश्कें बाँधकर उसे ले गए राजदरबार।

घबराए लड़के ने कहा कि वह तो उसे उसके घर आए एक पाहुन ने खेलने को दिया था। उसे क्या पता वह पत्थर है कि रतन?

अब मुद्दन्ना की शामत आई। राजा के सिपाही लड़के को तो घर छोड़ गए और मुद्दन्ना को पकड़कर राजदरबार में पेश करने ले गए। राजकुमारी ने उसकी फटेहाल दशा देखी तो उसे यकीन हो गया कि यह तो कोई शातिर चोर है। मुद्दन्ना कहता रहा वह गरीब किसान है, मरने की कगार पर है।

पर किसान की बात कौन सुनता है भाई।

जब उसे काल-कोठरी में बन्द कर दिया गया तब भूखे-प्यासे मुद्दन्ना ने सात फण वाले नाग को याद किया। वह तुरत सलाखों के बीच से सरकता चला आया। पूरी बात सुनकर वह बोला, "मैं अभी जाकर उस दुष्टा राजकुमारी को काट लेता हूँ। मेरे विष से वह तुरत मर जाएगी। रोना-पीटना मचेगा तो तुम जेल की गारद से राजा-रानी को खबर कराना कि तुम इन्द्रजाल से उनकी मरी हुई बेटी को जिला सकते हो।"

"पर मैं तो...मुद्दन्ना हकलाया।"

"डोंट यू वरी सर, मैं सब सँभाल लूँगा," सात फण वाला नाग बोला।

ऐसा ही हुआ। राजकुमारी जागी तो सब गद्गद हुए। राजा ने पुत्री से कहा, "बेटी ये किसान भले मलिन कपड़े पहिनता और बैल के गोबर से गंधाता है, तो के? यह बड़ा भारी इन्नरजाली जादूगर भी हैगा।"

राजकुमारी बोली, "देख रे किसान, मैं जनसामान्य को मुँह नहीं लगाती। पर मुझे अपने माँ-बाप से बड़ा लगाव है। वे दोनों अब अस्सी के हुए। अगर तू अपने जादू से उनको फिर से खोया यौवन लौटा देता है, तो मैं तुझसे शादी को तुरत हाँ बोल दूँगी। फिर तू राज करियो।"

मनुख की जात! मरद का मन! पीपल पात सरिस डोला। कनक छड़ी सी कामिनी का रूप देखते हुए मरने की इच्छा से दबे मुद्दन्ना के मन में कुछ जीने की तमन्ना सी होने लगी।

पर राजा बनना हो तो इस बार वह कौन से फ्रेंड से कॉन्टैक्ट करे?

उसे कपिराज याद आए। उसने कपिराज का स्मरण किया। वे तुरत उपस्थित हो भी गए।

"अप्पा, मुझे अपने लिए तुरत ब्रह्मा जी से अपॉइंटमेंट चाहिए। किसी को यौवन दान दिलवाना है। मिलने का समय दिला देंगे?"

बाढ़ी पूँछ कीन कपि खेला। कपिराज ने पूँछ बढ़ानी शुरू कर दी। आखिर सीधे गोलोक तक जा पहुँची पूँछ। और उस पूँछ पर चढ़कर सीधे गोलोक जा पहुँचा मुद्दन्ना।

गोलोक में ब्रह्मा अपनी बही खोले कुछ लिख-पढ़ रहे थे। मुद्दन्ना को देखकर मुस्कुराए। बोले, "रे मुद्दन्ना, के है?"

मुद्दन्ना बोला, "अय्यो भगवन्! मुझे कोई चमत्कारी फल-वल दिला दें जिसको खाकर बूढ़े राजा-रानी जवान हो सकें।"

ब्रह्मा ने बिन कुछ कहे कमर से चाभियों का गुच्छा निकाला और अपने सेवकों की तरफ उछाल दिया। उनने यौवनदाता फल तलाशने को पहले गोलोक के भंडार का एक कमरा खोला। मुद्दन्ना क्या देखता है, वहाँ उसकी पत्नी बैठी है और आईना देखती हुई अपने लम्बे बाल सँवारती है। पति को देखते ही रोती हुई

उससे लिपट गई, अय्यो स्वामी!

ब्रह्मा ने दूसरा कोठार खुलवाया वहाँ से उसका बेटा बाबा-बाबा चिल्लाता हुआ निकला और खिलखिलाता हुआ अपने पिता से चिपक गया।

तीसरे कोठार को खोला गया तो वहाँ उसके दोनों बैल राम-लक्ष्मण की जोड़ी खड़ी पगुराती थी। मुद्दन्ना को देख दोनों रँभाने लगे बाँ-बाँ!

आयु घटाने वाला फल ब्रह्मा के भंडार में न मिलना था, न मिला।

अब?

ब्रह्मा ने मुद्दन्ना से पूछा, "साफ बोल, तुझे क्या चाहिए? वह फल जो खोया यौवन लौटा दे और तुझे राजपाट और युवा पत्नी दिलवाए? या फिर अपना वही पुराना किसानी संसार : जमीन की जुताई और फसलों का जनमना, घर पर कर्कशा बीबी, नटखट बच्चा और साथ में पगुराते बैलों की बस एक जोड़ी! सोच लो, कहते हैं कि एक हले से भली कुदाली।"

मुद्दन्ना पलक झपकते बोला, "मुझे अपना वही पुराना संसार चाहिए स्वामी! मेरी बीबी-बच्चे और मेरे प्रिय राम-लक्ष्मण बैलों की जोड़ी वाला। मेरे लिए मेरे जीवन का वही पहला कौर ही आज भी सबसे सवादी है। किसान आदमी हूँ, नखरीली राजकुमारी, राजा-रानी, या दस-बारह हल का स्वामी बनना, राजपाट, ठाट-बाट अब मुझे नहीं खींचता।"

ब्रह्मा ने मुद्दन्ना को उसकी किसानी गृहस्थी लौटा दी। जैसे उसके दुर्दिन आए थे वैसे ही चले भी गए।

अब कहो!

सरों के धड़ से जुड़ने की कथा

पुरानी-नई लोककथाओं, कहानियों, किस्सों के कण कभी अचानक ऊपर से किसी निद्राहीन कथाकार-मन की सीपी में आ टपकते हैं। बाद इसके, उसके अपने जीवन अनुभव के अछोर समन्दर में वे समुद्र में छोटी-बड़ी मछलियों, घड़ियालों, सूँसों, दरियाई घोड़ों के बीच तैरते हुए एक दिन मोती बन जाते हैं।

इधर बार-बार सुनने को मिलता है, कि जिस तरह जानकारियाँ बच्चों तक नेट से बह-बहकर चारों याम पहुँच रही हैं, उनके मिले-जुले असर से बच्चे जो हैं, हाय बड़ी जल्द मासूमियत खोकर सयाने हो रहे हैं।

सोचें, क्या कोई ऐसा भी जमाना था जब बच्चों में स्याणे कानवाले नहीं थे? अरे न होते, तो उस जमाने के बच्चे कैसी कहानियाँ सुनकर बड़े होते थे जो ऐसी कथाएँ हमको न सुना जाते?

दरअसल लगभग हर पुरानी कहानी में नानी, दादी या घर-बाहर धूप तापते मुहल्लों के किस्सागो, तब भी ऊपर से सरल दिखती लोककथाओं की परतों में तमाम तरह के गुप्त सन्देसों और गोपनीय जानकारियों के बीजाक्षर बड़े जतन से बालमनों में छुपा जाते थे। वे जानते थे कि स्याणी समझ वाले बच्चे आगे जीवन यात्रा के दौरान जब-जब बचपन की गठरी खोलेंगे, उन्हीं की तरह वे भी कहानियों के नीचे उनकी छुपाई परतें पाकर उसमें अपना भी कुछ जोड़ जाएँगे।

जैसे अमरूद कुतरनेवाला तोता फल में मिठास के बीच अपने मुख का द्रव!

अजी स्याणा होने के लिए उम्र क्या? बस कान होने चाहिए

और दिन भर की सुनी-सुनाई पर देर तक सोचनेवाला एक अदद सर!

आज की कथा के मूल में अविभाजित पंजाब के गाँवों की एक ऐसी ही कहानी है, जो किसी उनींदी दोपहर में अपनी एक अर्ध-विक्षिप्त पड़ोसी बुआ से धूप में बालों में तेल ठुँकवाते हुए बहुत पहले सुनी थी, जिनका जमींदार कुटुम्ब बड़ी मुश्किल से जान बचाकर पाल्टीशन की मारा-मारी से बचता हुआ उत्तराखंड आन बसा था।

बहुत पहले की बात है, जब इनसानी सर धड़ों से जुड़े नहीं होते थे। गरदनें तब चूड़ीदार होंदी थीं, और सर भी। इससे सहूलियत यह थी, कि जब चाहो, चूड़ी ढीली करके सर हाथ में ले लो। फिर साफ-सूफ करके वापस चूड़ी कसकर पूरे बन जाओ।

इनसानों की देही और सर तब ऐसे ना जुड़े होते थे कि जुदा होते ही इनसान खतम हो जाए!

उन दिनों भी गाँव-जवार में माँ-बाप दिन-रात खेतों में खटकर या जंगलों में जिनावर घुमा-घुमू कर शाम तक दाना-पानी लाते थे। जब जवान लोग फसल उपजाने, बटोरने चले जाते, बच्चे गाँव के बूढ़ों की निगरानी में तरह-तरह के खेल खेला किए थे।

हुड़दंग करने पर उनको टोका नहीं जाता था।

होमवर्क ना था। बस सीधे वर्क या हुड़दंग।

बच्चों की फौजां की बस मौजां ही मौजां! सर खुजलाता हो, तो उतारकर दादी या नानी को थमा जाते, कि मेरे पाली खेल के वापिस आने तक जूँ बीन दीजो!

धूल-मिट्टी भरे खेल में सर का के काम? सर होय तो डर होय! दादी-नानी को सर थमा आए तो समझो डर उनकी गोद में गया!

तब लड़कियाँ भी खेल-कूद में कतई डरपोक ना हुआ करै थीं। एक-से उटंग कच्छे-कुरते सभी बच्चे पहनते थे। केस सबके लम्बे।

इससे दादियाँ-नानियाँ भी खुश रहतीं। बड़ी मुहब्बत और जतन से वे उनके खेलकर आने से पेश्तर गोद में रखे पोते-पोतियों, धेवते-धेवतियों के सरों से जूँ बीनकर उनके घोंसला जैसे केसों को साफ मुलतानी मिट्टी या दही-बेसन से धो देतीं। केस सूख गए तो तेल ठोंककर बिखरे बालों पर कंघी फेरती हुई गुत्ते भी

गूँथकर धर देतीं। आँखों में काजल आँज कर गाल पर दिठौने लगा देतीं।

ऊपरवाला नजरे बद से बचाए!

बच्चे खेल से वापिस आते और अपने-अपने सर वापिस लेकर चूड़ियाँ कस या कसवाकर फिर लड़के-लड़कियाँ बनकर खाने को घर चले जाते थे।

अब तुम पूछोगे कि क्या कभी ऐसा भी हुआ कि गलती से दो बच्चों के सर एक-दूसरे के धड़ पर कस गए?

हुआ। और दो बच्चों ने शरारत-शरारत में सरों की चुपचाप ऐसे अदला-बदली कर ली कि किसी को पता न चले। दोनों गहरे दोस्त और बला के शैतान थे। दोनों के घरवालों में कतई ना पटै। पुश्तैनी झगड़ा था। घरों में आना-जाना मने था। बस खेल के मैदान में मिलते बच्चे। निगरानी करते बूढ़ों की बीनाई कमजोर होने से वो बहुत दूर तलक देख नहीं सकते थे। सो दो दुश्मन खानदान के दो बालक गहरे दोस्त बन गए।

बच्चे दिन-रात के लड़ाई-झगड़े से आजिज हो चुके थे। सो उन्ने एक दिन तय किया कि वे अपने घरों की अदला-बदली करके देखेंगे कि झगड़े की जड़ किस तरफ और कैसी हैगी।

लिहाजा सरों की अदलाबदली के बाद दोनों एक-दूजे की तरफ देखकर मुस्कुराए और एक-दूसरे के घर चल दिए कि देखें माजरा क्या है?

उन दिनों किसम-किसम की कोठियाँ ना थीं। गाँव के हर घर में रहन-सहन एक जैसा। एक ही जैसा खान-पान। दिन भर की मशक्कत के बाद महतारी-बाप भी इतने थके-थकाए होते कि बच्चों को सिरफ मुख से ही पहचानते थे। बातचीत का टैम कहाँ। बस बहुत हुड़दंग सुनी तो जो सामने पड़ा पकड़कर उसे पीट दिया।

अजी तब तो हमारे-तुम्हारे घरों में लोगों की इतनी सारी सन्तानें होती थीं कि कई बापों को तो यू भी पता ना था कि उनके कुल कितने मुंडे ते कितनी कुड़ियाँ हैं।

सो बच्चे आराम से एक-दूसरे के घर रहने लगे। सुबह जब खेलने को निकले तो कुछ देर बेरी तले छुपकर खुसुरफुसुर करी कि तेरे हाँ जे हुआ, वगैरे। पर साल बीत गया और वे यही जान सके कि कभी जमीन की बँटवारे का कोई मसला था जिसका असल नक्शा कहाँ गया किसी तरफ के खानदान को पता न था।

अब कहो।

कुछ साल बाद लड़के जवान हुए और एक साथ नक्शा खोजने निकले। शायद वह वैसे ही पाताल में जा छुपा था जैसे सिंधु नदी की बहन सरस्वती नदी!

लड़कों के मेल-जोल से घरवाले परेशान रहते। अरे लड़-भिड़कर ही तो मरद की पहचान बनती है। अब उनमें दोस्ती हो जाए, हँसी-मजाक का सिलसिला चल निकले तो कैसे हो। बापों के मरने पर दोनों दोस्तों ने अपने हिस्से के खेतों के मुरब्बे, जो कि अगल-बगल ही थे, एक कर लिए। यहाँ तक कि दोनों ने एक-दूसरे की बहन से ब्याह करके दोस्ती पर मुहर लगवा ली।

जमीन साझा, पानी साझा, घरों के मरदों-जोरुओं के साझा चूल्हे। दोनों की दोस्ती से उनके खेत-खानदान लहलहा गए।

उनकी देखा-देखी आसपास के कई और नौजवान भी पुश्तैनी दुश्मनियों पर स्वाहा डालकर बगलगीर यार बनने लगे।

पर ऐसी दोस्ती से हर कोई खुश न था।

लोहार परेशान, जो लड़ंतों के हेतु हथियार बनाता था। सुतार परेशान जो दराँतियों की मूँठ और लाठियों के फाल गढ़ता था। कुम्हार परेशान, जो लड़ाई- भिड़ाई में बार-बार मरनेवालों के अन्तिम करम को फचाक् से फोड़नेवाले घड़े बनाता था। और हकीम-नाई अलग परेशान जो कानाफूसी और मरहम-पट्टी करके पेट पालते आए थे। यहाँ तक कि रुदालियों के पेट पर भी लात पड़ने लगी क्योंकि न ज्यादे जुद्ध होते न उनको जोद्धाओं की लहासों पर पछाड़ खाकर स्यापा करने को बुलाया जाता।

जब सराध का दान लेनेवाले बामण और बाहर गाँव से किराये पर बुलवाए जानेवाले लठैत भी अधपेट रहने लगे तो कुछ पेशेवर लड़वैये और फूट पड़व्वे मसले का हल निकालने को बुलाए गए। एक बड़ी सभा हुई और उन्ने हाथ में जमीन की मिट्टी लेकर कसम खाई कि गाँवहित में हम मामले फिर उलझाकर, बिरादरी में जगह-जगह लड़ाइयाँ शुरू करवाकर ही रहेंगे।

उनने जे भी संकलप लिया कि अगर पुराना नक्शा, जिसके कारण जगह- जगह लकीरें खींची-मेटी जाती रहीं, जिनके दोनों तरफ के जवान अपने हिस्से को हमलावर चोट्टों से बचाने को एक-दूसरे के सर फोड़ते रहे, न भी मिला तो के? वो नया नक्शा बनाएँगे। भले उनको मर मिटना न पड़े!

ये मर मिटनेवाला फिकरा बहुत दिन बाद गाँव में उठा तो जल्द घर-घर में उसकी गूँज सुनाई देने लगी।

धीमे-धीमे कई तरह के फूट पड़ौव्वे कार्यकर्ता चारों तरफ फैल गए। उनकी कोशिशों का बड़ा गहरा असर हुआ और बात-बात में लोहे के डंडे-लाठी भाँजने, सड़कों पर काँटे बिछाने और खाई-खंदक खोदनेवालों की माँग उठने लगी। वे भी जत्थों में ऐसे उपजने लगे जैसे कभी गायब ही न हुए हों।

सर की अदला-बदली कर चुके दोनों दोस्तों को यह सब अजीब लगता था। एक दिन उनमें से एक ने किसी फूट प्रचारक से पूछा कि भाई, "मारकर मिटा देने या मर मिटनेवाली बात का मतलब के है?"

मार-पीट प्रचारक जल्दी में था, उसकी बोई फूट की बेल बगल के चार घरों तक फैलकर पाँचवें में परवान चढ़ रही थी। उसके पास न बखत थो, ना धीरज। बात को अधबीच काटकर बोला, "इस बात में समझने को के है? मारो, या मिट जाओ!"

अगला बोला, "समझा नहीं, तनिक..."

फूट प्रचारक ने उठाई एक इस्पाती लाठी, "चल समझाता हूँ तेरे को साले!" और दन्न से दे मारी उसके सर पर!

सारी जिरह खतम!

दूसरा इस बात को जल्द समझ गया।

वह तुरत भागा और कहीं से एक ऐसा पुराना नक्शा उठा लाया जो किसी की समझ में न आवे।

अब गाँव के बीच बड़ी-सी मेज लगाई गई जिसके चारों तरफ सारे लड़ाई-भिड़ाई के समर्थक बैठ गए। इब नक्शे को खोला तो उसमें चारों तरफ त्रां-त्रां की गिचपिची लकीरें। कभी गड्मगड्ड और कभी बुरी तरह नागिन सी बल खाती हुई। जमीन तौ दिखती ही ना थी। बस इसके बाद लड़ाई-भिड़ाई फिर शुरू हो गई। दूजा, जिसका दोस्त मरा था, सारी जमीन का इकलौता मालिक और गाँव का बड़ा दंगाई बन बैठा।

इस बीच बताते हैं कि जब मरे हुए की लहास को नहलाया जा रहा था तो उसकी असली माँ पछाड़ खाकर गिर गई कि "जे तौ मेरे पूत की लहास है। इसकी जाँध में जे अमलतास के फूल का जो अजीब निसान है वो इसकी पहचान है।

अरे इसकी मुंडी पे जिसको सर लग्यो है सो साइत हमारो जमाई है! परभू जे का कद्दिया आपजी ने?"

खैर, माँएँ तो घूँघटों के पीछे पछाड़ खाती रोती रहती हैं। रुदालियों की टीम के गा-गा कर किए जा रहे सियापे के साथ टेसुए बहाते लोगों की हाय-तौबा में एक माँ का रोना, उसके नाले-फरियाद भला कौन सुनता?

पर भगवान सुनते हैं माँओं की। भगवान को लग गई। अब भगवान जी ने तय किया कि मनुख जात को न तौ सांति सुहाती है, न ही मेल-जोल। तौ जब इतने जतन से गढ़े सर मनुख जात को सोच-विचार के लिए नहीं, धड़ से काटने या कटवाने के वास्ते ही चाहिए, तो उनको के पड़ी है अंय? कि वे सरों, गरदनों को चूड़ीदार बनाएँ?

उसके बाद से सब लोग कन्धों पर जमा-जमाया सर लेकर ही जनमने लगे।

राजुला मालूशाही की कथा

'काथा रै गे छ फूल ढबौ : कथा ही बची रह गई फूल ढल गया।'

शरीर पहले आया। बाद में यादें। जनम-जनम तक खींचते छोह-मोह। मोह के दिन कब खतम हों? धान के छिलके जैसी याद ही बच रहे फिर भी प्रेम तो नक्षत्र ठहरा। कुंडली में उलटा हुआ कि सुलटा, वर्जित हो या अनकहा, अपने हिसाब से उगने-डूबनेवाला हुआ।

बाद को बचनेवाली हुई कथा।

फिर पीढ़ी-दर-पीढ़ी ऐसी कथाओं को पवाड़े 'दुंग तुकी दुंग-दुंग,' हुड़के की थाप के साथ घुमन्तू कथावाचक गानेवाले हुए।

फूल ढल जाएँ पर कथा नहीं ढलती।

बाजी लोगों को बिरंचि की आन, कि गा-गा के मनुख जात के बीज जो हैं, सो सदा जिन्दा रखना।

बर्फीले पंचचूली पहाड़ों में बसे भोट देश की उपरली, मल्ला दारमा घाटी के व्यापारी सुनपति शौक की बेटी राजुला शौक्याणा और बैराठ के राजपूत कुँवर मालूशाह की इस कथा का फूल खिला था कभी।

भोट देश सुन्दरियों की भूमि, जभी उसको शौक्याणी देश भी कहनेवाले हुए। घाटी के सबसे बड़े व्यापारी सुनपति का व्यापार हूणदेश (चीन) तक चलता। पर शौका और राजपूत दो अलग कबीले हुए। उनके युवाओं के बीच रिश्ता वर्जित रहा।

उससे क्या?

दो दिन की अट मिली तो मनुख भूल जाता है सारी वर्जना। अपनी नाड़ियों में हर पल बजता मृत्यु का संगीत।

उसी संगीत की यह कथा माँ ने बचपन में घुमन्तू गायकों से बार-बार सुनी थी। हमने उनसे।

हर बार उसमें अपना कुछ जोड़ने का मोह भला कोई कथाकार कहो कैसे छोड़े? अस्तु।

दूर पंचचूली पहाड़ की घाटी में नन्दा देवी की छाँव तले बसी रँगीली नगरी बैराठ के राजा दुलाशाह की रानी धर्मावती सौ-सौ सुख पा के भी दुखी पराणी। सन्तानहीन हुई। जिद चढ़ी कि मकर संक्रान्ति को पैदल वह बागेश्वरनाथ के दरवाजे पर जाकर उनसे सन्तान की भीख माँगेगी।

संयोग से उसी दिन मन्दिर में मन्नत माँगने आई जोहार दारमा इलाके के शौका कबीले के व्यापारी सुनपति की घरवाली गंगुली।

आशुतोष आदिदेव की किरपा से रानी धर्मा को चाँद-सा बेटा जनमा मालूशाह, और सुनपति शौक के घर जनमी परम रूपसी कन्या राजुला।

सुनपति शौकाओं के कबीले का तगड़ा मुखिया हुआ। बचन और हुकुम दोनों पत्थर की लकीर। देश-परदेश फैला हुआ था व्यापार, घर में सोना ही सोना। तब भी और-और की भूख। लेन-देन का हुआ वह पक्का।

सामान क्या नहीं लाता-बेचता था सुनपति? सोना चाँदी, ऊन, ऊनी वस्त्र, कस्तूरी मिरग का नाफ, शेर के नख-दंत, बाघों की खाल के आसन, मृगछाला, पंचमुखी रुद्राक्ष। साथ में नमक, सुहागा और गंधरैण से कार्तिकी शहद तक सब्ब जिनिस।

चीन का रेशम, तिब्बती याक गाय की पूँछ के बने चँवर, मिरग की छाल, सोना, मूँगा और तरह-तरह के रतन की भी खान उसके तम्बुओं में हुई।

सुनपति शौका अपने भोट देश से कभी ऊपर की तरफ तिब्बत जाता तो कभी नीचे दूनागिरी परबत की घाटी में बसी नगरी बैराठ। कसकर भाव-ताव करता और भर झोली रुपया और दूना कीमती माल लेकर लौटता सुनपति। साथ में सदा रहती लाड़-लड़ैती बेटी राजुला और उसकी माँ गंगुली।

इसी बीच एक बार जब वह हुणिया देश के राजा ऋषिपाल के देश व्यापार को गया तो बूढ़े राजा ने जुवाब कहलाया, "सुना राजुला शौक्याण जैसी बान (सुन्दरी) इलाके में नहीं। मुझसे शादी करा दो तो जो मेरा सो उसका।"

लालच में उमर का विचार किए बिना वाग्दान कर आया हो सुनपति शौका।

घर पर राजुला की चाची हुई उसकी प्यारी। अक्सर दोनों बरफ लदे पहाड़ों पर घूमती-बतियातीं। जमुनोत्री शिखर पर खड़ी राजुला ने एक बार मृगी जैसे नयन उठाकर चाची से चार सवाल पूछे :

"इस दुनिया का आधार कौन? दुनिया का सबसे सुन्दर नगर, सबसे दुर्लभ फूल, और सबसे सजीला वीर कौन?"

चाची बोली, "री, नन्ही सी है तू, पर तेरे सवाल तुझसे कहीं बड़े हैं।

"तो सुन, दुनिया का आधार है, पर्वतों का राजा हिमालय जिसकी गोद में जनम लेकर, हम सबके शरीर पले हैं। यह जब तलक है, तब तलक हम सब हैं।

"हमारी दुनिया का अधार तिब्बत से बैराठ तक व्यापार चलानेवाला शौका कबीले का मुखिया तेरा पिता सुनपति है। उसका कहा कभी न टालना। तभी हमारी पालना होगी।

"फूलों में दुर्लभ फूल है ब्रह्म कमल, जहाँ ब्रह्मा जी सोते हैं, और जो सिरफ हमारी नन्दा देवी की गोद में ही खिलता है।

"वीरों में इन दिनों जिसकी सबसे अधिक जय-जयकार सुनती हूँ, वह है दूनागिरि पर्वत के पास बसी बैराठ नगरी के राजा दुलाशाह का सपूत मालूशाह।

"एक रहस्य बताऊँ? जब तेरी माँ को सन्तान नहीं हो रही थी, वह बागनाथ के मन्दिर में सन्तान माँगने बैराठ नगर गई थी। उसी समय दुलाशाह की रानी धर्मावती भी बागनाथ ज्यू की शरण में आई। भगवान के सामने खड़ी दोनों एक साथ रोईं, फिर उनने साथ-साथ बागनाथ ज्यू से सन्तानवती होने का वर माँगा था। उनकी किरपा से नवें महीने रानी धर्मावती को लड़का हुआ जेठनी जी की गोद आई तू।

"बिछुड़ने से पहले दोनों ने अँकवार भेंट कर सोचा था कि हममें से एक को बागनाथ ज्यू बेटा दें, एक को बेटी तो अहा हम दोनों समधिनें बन जाएँ।

"आगे जैसी होनी।"

इतना सुनना था कि राजुला को रट लग गई बैराठ जाने की। बाप के तंबू में धड़धड़ाती चली गई। सुनपति भारी मुनाफा कमाने की खुशी में साथी सौदागरों के साथ च्याक्ति के प्याले भर-भर पीता था। बाप की गोद में बैठकर राजुला बोली, "मुझको तुम्हारे साथ बैराठ नगर जाना है।"

च्याक्ति के सुरूर से लाल सुनपति की आँखों में हँसी तैर गई। "राह बड़ी दुर्गम है, बिटिया," वह बोला, "व्यापारियों की टोली के साथ बरफ के बीच जानी-अनजानी जगहों पर रुकने में भी, चलने में भी तकलीफ ही तकलीफ। अहा, ब्रह्म कमल जैसी सुकुमार मेरी लली कैसे चल सकेगी तू?"

पर नहीं। मालू के दर्शन की गुप्त साध गाँठ में बाँध चुकी राजुला ने हठ ठान रखा हुआ।

ह्यूँ (हिम) पड़ो बरफ सुआ, पंछी होती उड़ी आती मैं तेरी तरफ...
चम्पा फूली, जुई फूली, सरसों फूली चैता,
राह तेरी तकती मैं खुद्द अजानी बनी मैता (मायके)...

बेटी की दिन-दिन सूखती काया देख माँ गंगुली शौक्याण हुई चौकन्नी। लाड़ से सर गोद में रखकर पूछा, "री ये तुझे इन दिनों टकटकी लगा के पहाड़ों के पार देखता क्यों पाती हूँ? मन में जो कष्ट है, माँ की गोद में डाल दे। जी हल्का हो जाएगा।"

माँ की गोद में मुख डालकर राजुला सब्ब कह गई।

माँ को न कहने जैसा न अनकहने जैसा।

बहुत सोचकर आँसू रोकती हुई बोली, "इस बार अपने बाप के साथ बैराठ जाकर उससे मिल और कह कि जो तू असल कत्यूरियों का जाया है और तूने धर्मावती का दूध पिया है, तो आके अभी शौक देश मुझको बैराठ ले जा, वरना मेरा लालची बाप अपना बनिज-ब्यापार बढ़ाने को मेरा हाथ हुणिया राजा ऋषिपाल को पकड़ा देगा।"

करम गति टारे नाहिं टरे।

रात सोई तो कुलदेवता भैरव ने सपने में आकर मना किया, "लली मत जा। मालू तेरे कबीले का नहीं। तेरा उसका मिलना वर्जित हुआ। बाप और हुणिया राजा के विपरीत जाकर बरफ भरी राह पर चलने से भी जियादे दुक्ख पाएगी तू।"

राजुला को न डिगती देख आखिरकार भैरव देवता उड़कर उससे पहले जा पहुँचे बैराठ और मालूशाह को बारह बरस के लिए नींद में सुला आए।

आगे सुनो। सारे देवी-देवताओं का स्मरण कर राजुला ने याचना की कि वे

उसे भव-बाधा पारकर मालू तक जाने में मदद करें। और अष्टमी के दिन बैराठ नगरी जा ही पहुँची राजुला। देवी का दिन हुआ अष्टमी, चैत का मास। लोगबाग सब जा रहे थे द्रोणगिरि देवी के थान। चल दी राजुला भी। माँ दर्शन करा दे। जहाँ कहीं भी है वह बैरी, जिसके लिए माँ जनम से पहले मुझे प्रेम की डोर से बाँध आई थी।

बाप के बाजार जाते ही अभिसारिका राजुला छुपकर जा पहुँची बैराठ के राजमहल। हरा-भरा नगर, फूल, पोखर की जलकुंभी की गंध, वनहंस, सब बगुले के बच्चे की तरह उसकी छाती के भीतर पंख खोले साथ-साथ चले। हवा की तरह अबाध। भीतर से भी भीतर।

अहा कार्तिकेय जैसा सजीला मालू छपरखट पर सोता था। गहरी नींद के घर में तृप्त बच्चे जैसा। जैसे भोर की स्निग्ध धूप हिमालय की चोटी पर शीश धरे सोती हो। प्रेम और आह्लाद से अलस राजुली को टकटकी लग गई।

पर भैरव देवता का ताना सम्मोहन जाल काटना किसी के बस में नहीं था।

बहुत जगाने पर भी मालू न जागा तो कोई आ न जाए इस डर से चुपचाप उसके नाम चिट्ठी छोड़ी और साथ लाई हीरे की अँगूठी उसे पहिना वापिस चली आई राजुला शौक्याण।

"सुनपति शौका की लली, गंगुली शौक्याण की चेली," यहाँ हुड़के पर थाप देकर उसाँस छोड़ते कथावाचक कहते हैं, "हा हा हा!"

राजुला को बाप के साथ देश वापिस आया देखा तो भैरव देव ने चैन की साँस ली। छोरी उनके ही कुल-थान की हुई। उसका अरिष्ट कट जाएगा सोचकर देवता ने सम्मोहन का घेरा हटा दिया।

जैसे ही घेरा हटा बैराठ नगरी में मालू जाग गया।

जागा तो एक अजीब सी खुशबू आई। फिर चिट्ठी और हाथ की अँगूठी पर नजर फिर गई राजकुँवर की।

चिट्ठी उठाकर पढ़ने लगा मालू।

अहा, पृथ्वी की किसी पगडंडी ने न देखी होगी राजुला ऐसी कन्या जो अकेली आकर अपना पिरेम जताकर पानी के वेग से लौट जाए। न होती चीठी तो पता भी न चलता कि उसके शयन-कक्ष में जो सुगंध व्यापी थी वह किस रूपसी के केशों

से झरी थी। हंस के पंख, नौले का पानी, सबसे अधिक उजले होंगे उसके पैर जिनमें चिपकी लाल-लाल कोई भागवान काई उसके कालीन पर अब भी चिपकी थी। कौन सी लहर उसे लेने आई थी, हाय वह देख न पाया।

हा हा हा! दुंग तुकी दुंग-दुंग! मनुख मर जाते हैं, बोल रह जाते हैं। हा हा हा!

ओ री राजुला! तेरा-मेरा क्या हो? तेरा सुनपति शौका जैसा बाप और मेरा राजघराना कभी राजी होंगे?

संसार का सारा बैराग छा गया मालू के मन में। सीधा जा पहुँचा गुरु गोरखनाथ के आश्रम में कि मुझे दीक्षा दो बाबा, जोगी बन जाता हूँ करके।

लम्बी साधना के बाद दीक्षा का टैम आया तो गुरु ने आदेश दिया, "तुझको एक बार बैराठ जाकर माता के हाथ से खाना खाना पड़ेगा तब तेरी दीक्षा पूरी होगी।"

गुरु की बात कौन टाल सकता है भाई। वह भी गुरुओं के गुरु गोरखनाथ।

गया मालू। बैराठ गया। माँ खुशी से पगला गई। साफे की किनारी से आँखें पोंछते बाप ने पहले टेढ़ी निगाह से देखा फिर लिपटा लिया।

अहा रे माया! दुंग तुकी दुंग-दुंग!

खाना खाकर मालू माँ के रोके न रुका। यक्षिणी सिद्ध हुई उसको। वह ले उड़ी उसको सीधे राजुला के देस दारमा जोहार। जोगी के भेस में मालू गगास नदी के किनारे बने शिवमन्दिर में चिमटा गाड़कर वहीं रम गया।

उधर अपने जासूसों से राजुला के बाप को खबर हुई कि उसकी पीठ पीछे छोरी राजमहल जाकर मालू को हीरे की अँगूठी पहनाय आई है तो कोप से नाच उठा।

"तिब्बत देश के हुणिया राजा की वाग्दत्ता है तू। तेरी हिम्मत कैसे हुई अपनी छाँह भी उस मालूशाह के महल में डालने की?"

बेटी पर तलवार लिये सात-सात भड़ों का पहरा बिठाकर कुचक्री बाप ने हुणिया राजा से कहा, "हो जमाई जू छोरी को ले जाओ, फिर शुक्रास्त हो जाएगा उसके बाद मलमास लगनेवाला है। अन्तिम महूरत अब्भी ही हुआ।"

बूढ़ा राजा तुरत बरात लेकर आन पहुँचा।

कुचक्री सुनपति ने अपने भड़ के हाथ शिवमन्दिर के जती को विष की खीर भेजी। खाते ही जोगी बेहोश हो गया। भड़ यह मानकर कि अब तो राजकुमार मालूशाह दम तोड़ ही देगा, लौट आया।

राजुला को बता दिया गया कि जती बनकर आया बैराठ का राजकुमार मालू शिवमन्दिर में मरा पड़ा है। वह बिलखकर गिर पड़ी। पर सुनपति को अपने व्यापार की चिन्ता थी। उसकी लड़की राजा की रानी बनी तो तिब्बत से चीन देश तक व्यापार का सारा मारग उसके कब्जे में होगा।

जियो! उसने भड़ से कहा। एकाधिकार! बेटी को तालाबन्द कर दिया जुलमी ने!

मनुखों के मुख-कान बन्द कर भी दो तो क्या? ईश्वर ने और भी तो पराणी रचे हैं जो मनुखों जैसे डरपोक, लालची नहीं होते?

सदा से आजाद फिरनेवाले बनपंछियों के मन में बार-बार जंगल आकर उनके बीच रमनेवाली सुनपति शौका की राजुला की सिसकियाँ सुनकर बड़ी करुणा उपजी। अहा! बिन आजादी के बन्द ऐसी अपरूप कन्या मालूशाह की जगह बूढ़े के साथ ब्याही जाएगी क्या?

पंछियों की सभा हुई। मोनाल पंछी ने बीड़ा उठाया कि वह खिड़की से भीतर किसी तरह परवेश करेगा और राजुला की मदद करेगा। मोनाल घुस ही गया एक छोटे से सूराख से। सात-सात भड़ों को चरका देकर वह जा पहुँचा राजुला के पास। "चेली," वह बोला, "तू शोक न कर, मालू मरा नहीं, गुरु की आन और शिव वरदान से जहर ने उसे बेहोश भर किया है, मारा नहीं।"

राजुला की साँस लौटी। विस्फारित आँखों से वह मोनाल को ताकती रही जब तक बाहर से दरवाजे खुलने की आहट न आई। "हम सिदुवा-बिदुवा तांत्रिकों की मदद से तुम्हारा मिलन कराएँगे," फुसफुसाकर मोनाल पंछी उड़ गया।

राजमहल की दासियों ने जबरन राजुला को शादी का जोड़ा पहनाया और सर से पैर तक गहने।

बूढ़े हुणिया राजा ने कन्यादान के समय शौक्याणी का रूप देखा तो चुँधियाई आँखें और चुँधिया गईं। लार चुआता फेरे लेकर शादी के मंडप में जा बैठा। फिर परम्परानुसार उसने नवेली से पूछा, "बोल, तू अपने शरीर, अपनी कुँवारी कोख के बदले क्या मोल माँगती है?"

"बारह बरस तक तू मुझको अपनी बेटी की तरह रख। फिर मेरा तन-मन- धन तेरा," राजुला बोली। लार चुआता बूढ़ा ऋषिपाल राजी हो गया। होश कहाँ था उसको ऐसी रूपसी बान को देखने के बाद?

रो-धोकर माँ-बाप ने राजुला को बिदा किया।

गवनहारियाँ गाती रहीं,
बाबा की मैं बैरी माई, कुघर बिकवाई झम्म!
बाबा का लाडिला सोना, सुनपति की जाई झम्म!
मैके की माटी माँ हिराणी याद ही बची झम्म!

पर बेटी को पराण की तरह जुदा करती माँ का दिल अन्यायी नहीं होता।

सुनपति की पीठ पीछे राजुला की माँ ने चुपचाप मालू की माँ को खबर करा दी थी कि ऐसा अनर्थ हो रहा है। मालू-राजुला की रक्षा को धर्मावती रानी ने राजा को बताए बिना गुपचुप एक दस्ता सैनिक और अपने मायके के दो सिद्ध तांत्रिक भेज दिए जो शिवमन्दिर के पीछे घाट में थे कि डोली रुके।

रस्ते में "प्यास लगी है," कहकर राजुला ने डोली शिवमन्दिर के थान पर रुकवाई। खम्भे के पीछे खड़े मालू की माता धर्मावती के भिजवाए दो सिदुवा-बिदुवा तांत्रिक बाहर आए और 'जय गुरु की आन,' कहकर गोरखनाथ की धूनी की एक मुट्ठी राख उन्ने फेंकी।

पालकी कहार बेहोश हुए।

फिर दूसरी मुट्ठी राख की फेंककर, मन्तर पढ़कर दोनों प्रेमियों को तोता बनाकर उनने उड़ा दिया।

हुणिया राजा ऋषिपाल को खबर लगी,

हाय-हाय नथ को पँवर
डोली रुकी वहाँ छिपा बैठा था भँवर...हा हा हा

हुणिया राजा ने अपना तांत्रिक बुलाया। यह तांत्रिक बाज बनकर तोता-तोती बनकर उड़ते प्रेमियों का पीछा करने लगा।

धणिये का बीज
राजा न खाए शक-शुबहा
वो राजुला उसकी चीज।

मालू की माँ का भिजवाया भड़ मृत्युपाल सामने आया। उसने बाण मारकर ऋषिपाल के तांत्रिक को धरती पर गिरा दिया।

खिन्न होकर राजा रिखीपाल लौट गया हुणिया देस।

देवी को तखत,
तू मेरी जोग्याणी बनी सुआ, मैं तेरो भगत!

सुनपति अक्कास की तरफ मुँह कर हाथ जोड़कर कन्या से छिमा माँगता रहा— माया ने मुझको अन्धा कर दिया था लली। जा चली जा। तू जी ले अपनी जिन्नगी। अन्धे को जोत नीं, बैरी को ओट नीं, फूस-फास से चोट नीं, हाड़ पर मांस नीं, पत्थर पर घास नीं।

कानाबाती कुर्र, मालू-राजुला फुर्र!